巧讀

楊家將

（明）熊大木◆原著

高欣◆改寫

余秋雨 推薦

經典著作優秀改寫，全白話無障礙讀本，

內含精美手繪插圖，人物、典故、成語、知識點隨文注釋，

是一本適合青少年閱讀的國學入門書。

我们也许逃不过这样的荒诞：阅读极其泛滥又极其荒凉，文化极其壅塞又极其贫乏。

这里倒有一条安静的自救小路：趁年轻，放松心情读一点经过选择的经典。

余秋雨

目錄

經典

梅子涵

成年人文化多，知道得多，上下五千年，心裡著急，恨不得把一切有價值的書都搬來給小小的孩子看。

成年人關懷多，責任多，總想著未來幾千年的事，恨不得小小的孩子們都能閱讀著幾千年的經典，讓未來因為他們的經典記憶風平浪靜、盛世不斷，給人類一個經久的大指望。

我們要說，這簡直是一個經典的好心腸、好意願，唯有稱頌。

可是一部《資治通鑑》，如何能讓青少年閱讀？即使是《紅樓夢》，那裡面也是有多少敘述和細節，是不能讓孩子有興致的，孩子總是孩子，他們不能深，只能淺，恰是他們的可愛；他們不能沉湎厚度，而只可薄薄地一口氣讀完，也恰是他們蹦蹦跳跳的生命的優點，絕不是缺點！

這樣，那好心腸、好意願便又生出了好靈感、好方式，把很長的故事變短，很繁複的敘述變簡單，很滔滔的教誨變乾脆，很不明白的哲學變明白，於是一本很厚很重的書就變薄變輕了。是的，它們已經不是原來的那一本那一部，不是原來的偉岸和高大，但是它們讓孩子們靠近了，捧得起來了，沒讀幾句已經願意讀完了。於是，一種原本是成年後正襟危坐讀的書，還在小時候沒有學會把玩耍的手洗得乾乾淨淨的時候，已經讀將起來，知道了大概，知道了有這樣的經典和高山，留在他們的記憶裡當個「存目」，等他們長大了以後再去正襟危坐地讀，探到深度，走到高度，弄出一個變本加厲的新亮度來，當成教授和專家。而如果，長大了，實在忙得不可開交，養家糊口，建設世界，沒有機會和情境再閱讀，那麼那小時候的閱讀和記憶也已經為他的生命塗過了顏色，再簡單的經典味道總還是經典的味道，你說，一個人在童年時讀過經典改寫本，還會是一種羞恥嗎？還會沒有經典的痕跡留給了一生嗎？

所以經典縮寫本改寫本的誕生，的確也是一個經典。

它也許不是在中國發明，但是中國人也想到這樣做，是對一種經典做法的經典繼承。經典著作的優秀改寫，在世界文化先進、關懷兒童閱讀的國家，是一個不停止的現代做法，是一個很成熟的出版方式，今天的世界說起這件事，已經絕不只是舉英國蘭姆姐弟的莎士比亞戲劇的例子了，而是非常多，極為豐盛。

所以，我們也可以很信任地讓我們的孩子們來欣賞中國的這一套「新經典」，給他們一個簡易走近經典的機會；而出版者，也不要一勞永逸，可以邊出版邊修訂，等到第五版第十版時簡直沒有缺點，於是這個品種和你的出版，也成長得沒有缺點。那時，這一切也就真的經典了。連同我在前面寫下的這些叫做「序言」的文字。

為孩子做事，為人生做事，是應該經典的。

導讀

楊家將是同岳飛一樣的英雄人物，在中國家喻戶曉，婦孺皆知。早在宋元年間，民間就有各種關於楊家將的傳說，明代嘉靖年間，福建建陽人熊大木將這些故事和傳說整理彙編，寫成了《楊家將演義》，成為所有楊家將系列小說中最出色的一本，深受人們喜歡，廣為流傳。

熊大木，號鐘谷，曾開設一家名為「忠正堂」的書坊，靠編著出版謀生，既刻印他人的小說，也自己編寫小說，其代表作便是《楊家將演義》。熊大木的祖上地位顯赫，在唐宋兩代常常出任高官，不過到了他這一代家世已經衰落，成為普通百姓。但是，先人們樹立起的愛國精神沒有丟，這也是他的小說充滿強烈的民族意識和愛國精神的原因，這一點在《楊家將演義》中表現得尤為突出。

明清兩代，中國古典白話小說的創作異常繁盛，各個題材門類都有名著問世，其中英雄傳奇小說的代表作當首推《楊家將演義》。所謂英雄傳奇小說，一般主人公或是武藝超群，或是膽略過人，經歷也要曲折跌宕，或引人入勝，或悲壯感人。此外，因為是小說，所以故事不要求局限於正史，各種野史、傳說，甚至鬼神都可以入書，極大地增強了故事的可讀性。在這些方面，《楊家將演義》相對出色。

《楊家將演義》講述的是楊家祖孫三代對外抗擊侵略，精忠報國的故事。楊業盡職盡忠，一心為國，卻遭到奸臣潘仁美的陷害，在抗擊遼國的作戰中被包圍，撞碑殉國；楊六郎子承父業，堅守邊關，幾次救駕於危難之中；楊宗保年輕有為，在沒人能破遼國陣法的時候挺身而出，屢建奇功；楊門女將個個巾幗不讓鬚眉，西征西夏，為國建功。楊家滿門忠烈，前赴後繼奔赴戰場，整本書中充滿了英雄主義和愛國主義的激情，讓人為之振奮，血脈賁張。

小說中塑造了一大批栩栩如生、性格各異的人物形象，很多已經成為經典，除了楊業、楊六郎、楊宗保之外，還有焦贊、孟良等。尤其難得的是，小說中描繪了一批偉大的女英雄，如佘太君、穆桂英等，她們智勇雙全，論武藝和豪情都不在男人之下，完全不是傳統中的女性形象，給人留下深刻印象，至今仍為人津津樂道。

第一回　呼延贊報仇雪恨

北漢❶國君劉鈞聽說剛剛建立不久的大宋王朝平定了各鎮，與大臣們商議說：「宋朝皇帝野心勃勃，現在既然已經平定了諸國，怎麼可能容我稱霸一方？」諫議大夫❷呼延廷站出來說：「我聽說宋朝君主非常英明，各國都選擇了歸降。我們國家小、兵力弱，怎麼可能與他對抗？不如也早日歸降，向他納貢，百姓能免於戰禍，國土也能確保無事。」劉鈞聽後猶豫不決。

這時，樞密副使❸歐陽昉站出來說：「呼延廷是宋朝的奸細，所以才勸陛下投降。晉陽

❶【北漢】五代十國時期十國之一，都城爲晉陽，也被稱爲太原府。五代十國是唐朝滅亡後到北宋建立前的歷史時期。

❷【諫議大夫】古時候的官職名稱，秦朝時設立，專門負責對皇帝的言行和詔書提意見，是容易得罪人的官職。

的地勢非常有利，無論是防守還是進攻，我們都佔有優勢，為什麼要向別人投降？希望陛下下令處決呼延廷，以正國法。」劉鈞批准了歐陽昉的上奏，下令將呼延廷拖出去斬首。國舅趙遂極力勸阻，說：「呼延廷的話都是忠言，他怎麼可能私通宋朝呢？陛下要是斬了呼延廷，反而會給宋朝攻打我們的藉口。如果不想再任用呼延廷，將他革職遣回老家就是了。」劉鈞聽後覺得也有幾分道理，於是下令將呼延廷革去官職，罷歸故里。

呼延廷回家收拾好行李，當天就帶著一家老小回絳州去了。歐陽昉仍不死心，一心想殺掉呼延廷。他喊來手下兩位親信張青和李得，吩咐說：「你們兩人帶幾百人馬，秘密追蹤呼延廷，將他全家都殺掉，事成之後必有重賞。」這兩人便帶著人馬去追呼延廷。

呼延廷與家人到了石山驛站的時候，天色已晚，他們決定在這裡停車過夜。到了夜裡二更，驛站外面忽然燈火通明，殺聲震天，有人報告說外面來了劫匪，呼延廷安排家人趕緊逃命。這時張青、李得率手下殺進驛站，將呼延廷一家老小全部殺害，還將財物掠奪一空。

當時場面非常混亂，只有呼延廷的小妾劉氏抱著孩子藏進廁所才躲過一劫，保住了性命。四更天的時候，劉氏想著全家人都遭遇不幸，只剩自己母子，無依無靠，不禁悲從中來放聲大哭。忽然身後傳來一個人說話的聲音：「小娘子為什麼在這裡哭？」劉氏淚眼婆娑地轉過身去。那人來到她跟前，說：「你是誰家的女子，怎麼一個人在這裡？」劉氏說：「我本是本國諫議大夫呼延廷的小妾，回老家路過這裡，沒想到遇上強盜，我一家人全都被殺死了，只剩下我和孩子，走投無路，只能在這裡躲避。」那人聽後，憤怒地說：「我是河東府兩院領給❹，名叫吳旺，剛才得知殺你全家的人是歐陽昉的親信張青和李得。他們是假扮強盜，追到這裡來的。現在你趕緊抱著孩子離開，不然性命難保。」說完這番話之後，那人便走了。

就在劉氏不知所措的時候，驛站外面又是一陣喊聲。一夥人衝進來，見到劉氏，不容分說便把她抓去見一個叫馬忠的人。馬忠問她：「你是哪裡人，抱著孩子在這裡幹什麼？」劉氏便將自己一家被害的遭遇又講了一遍。馬忠說：「夜裡巡邏的人報告說驛站裡有官宦被劫，我們趕來準備分些財寶，沒想到其中還有這樣的不幸。你要是願意跟我回山莊，我幫你把孩子養大，替你報仇，你看怎麼樣？」劉氏回答：「我願意跟大王回去。」於是馬忠便帶著劉氏回到了他的山莊。晚上，劉氏秘密派人去驛站給家人收屍，找地方埋了，並發誓要將孩子養大，將來為家人報仇。

時光似箭，歲月如梭，不知不覺幾年過去了，孩子已經長大。起初馬忠為他取名為福

---

❸【樞密副使】樞密使是唐朝時期設立的官職名稱，最初由皇帝身邊的宦官擔任，後來逐漸改爲由文人擔任，並建立起了龐大的樞密院，有權干涉政權、財政、軍事。

❹【領給】負責領取和支付財物的小官職。

郎，並送他到老師那裡去學習。這孩子長得勇猛，很像唐朝的尉遲恭❺。他平日裡讀書，閒暇時研究兵法，到了十四五歲的時候，已經能走馬射箭，練就了一身武藝，一條渾鐵槍被他耍得虎虎生威。馬忠見他如此勇猛，非常高興，於是給他改名為馬贇。一天，馬贇跟隨馬忠來到山莊外，見到有腳夫❻扛著大石碑路過，上面寫著「上柱國❼歐陽昉」幾個字。馬忠看到這幾個字之後，非常憤怒。馬贇問他：「大人為什麼見了這塊石碑發怒？」馬忠說：「看到歐陽昉的名字，我就感到氣憤。這個人在十五年前害了呼延廷一家。我聽說呼延廷的兒子還在世，我要是見了他，肯定跟他一起去報仇。」馬贇聽後生氣地說：「可惜孩兒不是呼延廷的兒子，不然的話，今天就去報仇。」聽到這樣的話，馬忠對他說：「這件事你母親知道得更多，你可以去問問她。」

馬贇回到山莊，去見母親劉氏，問她當年歐陽昉是如何迫害呼延廷一家的。劉氏哭著對他說：「這個冤恨在我心裡已經埋藏十五年了，你就是呼延廷的兒子，現在的父親是你的養父。」馬贇聽後，一下子昏了過去，倒在地上。馬忠趕緊過來將他救醒。馬贇哭著說：「我今天就要告別父母親大人，前去報仇。」馬忠說：「歐陽昉在河東地區官位高、權勢大，手下將士又多，你怎麼能接近他呢？這件事需要從長計議。你今後改姓呼延，叫我叔叔就行了。」呼延贇趕緊說：「我一定永世不忘你的恩德。叔叔有什麼計謀教我？」馬忠正在思量的時候，有人報告說耿忠前來拜訪，馬忠便出去迎接。

馬忠將耿忠帶到山莊中，讓呼延贊出來相見。耿忠問：「這位是誰？」馬忠說：「這是我的義子。」馬忠問耿忠為什麼會來到莊上。耿忠回答說：「我從別人那裡得到一匹好馬，名叫烏龍馬，打算送到河東，賣給丞相歐陽昉，因為路過尊兄這裡，順便來拜訪。」馬忠說：「既然賢弟有這樣的好馬，不如賣給我義子。」耿忠說：「我與尊兄情同手足，勝似親兄弟，你的兒子便是我的侄子，這匹馬就當我送他的。」馬忠非常高興，設宴款待耿忠。

在宴席上，馬忠提起當年呼延廷一家被歐陽昉所害的事情，還說呼延贊便是呼延廷的兒子，如今想要報仇，卻不知道該怎麼做。耿忠聽後十分生氣，說：「兄長不要擔心，我有一計，可以殺掉歐陽昉。」馬忠問他：「什麼計？請多指教。」耿忠讓呼延贊上前，對他說：

---

❺【尉遲恭】字敬德，鮮卑族，朔州鄯陽人，唐朝時的名將，被封爲鄂國公，死後葬在昭陵，陪葬唐太宗李世民。他年輕的時候是個鐵匠，隋煬帝後期開始從軍，多次立下戰功，還曾經救過李世民一命。後來他被李世民召入帳下，成爲其左膀右臂。尉遲恭性格純樸忠厚，並且驍勇善戰。他南征北戰，戎馬一生，多次帶兵破敵。後來尉遲恭與另外一位唐朝大將秦瓊被民間尊爲門神供奉以驅鬼避邪，祈福求安。

❻【腳夫】舊時對搬運工人的稱呼。

❼【上柱國】春秋時期設立的一種武將官職，最初是將軍的名號，後來逐漸成爲代表功勳的榮譽稱號。

「現在你帶著這匹馬到歐陽昉府上，把馬獻給他。他得到這匹馬肯定會問你要什麼官職，你就說不願做官，只願在大人身邊養馬，他肯定會高興地收留你。你等時機成熟，便將他殺掉，仇也就報了。」呼延贊聽後拜謝耿忠。第二天，呼延贊告別馬忠和劉氏，上馬啟程前往歐陽昉府上。

呼延贊離開馬家莊，趕往河東，到了歐陽昉的府上請求拜見。他對通報的人說：「就說府中來了一位壯士，牽著一匹好馬，要獻給大人。」歐陽昉聽後，讓人傳喚他。呼延贊在門前跪下，說：「小人今天得到一匹駿馬，特意來獻給大人。」歐陽昉問：「你是哪裡人？」呼延贊回答說：「小人住在馬家莊，姓馬名贊。」歐陽昉說：「這匹馬值多少錢？」呼延贊回答說：「無價之寶。」歐陽昉心中想，這人肯定是想要做官，就安排身邊的人問他。結果呼延贊說：「小人不願做官，只願能服侍大人個一年半載也就知足了。」歐陽昉非常高興，把他收留在身邊服侍自己。呼延贊為了能夠報仇，平時經常特意奉承歐陽昉，討得他的歡心。

這年八月十五中秋佳節，歐陽昉與夫人在後園涼亭裡一邊飲酒，一邊賞月。後來歐陽昉喝醉了，下人把他扶進書院，讓他坐在凳子上休息。呼延贊也跟著來到書院，心想：「現在不下手，更待何時？」他剛要拔出匕首，忽然看到窗外有人打著燈籠進了書院，原來是管家來請歐陽昉回去睡覺。呼延贊只好把匕首收了起來，感歎：「算他命大，只好等下次了。」

趙遂覺得歐陽昉太過專權，恐怕給國家惹來禍端，便上奏君主，說：「歐陽昉濫殺無辜，如果陛下不早點將他剷除，恐怕後患無窮。」其他人也都附和，要求將歐陽昉治罪。劉鈞下令將歐陽昉革職，降為團練使[8]。歐陽昉覺得自己受到了侮辱，於是上書請求辭去官職，回鄉下生活。在得到批准後，他很快收拾好行李，帶著一家人離開晉陽，不到一天便到了鄆（ㄩㄣˋ）州。回到老家之後，親戚們都來向他祝賀，歐陽昉設宴招待大家。

九月九日是歐陽昉的生日，他準備好宴席，與夫人一起暢飲。呼延贊獨自在外面坐著，覺得無聊苦悶。到了夜裡二更，他到院子外面閒逛，仰望星空，不禁長歎：「來這裡原本是為父親報仇的，誰想到事與願違，希望老天可憐助我一臂之力。」說完便擦乾眼淚，回屋裡去休息了。夜裡窗前忽然颳起了一陣怪風，呼延贊睡夢中看到許多人滿身鮮血，抱著他說：「你父親被歐陽昉害死，今天就可以報仇雪恨了。」呼延贊一下子醒過來，發現原來是個夢。

就在這時，有人喊道：「馬提轄[9]，主人有事喊你。」呼延贊藏好隨身攜帶的匕首，跟

---

[8]【團練使】唐朝時期設立的一種軍事官職，主要負責地方軍隊的訓練。因爲團練使大多由地方長官兼任，所以團練使的職責範圍越來越大。到了宋朝，朝廷逐漸收回地方權力，團練使逐漸成爲一個沒有實權的虛職。

刀子寒光凜凜，呼延贊殺氣騰騰。他抓住歐陽昉手起刀落，把匕首刺進歐陽昉的喉嚨裡。

著去了書院。歐陽昉在床上睡覺，見呼延贊進來，說：「我喝了幾杯酒，還沒有清醒，你在這裡服侍我。」呼延贊一邊答應，一邊心想：「他這逆賊就該著今天死。」當時大約四更天，呼延贊到院子裡看了一下，四下寂靜，便果斷從腰間掏出了匕首。刀子寒光凜凜，呼延贊殺氣騰騰。他回到書院，抓住歐陽昉問他：「你還認得呼延廷的兒子嗎？」歐陽昉被嚇破了膽，連聲求饒，說：「你若饒我一命，家裡的財產全都給你。」話剛說完，呼延贊便手起刀落，把匕首刺進歐陽昉的喉嚨裡，歐陽昉一命嗚呼。殺死歐陽昉之後，呼延贊又把他夫人和其他家人共四十多口全都殺掉了。

呼延贊殺完人之後走出門口，一個老婦人跪在臺階下，向他求饒。呼延贊說：「不關你的事，你去給我收拾一下金銀財物。」老婦人到屋裡去，把收拾的緞帛金銀裝了一車，讓呼延贊帶走。

呼延贊騎著烏龍馬，帶著金銀財寶，連夜趕回去見自己的母親劉氏。他把自己如何殺死歐陽昉一家四十多口，帶回一車金銀財寶，全都說給了她聽。劉氏非常高興。第二天，呼延贊去見馬忠。馬忠問他：「你的仇報了嗎？」呼延贊回答：「託叔叔的福，大仇已報，歐陽昉一家老小已經全都命喪黃泉。」馬忠說：「如果被人知道是你殺了歐陽昉一家，恐怕會誅滅九族！你趕緊收拾行李，趕去賀蘭山投靠耿忠、耿亮兩位叔叔，暫時避一避。」呼延贊聽後當天就告別父母，踏上了行程。

---

❾【提轄】宋朝時期設立的官職，最初負責抓捕強盜，鎮壓反抗。到了南宋，提轄分爲四類，分別負責管理茶、鹽等緊缺物資的專賣、幫助宮廷和官府採購物資、監督製造宮廷用的器物，以及宮廷和官府倉庫的庫管。《水滸傳》裡著名的段子「魯提轄拳打鎮關西」中，魯智深就是負責抓捕強盜的提轄；而這裡呼延贊也被稱爲提轄，他的職責應該是負責幫官府採購和管理一些瑣碎的日常事務。

第二回 李建忠義救呼延贊

呼延贊與父母告別之後，匆忙上路。當時正值十月，寒風吹在臉上，樹木落葉紛紛，一副蕭條的景象。呼延贊趕了幾天路，這天看到前面有一座山，形勢險惡，呼延贊心想：「這裡肯定有強盜出沒。」就在這時，山坡後面一聲鼓響，衝出來幾個身材強壯的人，攔住了他的去路，問他要買路錢。呼延贊大怒，說：「天下的路誰都可以走，憑什麼讓你來收錢？贏得了我手裡的刀，就給你錢；贏不了，就拿你人頭試刀。」強盜頭目聽後，提著刀上來跟他打鬥，結果只一個回合❶，就被呼延贊一刀劈死在山坡下。有人急忙回山上稟報耿忠，說：「山下路過一個壯士，小頭目問他索要過路費，被他一刀殺死了。」耿忠大吃一驚，騎馬趕到現場，發現呼延贊正在跟一群人打鬥。耿忠認得是呼延贊，趕忙大聲喊道：「侄兒住手！」呼延贊抬頭一看是耿忠，慌忙下拜。

耿忠帶呼延贊上山，介紹給耿亮認識，然後問他為什麼來這裡。呼延贊把自己如何報仇的事情一一說給他聽，又接著說：「現在父親安排小侄來投靠兩位叔叔避難，沒想到傷了叔叔的部下，還請恕罪。」耿忠說：「一場誤會，不再計較。」耿忠隨即安排手下設宴，招待呼延贊。耿忠說：「我們屯聚在這裡，等待著時勢變化，既然現在你來了，就當這裡的第三位寨主吧。」呼延贊拱手拜謝。從此之後，呼延贊住在寨中，打官劫舍，戰無不勝。

這天，呼延贊與耿忠兄弟商議：「河東那邊錢糧很多，叔叔借給我三千名將士去絳州劫掠一番，可供我們兩年的花費。」耿忠笑著說：「絳州有張公瑾鎮守，這人有萬夫不當之勇，你要是去打劫，肯定會被他捉住。」呼延贊說：「小侄要是折了一個士兵，拿命來抵償。」耿忠見他這麼有志氣，就給了他三千士兵。呼延贊披掛上馬，帶領三千士兵來到絳州城下，把絳州城團團圍住，並朝城裡大喊：「要是乖乖把官庫裡的錢糧獻出來，我們就退兵；不然的話，攻進城去可就沒這麼客氣了。」守軍連忙報信給張公瑾。張公瑾心想：「賀蘭山有個新出來的亂賊，名叫呼延贊，聽說是個英雄，想必就是這個人。」他安排了兩百多個士兵，對他們說：「多準備些弓弩，在吊橋❷兩邊埋伏，等我把他引過來就將他捉住。」

張公瑾披掛上馬，率五百名將士出城迎戰。呼延贊騎著烏龍騎來到大軍前面，喊道：「我們別無他意，只想借黃金三千兩。」張公瑾大怒，說：「如果你趕緊退去，還能饒你一

---

❶【回合】在古代小說中，兩武將交鋒一次稱為一個回合。現泛指雙方較量一次。
❷【吊橋】指全部或一部分橋面可以吊起、放下的橋。多用在護城河及軍事據點上。

命，否則把你們的頭目捉住獻給皇上，碎屍萬段！」呼延贊聽完這話大喝一聲，騎著馬舞著槍向張公瑾殺去，張公瑾慌忙提槍迎戰。兩人打了三十多個回合，如猛虎相鬥，不分勝負。張公瑾裝作逃走進了吊橋，呼延贊拍馬趕了過去。就在這時候，忽然一聲炮響，吊橋兩邊的伏兵一下子起來，頓時箭如雨下。呼延贊大吃一驚，趕緊掉轉馬頭往回跑，可惜手下的三千士兵被射死一半。張公瑾也不下令追趕，只是收兵回城。

呼延贊看到手下死傷大半，想起自己當初立下的軍令狀，不敢回去見耿忠，便一個人騎馬從小路逃走了。下午的時候，他被路上埋伏的嘍囉[3]們捉住。

嘍囉們把呼延贊綁起來，帶到山上去見馬坤父子。馬坤問他：「你是什麼人？」呼延贊說：「我是相國[4]的兒子，名叫呼延贊，今天走錯道路被大王的部下捉住，還希望能饒我一命。」馬坤大怒，說：「我聽說你最近圍困絳州城，想要搶劫官府，現在還在騙我！」於是下令把他關進囚車。馬坤組織了二百多人，派他們把呼延贊押送到絳州去請賞。嘍囉們押著呼延贊出了山，路上大家說：「我們大王與八寨大王之間有過節，前面路過八寨大王的地盤，要是呼延贊被他搶走了，我們回去怎麼交代？不如先在前面借宿一晚，明天一早再趕路。」

八寨主李建忠當初因為去西京看戲被官府拿住，在大牢裡關了四年，如今他剛越獄逃回來，恰好也在這家店裡借宿。聽到外面有人說話，他出去問守門的人：「你們在吵什麼？」守門的人說：「太行山馬大王派手下兩百人押送呼延贊到張公瑾那裡去請賞。」李建忠聽後，心想：「我在西京大牢裡就聽說呼延贊是個勇猛的壯士，現在怎麼會被捉呢？不行，應該救他。」隨即提著刀大聲喊道：「誰敢囚禁呼延贊將軍！」眾嘍囉嚇得四散逃去，李建忠打開囚車放出呼延贊。呼延贊問他：「敢問是哪位救了我，大恩大德永世不忘！」李建忠說：「我是第八寨的李建忠，咱們都是一家人。」

第二天，李建忠帶著呼延贊回到寨中。有人通報寨主柳雄玉，柳雄玉大吃一驚，趕緊出寨迎接。柳雄玉非常高興，將二人邀請到營帳裡。等兩人入座後，柳雄玉問李建忠：「你怎麼回來了？」李建忠把自己越獄的事告訴了他。柳雄玉說：「自從尊兄離開山寨，寨子勢單力薄，六寨主羅清每年來收錢，大家深受其害，苦不堪言。」李建忠聽後勃然大怒，說：「這賊要是敢再來，我一定活捉了他！」柳雄玉又問：「跟你一起來的這位是誰？」李建忠說：「這是相國之子呼延贊。」柳雄玉說：「久聞大名，今日得以相見，幸會。」於是柳雄玉安排手下擺酒宴來慶祝。

三個人正在喝酒，忽然有人來報信，說羅清帶著五六百人來要錢。柳雄玉聽後，什麼也

---

❸【嘍囉】古時候指佔領一塊地方，爲非作惡的人群，後來多用來指追隨惡人的人。

❹【相國】春秋時期設立的官職名稱，後來多次改名爲丞相、宰相，並幾次被廢除和重新設立。宋朝以後，相國成爲多種官職的統稱和尊稱。

沒說。呼延贊看著李建忠說：「借我一匹馬、一身衣甲，讓我把這個羅清活捉來，以報答哥哥的救命之恩。」李建忠高興地說：「我知道賢弟足以對付他。」然後給了他馬和盔甲，並點了二百嘍囉兵給他。

呼延贊穿戴上盔甲，與兩位告辭後出門去了。他向山下大喊道：「羅寨主來這裡幹什麼？」羅清說：「特來問柳寨主討要這半年的租錢。」呼延贊大怒，說：「你早早退去，免得傷了和睦；不然，把你活捉了獻禮。」羅清說：「哪來的匹夫❺，這事與你有什麼關係？」一邊說著，一邊拿起槍騎馬衝向呼延贊。呼延贊也舉起槍迎戰。二人打在一起，不到五個回合，呼延贊一伸手把羅清捉到自己馬上。羅清手下的人一看寨主被捉走了，立刻四散逃走。呼延贊綁了羅清，帶到山上來見李建忠。

李建忠非常高興，讓人將羅清吊在柱子上，說：「等有時間再好好收拾你。」李建忠吩咐手下擺酒慶祝。誰知羅清手下的人把這件事告訴了第五寨大王張吉。張吉帶了兩百人馬，全副武裝，伴著震天響的喊殺聲前來攻打。李建忠與呼延贊正在喝酒，聽到山下鼓聲不斷，有人來報「五寨主帶兵來救羅清了」。呼延贊氣憤地說：「等我去把這個人一起捉回來，消除心腹之患。」說完之後帶著人馬出了山寨。

兩軍擺開陣勢，呼延贊大喊道：「前面來的人是誰？」張吉認得這是呼延贊，於是說：「馬上把羅寨主放了，饒你一命；如若不然，馬上給你好看。」呼延贊大怒，舉著槍便向張吉衝了過去。張吉掄起刀來招架，剛鬥了兩個回合就被呼延贊一槍刺死。手下嘍囉們看到主將被殺，各自丟下武器逃命去了。呼延贊乘勢追擊，一直追到張吉的寨子裡，把那裡的金銀財寶全部掠走，最後一把火把寨子燒了。李建忠、柳雄玉看到呼延贊又打了勝仗，高興地說：「賢弟威風，名不虛傳。」之後三人繼續入座喝酒。李建忠吩咐手下殺了羅清，掏出心肝來當下酒菜。

張吉被殺後，他的部下投靠到太行山，並告訴馬坤，羅清、張吉都被呼延贊殺死。馬坤大怒，說：「不殺了這匹夫，不足以洩憤！」馬坤隨即下令，讓長子馬華率領五百精兵，前去討伐。巡邏的士兵來通報李建忠，李建忠說：「馬坤欺人太甚，我要親自出馬活捉他。」呼延贊說：「不用尊兄出馬，等小弟明天使計把他活捉，新仇舊恨一起都報了。」李建忠聽從他的建議，安排手下堅守寨子，明天出戰。眾人領命後散去，各自去準備。

呼延贊回到帳中，琢磨著明天用什麼計謀捉住馬坤，想著想著不一會兒就睡著了。夢中忽然見到一個火球滾入帳中，又滾了出去，呼延贊一下子起來追到門外。最後他追到一個地

---

❺【匹夫】這個詞有幾種含義，一種是指平民中的男子，泛指平民百姓，如「國家興亡，匹夫有責」；另外一種含義帶有輕蔑的意味，指那些有勇無謀的人，如「匹夫之勇」；還有一種含義是罵人的話，意思是「這個東西」，這裡的意思就是這一種。

那位將軍對他說：「你有什麼武藝，練一練給我看。」呼延贊跨上馬，把自己平生所學都練了一遍。

方，眼前盡是高大的宮殿，雕梁畫棟，極盡奢華。呼延贊走進殿中，卻不見那火球。這時旁邊出來一個人，說：「主人等候將軍多時了。」呼延贊問他：「你家主人是誰？」那人說：「你進去見見就知道是誰了。」呼延贊被帶到殿中，看到一員猛將端坐在那裡。那人對呼延贊說：「你以為天底下就你一個會武藝麼？」呼延贊回答說：「小人略懂武藝，不值一提。」那位將軍說：「我們到教場中去，我有事跟你講。」

呼延贊跟隨他來到教場亭中坐下。那位將軍讓手下把鞍馬、兵器交給呼延贊，對他說：「你有什麼武藝，練一練給我看。」呼延贊跨上馬，把自己平生所學都練了一遍。那位將軍笑著說：「這點本領不算什麼。」他又吩咐下人牽來自己的馬，對呼延贊說：「我來跟你比試一下高低。」呼延贊心想：「幸虧剛才我留了一手，還有一路槍法沒使出來，現在就跟他比試一下。」兩人上馬開始較量。幾個回合之後，呼延贊揮起鋼槍，卻被那位將軍一下子用胳膊夾住，把他從馬上拽了下來。那位將軍嘴裡連說了幾聲：「弟弟要牢記這一招。」呼延贊一下子醒了過來，知道剛才是在夢中，但是看看身上，居然穿著夢中將軍送的衣甲。他覺得奇怪，就喊了一個小兵過來，問他：「這裡有什麼神廟嗎？」小兵說：「離這裡不遠有一座古廟，年久失修已經荒蕪了，也沒人去那裡燒香。」

第二天，呼延贊讓這位小兵帶他來到那座廟中，只見廟裡的牌位上寫著「唐尉遲恭之祠」。來到殿中，呼延贊發現這裡與昨晚夢中見到的地方一樣，感歎說：「真是奇怪，這肯定是神明在幫我。」於是呼延贊跪下參拜，還發誓說：「日後如果呼延贊發跡[6]了，一定重修祠宇以作報答。」拜完之後，他跟小卒回到寨中去見李建忠。李建忠問他：「賢弟身上的衣甲是哪裡來的？」呼延贊把昨夜夢裡的事情告訴了他。李建忠大喜，說：「這是神明相助，賢弟日後必將大富大貴。」

兩人正在講話，忽然有人來報馬華在外面挑戰。呼延贊辭了李建忠，提槍上馬，率領眾人出寨迎戰。馬華舉著鞭子罵道：「趕緊把羅清放了，免得傷了和氣；不然的話，定要你碎屍萬段。」呼延贊大笑說：「你跟羅清會是一樣的下場。」馬華大怒，舉著槍殺向呼延贊，呼延贊上前迎戰。不到兩回合，他後退一步，一下子挾住馬華的槍梢，把他拽下馬來，手下的人一擁而上把他活捉。呼延贊吩咐手下人把馬華押上山去見李建忠。

馬華的手下回來報告馬坤說：「小將軍被呼延贊捉去了。」馬坤大驚，立即派二兒子馬榮帶兩百精兵前去營救。呼延贊聽說太行山的人馬又來了，便擺開陣勢迎戰。馬榮騎在馬上，拿著刀，說：「趕緊把我兄長放了，饒你一命；不然的話，殺你個片甲不留。」呼延贊怒罵道：「等我把你活捉了，將你倆一起處置。」說完便殺了過來，馬榮掄刀應戰。二人在山坡下打了二十多個回合，不分勝負。呼延贊假裝打不過他，往山寨裡逃去，馬榮緊追不捨。轉過山頭，呼延贊等馬榮離自己很近的時候，揚起金鞭，大喝一聲，把馬榮打下馬背。馬榮口吐鮮血，急忙逃走。馬榮回到寨中見馬坤，說呼延贊非常英勇，自己不是他的對手。

馬坤憂悶不已。

馬坤的女兒金頭娘看到父親一臉愁容，就問他：「爹爹為何發愁？」馬坤說：「今天呼延贊把你大哥捉走，還打傷了你二哥，恐怕沒人能將他降服。」金頭娘說：「爹爹不用煩惱，等女兒前去將他捉來。」馬坤說：「這人英勇無敵，恐怕你不是他的對手，贏不了他。」金頭娘說：「對付他要出其不意，先在山兩側埋伏好精兵，要是贏不了他，就把他引進埋伏圈。」馬坤答應了她的請求，派了七千人馬給她。

呼延贊知道馬坤又派人來挑戰，就出來應戰。他說：「來的人可以回去告訴你們寨主，讓他早早歸降，還能免遭一死；不然的話，必將死無葬身之地。」金頭娘大怒，揮舞著大刀就衝了過來。呼延贊拍馬上前迎戰。二人打了三十多個回合，不分勝負。金頭娘調轉馬頭，向後逃去。呼延贊追了一里路，看到山後隱約像是有伏兵的樣子，於是調轉馬頭，不再追趕。雙方各自收兵。

金頭娘回到寨中，見到馬坤說：「這個呼延贊熟知兵法，我不是他的對手。」馬坤聽後，更加鬱悶。忽然有人來通報，說：「山後來了一隊人馬，十分剽悍，不知道是誰？」馬坤聽後立即派人去打探。一會兒探子回報，說來者是第一寨主馬忠。馬坤出帳迎接。馬忠與

---

❻【發跡】指事業上成功，變得有錢有勢。

劉氏來到寨中，見過馬坤。馬坤說：「我們好久不見了，一直沒有你的消息。」馬忠說：「懷念大哥多日，今天特地來拜訪。」馬坤安排手下設宴款待。眾人飲至半酣，馬忠見馬坤一臉憂鬱，就問他：「尊兄為什麼一臉愁容，是不是小弟來這裡打擾你了？」馬坤說：「賢弟你誤會了，我們兄弟親如一家人，我怎麼會嫌你打擾呢？最近第八寨來了個呼延贊，與各個寨子都過不去。這兩天他把我的長子捉去了，沒人救得出來，我正在愁這件事呢。」馬忠聽後，說：「原來是這樣，兄弟不必煩惱，這次讓小弟來幫你。」馬坤說：「這人非常勇猛，不能小看。」馬忠說：「我自有計謀對付他。」隨即，馬忠辭了馬坤，與劉氏一起，帶著本部的人馬來到山下。

第三回　金頭娘比武招親

馬忠、劉氏來到山下，見到兩軍對壘，呼延贊正在其中，還聽他大喊：「你們這些人還敢再來挑戰？」劉氏拍馬向前，喝道：「孩兒休得無禮！」呼延贊聽到之後，猛然抬起頭來，發現是自己的母親，當即丟槍下馬在路邊跪倒，說：「孩兒不孝，母親你怎麼來了？」劉氏說：「你先起來，跟我一起去見你叔叔。」

呼延跟隨母親來到軍中，見到馬忠。馬忠問他：「你不是在耿忠的寨子裡嗎？怎麼會在這裡跟人打架？馬坤是我結義兄弟，你最好現在就去跟他認罪。」呼延贊說：「前天孩兒捉了他的大兒子馬華，又打傷了他的二兒子馬榮，如果我去見他，恐怕他不會饒了我。」馬忠說：「有我在，不會有事的。」

呼延贊跟著馬忠來到了馬坤的寨中。馬忠說：「小兒不認識尊兄，所以多有冒犯，還希望你能寬恕他。」馬坤吃驚地問這是怎麼回事。馬忠將這件事從頭到尾說了一遍。馬坤感歎說：「真不愧是相國的兒子。」呼延贊走上前來，說：「小侄不認識伯父，多有得罪，請寬

恕先前的冒犯。」馬坤說：「不知者無罪，怎麼能怪你呢？」隨即安排宴席慶賀。

馬坤把馬榮叫出來相見，馬榮見了呼延贊十分羞愧。呼延贊說：「先前冒犯了哥哥，還請恕罪。」馬榮也以禮相待。當天，山寨中歡歌笑語，大家一起吃喝，氣氛融洽。

馬坤對馬忠說：「我有一件事跟你說，你看能不能行得通？」馬忠站起來說：「尊兄有話直說，小弟怎麼敢違背？」馬坤說：「我的小女兒金頭娘，雖然長得醜，但是武藝精湛，如果你不嫌棄，希望能把她嫁給呼延贊。」馬忠拱手稱謝，說：「如果真是這樣，尊兄的恩情我永世不忘。」馬坤立即吩咐人去把這件事告訴金頭娘。金頭娘笑著說：「嫁給他也行，只是不知道這呼延贊的武藝如何？前天跟他交鋒，未分勝負；今天再比試比試，如果能贏了我，我就答應嫁給他。」下人把這話告訴了馬坤。馬坤說：「小女身上還有小孩子脾氣，要跟呼延將軍比

金頭娘看到呼延贊離自己很近了，便彎弓搭箭，一連射了三箭，但都被呼延贊躲過。

到來。

武。」馬忠隨即安排呼延贊與金頭娘比試武藝。呼延贊披掛上馬來到校場，金頭娘也同時到來。

二人再次交手，決定一定要比出個高低。馬忠、劉氏、馬坤等人站在寨門外觀望。兩人手拿兵器，鬥了二十多個回合，不分勝負。金頭娘心想：「呼延贊槍法很嫻熟，再試試他的箭法如何。」於是勒轉馬頭向前跑去。呼延贊心想：「這肯定是要準備用箭，我跟上去看看她還有什麼本事。」於是呼延贊拍馬追了上去。金頭娘看到呼延贊離自己很近了，便彎弓搭箭，一連射了三箭，但都被呼延贊躲過。呼延贊心想：「難道我就不會用箭嗎？」於是調轉馬頭，引金頭娘來追自己，然後彎弓搭箭，一箭射中了金頭娘的頭盔。眾人一片喝采。馬忠及時趕到，說：「一家人不傷和氣。」兩人各自下馬回到寨子。馬坤笑著問金頭娘：「呼延贊將軍的武藝如何？」金頭娘低頭不語。馬坤知道了她的意思，將金頭娘許配給了呼延贊。當天，山寨裡喜氣洋洋，大家盡興而歸。

第二天，呼延贊來見馬坤，說：「小婿這就回山寨見李建忠，把小將軍送回來。」馬坤很高興，讓人送呼延贊上路。呼延贊回來見到李建忠、柳雄玉，把自己如何見到父母，以及如何與金頭娘成親的事全說了一遍。李建忠高興地說：「這是上天安排的喜事。」呼延贊說：「前幾天捉來的馬華，現在應該把他放了。」李建忠說：「既然現在是一家人了，怎麼可能害他呢？」於是立即安排人去寨子後面把馬華帶出來。馬華以為他們要害自己，嚇得心驚膽戰，汗流浹背，衣服都濕透了。李建忠說：「現在告訴你一件喜事，你不要害怕。」於是把呼延贊成親的事情說了一遍。馬華說：「既然如此，那各位請到我們寨子裡去慶賀一番。」李建忠說：「將軍先請，我安排一下手下便來。」馬華告辭後回寨子去了。

柳雄玉不打算去赴宴，李建忠說：「如果不去，恐怕別人會更懷疑自己，現在正好藉著這個時機，新仇舊怨一塊做個了結。」當天，李建忠、柳雄玉與呼延贊一起來到太行山。馬坤得知後，親自出寨迎接。眾人一起來到帳中，李建忠說：「如今我們如同兄弟一般，再有困難應當相互協助，不再相互爭鬥傷了和氣。」馬坤十分高興，請馬忠、劉氏出來相見。馬忠說：「小兒多虧了賢兄救護，大恩大德永世不忘。」李建忠說：「呼延贊將軍將來肯定會大富大貴。」馬坤吩咐人安排筵席，大家一起慶賀。

當天，寨子裡眾豪傑依次入座，開懷暢飲。酒至半酣，忽然有人來報：「山下來了五千軍馬，不知道是誰。」呼延贊說：「才消停一會兒，又有人來惹事。」說完便要帶人馬出門迎敵。馬坤說：「先等我去看看再說。」馬坤帶了二百人下山探視，發現來的人是幽州耶律皇帝殿前的名將韓延壽。馬坤問他：「不知將軍來此有何貴幹？」延壽說：「耶律皇帝已經去世，蕭太后登基❶，我奉聖旨，來請將軍回國，一起輔佐新君。」馬坤說：「既然是奉了聖旨，我怎麼敢不答應回國呢？將軍先跟我一同回山寨，與我的兄弟們相見再作商議。」韓延壽同意了，將人馬屯於山下，與馬坤來到山寨裡。

馬坤給韓延壽介紹了自己的兄弟，然後大家一起坐下，繼續喝酒。馬坤在酒席上對呼延贊等人說：「我當初因為耶律皇帝胡作非為，不願意在朝中做官才隱退在太行山，至今已經十五年了。現在聽說已經立蕭太后為新君，並下聖旨來請我回去。寨裡大約有七千人馬，給你留兩千，你同我女兒一起鎮守這山寨。我自己帶著五千人馬，還有馬華、馬榮一起回國。如果有書信來招安❷，你們就答應。」呼延贊等人一一答應。第二天，馬坤跟大家告辭，跟著韓延壽離開了太行山，前往幽州去了。馬忠等人送出五里才回去。

從這之後，呼延贊在太行山招兵買馬，等著宋朝朝廷來招安。開寶❸九年三月，宋太祖聽說劉鈞招兵買馬日夜操練，就跟趙普等人商議要出兵征討。趙普上奏說：「現在還沒有可乘之機，陛下應該再等等看。」正在太祖猶豫不決的時候，恰逢節度使❹高懷德回朝上奏邊

---

❶【登基】古時候新皇帝繼位稱爲登基。

❷【招安】統治者用金錢或地位誘導地方上的不法武裝份子、強盜投降，歸順自己的做法。

❸【開寶】宋太祖趙匡胤的年號。

❹【節度使】唐朝時期設立的一種官職，最初是軍事統帥，主管軍事、防禦，到後來慢慢成爲地方長官，主管地方一切事務。到了宋朝，朝廷集中政權，逐漸收回了節度使手裡的兵權。再之後，節度使成爲一項有名無實的榮譽職務，元朝時被廢除。

境上的事情，他說：「河東地區的文官和武官之間矛盾很深，水火不容，陛下應該趁機前去征討。」樞密使潘仁美也上奏建議征討。於是太祖下詔❺，任命潘仁美為監軍❻，高懷德為先鋒，率領十萬精兵，向潞州進軍。

消息傳到晉陽，劉鈞嚇壞了，趕緊召集文官武將來商議對策。趙遂上奏說：「主公不要擔心，宋朝軍隊連年征戰，軍中的將士已經是滿懷怨恨，等臣帶人去潞州迎戰，一定將他們打敗。」劉鈞同意了趙遂的建議，任命趙遂為行軍都部署，劉雄、黃俊為正副先鋒，點兵五萬前去抵禦宋朝大軍。趙遂第二天便率領部隊來到潞州邊界安營紮寨，並派人前去打探宋軍的動靜。探子回報：「宋軍在離潞州二十里的地方安營紮寨，看上去聲勢浩大。」第二天，趙遂與劉雄、黃俊一起率兵向潞州進軍。

宋軍前鋒高懷德已經擺開陣勢。兩軍對壘，高懷德在宋軍陣前橫槍立馬，趙遂一下子衝出陣中，手持銅刀，大聲罵道：「宋軍真是大膽，竟然敢來侵犯邊界！」高懷德大怒，挺槍躍馬向趙遂殺去，趙遂掄刀迎戰。兩人打鬥了十幾個回合，不分勝負。漢軍先鋒劉雄看到趙遂贏不了對方，便舉著方天畫戟❼出陣幫忙。宋軍將領高懷亮也出來幫忙，他怒目圓睜揮舞著竹節鋼鞭，不出幾個回合便打中劉雄腦門，劉雄當場斃命。趙遂看到劉雄死了，趕緊調轉馬頭匆忙逃走。高懷德率領手下追殺，同時潘仁美驅動後軍乘勢掩殺。北漢軍大敗，死傷無數，高懷德、高懷亮一直追了二十里才收兵。

趙遂大敗之後，來到澤州，與黃俊等人商議說：「宋軍太凶猛，應該派人去晉陽求救，不然澤州城也難保。」黃俊說：「事不宜遲，要是等到宋軍來圍城就無計可施了。」趙遂立即派人連夜趕赴河東地區，向劉鈞奏明此事。劉鈞說：「趙遂出師不利，誰帶兵前去接應？」丁貴上奏說：「如今朝中沒有人是宋軍的對手，主公只有號召楊業出山才能打退宋軍。」劉鈞接受了他的建議，派使節去請楊業出山。使節見到楊業，遞上詔書，上面寫道：「北漢主劉鈞昭示：近因宋師入境，命趙遂率兵禦敵，潞州戰敗，現居澤城，形勢迫在眉睫。如今國家有難，希望楊令公發兵來接應。」

收到詔書之後，楊業與諸將領商議說：「多年前周主下河東，我們父子率軍打敗了他，名聲大振；現在宋朝軍隊前來攻打，漢主再次下詔書求救，應當前去救助。」楊七郎說：

---

❺【下詔】古時候皇帝下達命令的說法。

❻【監軍】古時候監督軍隊的官員名稱，一般是出兵前臨時任命的，其主要職責為代表朝廷處理軍務、監督檢查將帥等。

❼【方天畫戟】一種古代的兵器，樣式為長杆頂上有一個「井」字形的戟。因為長杆上一般都有彩繪裝飾，所以會被稱為方天畫戟。這原本是一種儀式上的器物，後來才成為一種實戰的兵器，對使用者武藝要求很高，所以使用方天畫戟的人一般都武藝高強。

「中原大軍兵強馬壯，大人這一回不要急著發兵，等宋軍在河東被困住的時候，再發兵也不遲。」王貴說：「小將軍此言差也！常言道：救兵如救火，不能拖延。如果等到宋軍兵臨城下，就什麼都晚了。」楊業贊成王貴的說法，下令讓長子楊淵平鎮守應州，自己和王貴一起帶兵起身前往晉陽去見劉鈞。見面之後，劉鈞對楊業以禮相待，而且賜給他大量財物。楊業拜謝後退下。

第二天，劉鈞在殿中設宴款待楊業，楊業上奏說：「陛下召喚臣來抗敵，現在還沒能為主解憂，何德何能讓陛下如此盛情款待？」劉鈞說：「愛卿的威望這麼高，肯定能馬到成功，怎麼會打不退敵人？先喝幾杯，明天再出兵也不遲。」楊業拜謝。當天的酒席上劉鈞賜給楊業金色的酒具，君臣非常盡興。

第二天，楊業來見劉鈞，請求出兵。劉鈞說：「今天愛卿可以出兵了，如果能旗開得勝，我給你加官晉爵。」楊業辭別後，率部隊離去前往澤州。

第四回　楊業出兵講和

宋太祖聽到楊業前來救援漢軍的消息後，說：「朕當年跟隨世宗一起征戰河東，結果空手而回，現在楊業又率兵來救援，我們要迴避，不要跟他正面交鋒。」潘仁美上奏說：「楊家軍雖然兵強馬壯，但是跟河東劉鈞本來就不是一家。臣略施小計就能把他擊退，陛下不必擔憂。」宋太祖聽從了他的建議。潘仁美與高懷德、党進、楊光美等人商議，高懷德說：「楊業的武藝名鎮河東，明天一旦交鋒，可以派蕭華打頭陣，趙嶷（ㄋㄧˋ）打第二陣，我與弟弟高懷亮打第三陣；你率領大軍接應，把他們包圍，肯定能把他們消滅。」潘仁美聽後非常高興。

第二天天剛剛亮，蕭華率領軍隊前進，沒想到恰好與楊業的軍隊相遇。兩軍對壘，蕭華高聲喊道：「早早投降，免得被殺；不然的話，宋軍長驅直入，踏平河東。」楊業提刀縱馬來到陣前，左有王貴，右有楊延昭。楊業大聲罵道：「死到臨頭了，還敢口出狂言！」說完揮舞著大刀，向蕭華衝了過來，蕭華舉槍迎戰。不出幾回合，蕭華被楊業一刀斬於馬下。

宋兵看到這一幕，紛紛逃散。楊業率領部下追趕宋軍逃兵，遇到了趙嶷的部隊。楊業與趙嶷交戰，二十多個回合之後，趙嶷被楊業一刀連人帶馬砍為四截。

高懷德聽說宋軍連吃了兩場敗仗，十分吃驚，趕緊跟高懷亮率領一萬軍馬來戰。在澤州的趙遂得知救兵到來，也出城助戰。楊業殺入宋軍陣中，高懷德提槍迎戰，兩人打了五十多個回合，不分勝負。楊業調轉馬頭假裝逃走，高懷德緊追不捨。就在這時，楊延昭從一邊殺出，把高懷德打落馬下，高懷亮拼死相爭，才把高懷德救回陣中。王貴率軍殺入宋軍陣中，宋軍死傷無數。

楊業被楊光美的一席話說得無以回應，同意講和。

高懷德帶著部下回去見潘仁美，說楊業如何英勇，連斬兩員大將。潘仁美說：「這件事先奏明皇上，再慢慢商議對付楊家軍的對策。」潘仁美把這件事告訴宋太祖之後，宋太祖感歎說：「莫非是上天不想讓我平定河東？」隨即跟諸將領商議班師回朝。楊光美上奏說：「如今楊業的部隊已經與趙遂的部隊合併，聲勢浩大。要是我們現在班師回朝，恐怕他們會來追擊。到那時，我們的軍隊見敵人如此強大，不戰自敗，讓人恥笑。可以派人去跟楊業講和，然後再收兵，消除後顧之憂。」宋太祖問：「派誰去合適呢？」楊光美說：「臣願前去。」宋太祖答應了他的請求，並讓人起草詔書，讓楊光美帶著去澤州見楊業，與他講和。

楊業笑著問楊光美說：「你們皇上平定諸國的時候，也派人去跟他們講和嗎？」楊光美嚴厲說道：「我們大宋天子是英明的君主，秉承大統❶，恩威並重，討伐逆賊，無往不勝。至於收復河東，也是早晚的事，只是不忍百姓遭殃，生靈塗炭❷，再加上皇上對將軍的名望向來敬仰，不想互相殘殺。中原的謀臣勇將我們還沒調動呢，要是讓他們知道河東沒有打下

---

❶【大統】皇帝的事業和地位。

❷【生靈塗炭】生靈是指百姓，塗是指泥沼，炭是指炭火。生靈塗炭字面上的意思是人民陷在沼澤和火坑裡，用來形容人民處在極端困苦的境地。

來，人馬被困在這裡，激怒了他們，到時候千軍萬馬一起趕來，晉陽還能保得住？將軍還能屢戰屢勝？」楊業被楊光美的一席話說得無以回應。王貴站出來說：「這次講和機會難得，將軍可以答應；不然，要是激怒了宋朝人，對河東地區沒有好處。」楊業告訴來使：「回去告訴宋朝皇帝，我軍同意講和。」

楊光美告辭楊業之後，又進了別的營中見到趙遂，把講和的事情跟他說了一遍。趙遂很高興，說：「宋君既然想跟我們講和，我們怎麼敢不從呢？」楊光美辭別趙遂，回去見宋太祖，把講和的事情說了一遍。太祖非常高興，下詔班師回朝。當時軍中糧食眼看要斷絕，所以聽到要回家的消息後將士們都非常高興。

第二天，宋軍離開潞州，班師回朝，並在太行山安營紮寨。呼延贊知道宋太祖路過這裡，非常高興，與李建忠商議說：「我與河東有不共戴天之仇，現在應該下山去攔住宋軍，問他們要三千副衣甲，三千張弓弩，供我們操練之用，等他們再攻打河東的時候，我們充任先鋒軍，建功立業，不比在這裡當強盜強嗎？」李建忠覺得他說的有道理，給了他五千人馬。呼延贊披掛齊備，帶人來到山下，排開陣勢，擋住宋軍的去路。

前鋒副將潘昭亮來到陣前，問道：「誰敢阻攔聖上的車駕？」呼延贊回答說：「攔住聖駕不為別事，只求留下衣甲三千副，弓弩三千張，給小將操練之用。等聖主下次攻打河東的時候，我願打先鋒為宋朝效力。」潘昭亮怒罵道：「中原多少英雄，用得著你這個無名草寇[3]打先鋒？現在趕緊退去，還能留一條命；不然的話，要你好看。」呼延贊說：「你要是能贏得了我手中的這杆槍，我就放車駕過去。」潘昭亮被激怒，挺槍躍馬，朝呼延贊殺去。呼延贊舉槍迎戰。兩匹馬擦身而過的時候，呼延贊抽出鋼鞭，一下子把潘昭亮打死馬下。之後，楊延漢提刀出馬來與呼延贊交戰。呼延贊假裝後退，引楊延漢向前進攻，不出幾個回合把他也活捉了，交給手下綁了押回寨子裡。

潘仁美聽說兒子潘昭亮被呼延贊殺死，正在傷心，忽然党進進來，說：「前面有賊兵攔路，殺傷了大批官兵，要是被聖上知道了，該怎麼回答？」潘仁美說：「我正在想這件事，但是沒想出什麼對策。」党進說：「我帶兵去跟他作戰。」潘仁美說：「太尉[4]要是肯親自出馬，那真是太好了。」党進立即披掛上馬，來到陣前，說：「不知道這是聖駕嗎？還敢阻攔，簡直就是自尋死路！」呼延贊說：「小將無非是想要一些衣甲、弓弩，效忠朝廷，沒想要劫駕，你們為什麼這樣吝嗇，以至於大動干戈？」党進大怒，舞刀殺向呼延贊。呼延贊舉槍迎戰。二人打了幾十個回合，不分勝負。呼延贊假裝逃走，回到自己陣中，党進緊緊追趕，舉起鋼刀劈頭就砍。呼延贊躲過了這一刀，回身將党進打下馬來，眾嘍囉上前把他活

---

[3]【草寇】出沒在山林草莽的強盜、土匪。

[4]【太尉】秦朝時期設立的官職，後來幾經廢除和設立，到宋朝時，成爲輔佐皇帝的最高武官官職。

捉。呼延贊讓人把他押上山去。

宋軍中的高懷德，聽到這個消息之後非常吃驚，說：「這樣的地方怎麼會有這樣的猛將？」高懷德與呼延贊交戰，二人打了五十多個回合不分勝負。有人把這件事奏明了宋太祖。宋太祖親自率領手下來到陣前，只見兩員虎將在那裡鏖（ㄠˊ）戰❺。宋太祖下令讓楊光美上前了解情況。楊光美來到陣前，說：「兩位將軍不要再打了，聖上有旨到來。」

高懷德勒緊馬韁，呼延贊也後退幾步。楊光美問道：「這位將軍阻攔聖駕，有什麼要求？」呼延贊說：「聽說宋軍征討河東，出師不利，小將想借衣甲三千副，弓弩三千張，留在寨中，招募壯士操練。等聖上再征討河東的時候，願意擔任先鋒，陷陣殺敵。除此之外，沒有別的要求。」楊光美聽後，說：「將軍稍等，我把這件事奏明聖上。」楊光美來到軍中，見到宋太祖，把這件事說了一遍。

宋太祖說：「我堂堂大國，怎麼會吝嗇三千衣甲和弓弩呢？如果他真能殺敵建功，就是賜他爵位俸祿也不會吝嗇。」隨即宋太祖下令軍政司拿出精細衣甲三千副，堅實弓弩三千張，讓楊光美拿去給呼延贊。楊光美來到陣前，讓人把衣甲、弓弩送到呼延贊陣中。呼延贊很高興，謝過之後帶人回了山寨，並把這件事告訴了李建忠。李建忠說：「既然聖上賜給了你衣甲和弓弩，你應該把捉來的宋將還回去，並親自到聖上面前謝恩請罪。」呼延贊聽從了他的建議，將楊延漢、党進請到帳中。呼延贊說：「剛才冒犯了將軍，希望能夠得到寬恕。」党進說：「是我們不了解你的真實意圖，被你活捉，實在慚愧，這有什麼好怪你的？」呼延贊下令擺下酒宴，款待這兩位將軍。李建忠讓手下拿來二十兩黃金，對楊延漢說：「剛才對兩位多有冒犯，這些錢用來壓驚，還希望能幫忙引薦。要是能見聖上一面，死也不忘兩位的大恩。」党進說：「要是收了你們的重禮，還有什麼顏面見聖上？」党進堅決拒絕了他們的禮物，並將李建忠、呼延贊帶到陣中，面見宋太祖。

党進奏明了呼延贊的來歷，並說：「這兩人都想要為陛下效力，希望陛下能夠答應。」宋太祖封李建忠為保康軍團練使，呼延贊為團練副使。李建忠與呼延贊謝恩之後，回到山寨，聽候召喚。

---

❺【鏖戰】指與敵人激烈的打鬥。

第五回　潘仁美計逐呼延贊

因為途中中了暑氣，宋太祖回到汴京之後就病倒了。他一直養病，連續很多天都沒有上早朝。到了冬天十月，宋太祖病情加重，他遵照母后臨終時的忠告，讓弟弟晉王趙光義來到身邊，向他交代後事：「你一定能成為一位太平天子，你的侄兒德昭也需要你好好照顧。此外，我有三件未了的心事需要你去辦：第一件，一定要收復河東地區；第二件，一定要重用太行山的呼延贊；第三件，朕非常喜愛楊業父子，一定要把他們招來為大宋效力。北漢的趙遂與楊業關係親近，可以讓他去說服楊業投降；也可以在金水河邊建造府邸賜給楊業父子，他們貪圖中原的富貴，肯定會來投降。另外，朕中年的時候在五台山許願，因為國務繁忙，沒能去還願❶。你選一個清閒的時間，代我去把願還了。這幾件事一定要記住，不要忘了。」

太祖又召喚兒子德昭，對他說：「當國君不容易，我把皇位傳給你的叔叔，讓他代你效勞。現在我賜你一把金鐧，如果朝中有奸臣，你可以用這把金鐧先斬後奏。」德昭說：「父王的話，怎敢忘記？」囑咐完之後，太祖就駕崩❷了。太祖在位十七年，終年五十歲。

第二天晉王趙光義即位，史稱宋太宗。太宗即位之初，非常注意將帥的徵用。一天，他對大臣們說：「河東、遼國、西夏，都是我們的敵國。先帝駕崩的時候，推薦重用太行山的李建忠、呼延贊兩名將軍，朕要下詔把他們召來。」楊光美上奏說：「當初先帝曾經授予李建忠和呼延贊官職，現在正適合把他們召進朝廷。」宋太宗當天就任命高瓊為使臣，派他去太行山傳召李建忠、呼延贊。

高瓊到了太行山，來到山寨，宣讀皇上的聖旨：「朕剛剛繼位，注重將帥之才，如今河東地區尚未收復還需要警戒，所以招募壯士，商議再次出征。太行山李建忠、呼延贊弓馬嫺熟，武藝超群。朕遵先帝遺命，特派遣高瓊來宣讀聖旨。兩位愛卿聽到聖旨後，就到朝中上任，切莫辜負朕的期望。」

李建忠、呼延贊請高瓊入座，高瓊說：「聖上派下官來宣旨，兩位將軍趕緊收拾行李，跟下官回朝廷赴任。」李建忠說：「聖上的旨意怎敢違背，但是這裡與河東離得太近，要是所有人馬都離開，恐怕敵人會乘虛而入，奪走山寨。不如先讓呼延贊跟隨你去朝中見聖上，我暫且留在這裡，等聖上再次征討河東的時候，我再一併效力，你看怎如何？」高瓊同意了

❶【還願】迷信神靈的人，當神靈滿足他的願望之後，兌現之前報答神靈的承諾，就是還願。

❷【駕崩】古代稱皇帝、皇太后、太皇太后去世爲駕崩。

他的想法。

第二天，呼延贊與妻子馬氏，連同部下兩千人與李建忠辭別，離開了太行山。沒多久他們就到了汴京。高瓊帶領呼延贊去見宋太宗。之後，高瓊又把李建忠選擇留守山寨的事情說了一遍。宋太宗宣呼延贊上殿，見他身材偉岸，英姿颯爽，威風凜凜，讚歎不已。呼延贊退下之後，高瓊上奏說：「這位將軍初來乍到，陛下應該賜他一處府第，以示慰問。」宋太宗問群臣：「附近有什麼好一點兒的住處嗎？整頓裝修一下給呼延贊居住。」潘仁美說：「臣知道東郭門有座皇府，原本是龍猛寨，只有那裡十分寬敞，現在有一千名士兵把守，可以把它賜給呼延贊居住。」皇帝同意了這個建議，立即下旨，讓呼延贊到皇府去安頓下來。

第二天，呼延贊帶著自己人馬和馬氏來到東郭門的皇府，卻發現這是一所破房子。不但房屋多處坍塌，而且院子裡長滿雜草破敗不堪，也沒有人打掃。守軍只有五百人，且全是老弱病殘。呼延贊非常生氣，一臉憤怒。馬氏勸他說：「將軍息怒，這裡不過是暫時的居所，等聖上起兵征討河東，我們就離開這裡了。」呼延贊聽從妻子的勸告，安排手下打掃院子，安頓下來。第二天，呼延贊又命令部下不要忘了操練，每天去校場練兵。

潘仁美派人秘密打探呼延贊的動靜，這人回來說：「呼延贊自從到了那座府中，並不在意房屋破敗，院子荒涼，整天都在練兵。他的部隊紀律嚴明，沒人敢私自到百姓家中去。」潘仁美聽後，心裡琢磨：「這個人將來必成大器。」潘仁美與心腹劉旺商議，如何施計把呼延贊趕走。劉旺說：「這件事不難。如今他剛剛到這裡，還沒有得到什麼重要職位，三天後肯定會來大人府上拜訪。等他來了，找個理由羞辱他一番，他肯定會受不了，自己就逃走了。」潘仁美於是立即吩咐下人，準備好刑具，等待呼延贊的到來。

到了第四天，呼延贊到潘仁美府上拜見。呼延贊說：「小將蒙樞密使提攜，得以為朝廷效力，日後一定盡職盡忠，以報先帝知遇之恩。」潘仁美半天沒有說話，最後說：「你知道先皇留下了什麼樣的規矩嗎？」呼延贊說：「小將初來乍到，不知道先皇留下了什麼樣的規矩。」潘仁美說：「先皇留下規矩，凡是招安的強盜都要先打一百棍，免得以後再犯。你今天也要過這一關。」呼延贊聽後不知如何是好。就在這時，潘仁美命令手下把呼延贊推倒，打了一百大棍。呼延贊被打得皮開肉綻，鮮血四濺，旁邊的人看了都心驚膽戰。

呼延贊回到府上，馬氏見他臉色大變，走路踉蹌，就問他發生了什麼。呼延贊把自己被打一事告訴了妻子。馬氏說：「既然這是先帝的規矩，你也只能忍著。」說完之後，馬氏把暖好的酒拿來給呼延贊喝。呼延贊當時正覺得口渴，拿過酒來就喝，結果酒杯還沒放下，大叫一聲，一頭倒在了地上。馬氏非常吃驚，慌亂中怎麼拍打撫摸呼延贊都不見他醒來，情急之下，馬氏大聲哭道：「我們夫婦本想盡忠朝廷，誰想是來送死的？」

就在這時，旁邊突然走出來一位老兵，說：「夫人不要哭了，我能把他救活。」馬氏哭著說：「你要是能把他救醒，簡直就是我們的再生父母。」老兵說：「肯定是將軍被杖打的時候，杖上淬了毒藥，這毒藥浸入肌肉裡，遇熱酒就會發作，所以將軍才會昏過去。等我把他的毒解了，他就醒了。」馬氏說：「既然你有解藥，就請快點兒拿來救人，到時候一定重謝。」老兵拿出藥來給呼延贊服下。呼延贊吃過藥後，果然慢慢醒了過來，大家都很高興。

呼延贊問這位老兵：「這藥為什麼這麼管用？」老兵說：「小人當初曾經遭仇人下毒手，跟將軍一樣也是被浸了毒的棍杖打

潘仁美命令手下，把呼延贊推倒，打了一百大棍。呼延贊被打得皮開肉綻，鮮血四濺。

暈，幸虧遇到了高人把我救醒，並且傳給了我這種藥。」呼延贊讓人拿來白金感謝這位老兵。老兵拒絕了，並說：「將軍住在這樣的房子裡，分明就是潘仁美在陷害你；用毒杖打你，也是他的計謀。你要是不趕緊離開這裡，早晚性命難保。」呼延贊聽後，怒罵道：「有這樣的奸臣在，我怎麼能待下去？」呼延贊隨即下令，讓部下收拾行李，連夜和馬氏趕回太行山，一大早就到了寨子外面。

起初李建忠還不相信呼延贊回來了，出寨一看，果然是他。回到寨子裡，呼延贊把事情的前後經過都說了一遍。李建忠聽後大罵道：「這個人因為當初你殺了他的兒子，所以設下圈套，故意陷害你。如今我們就守在這裡，等陛下再次起兵征討河東的時候，一定抓住這個賊人，把他碎屍萬段。」李建忠安排手下擺酒宴，喝酒解悶。

忽然有人來報：「山下來了一夥人馬，不知道是誰。」李建忠率領部下出了寨子，卻發現原來是耿忠、耿亮。李建忠十分高興，說：「正要準備去請賢兄，沒想到你們就來了。」然後把兩位邀請到帳中坐下，一起喝酒。耿忠問他：「最近聽說賢侄入朝做官去了，怎麼現在卻在寨子裡？」李建忠說：「一言難盡。弟弟隨使臣前往汴京，本想盡忠於朝廷，誰想到竟然碰到潘仁美，這人舊仇不忘，屢次陷害弟弟。」於是李建忠就把發生的事情說了一遍。耿忠聽後大怒，說：「賢弟這裡有多少人馬？」李建忠說：「大約八千人。」耿忠說：「借我兩千人馬，我跟呼延贊一起去把懷州城圍了，挾懷州城向陛下上奏，替侄兒申冤。」

李建忠當天就撥了兩千人馬給耿忠和呼延贊，他們率軍來到懷州府，包圍了懷州城，城裡的人都非常害怕。守城的將領是張廷臣，他登上城樓，只見耿忠等人在城下耀武揚威。張廷臣問道：「你們前來圍城，想怎麼樣？」耿忠回答說：「我們不是為了搶劫來的，是特意為我侄兒洗雪不白之冤來的。」張廷臣不知道其中的緣故，就問：「什麼冤？」耿忠說：「前些天太行山呼延贊受朝廷徵召，到宮中面見聖上，結果被奸臣潘仁美陷害，打了他一百大棒，想要置他於死地。呼延贊不得已只好回到山寨以求自保，如今朝廷不知道其中緣由，反而怪呼延贊私奔，要捉拿他治罪。我今天特意率部下來圍城，就是想要你向聖上奏明此事，剷除奸臣，我們都願意為朝廷效命。」張廷臣答覆說：「既然事情是這樣的，就請各位先退去，不要驚擾了百姓。我現在就奏明聖上，一定要朝廷給你個答覆。」耿忠下令讓人馬退下，在離城二十里的地方安營紮寨。

第六回　呼延贊單騎救主

張廷臣回到府中，寫好奏章，派人連夜趕到京城，上奏給宋太宗。宋太宗看完奏章，非常生氣，下令讓右樞密楊光美嚴查這件事。楊光美派人把潘仁美請到府上，問他說：「聖上對這件事非常生氣，你有什麼可說的？」潘仁美說：「這件事的確是我做的，還希望你能幫我一把，事後必有重謝。」楊光美說：「聖上下令做的事情，怎能因公徇私，只要你跟我一起去見聖上，我自有辦法救你。」潘仁美謝過楊光美，之後兩人一起去見宋太宗。

宋太宗問楊光美：「讓你調查潘仁美的事情，張廷臣所說都屬實嗎？」楊光美回答說：「臣奉命調查呼延贊回山的原因，發現與潘仁美並無關係。不過潘仁美跟我一起來見陛下，希望能得到陛下的寬恕。」

宋太宗將潘仁美召入大殿，問他：「呼延贊是先帝親自冊封的大將，朕將他召入朝廷，希望他能發揮自己的本領，你為什麼把他趕走？」潘仁美上奏說：「呼延贊來到朝廷之後，一直心有不快，早就想回去了，並不是我把他趕走的。不過，我願意再去太行山，召他回來，跟他當面對質，如果真的如他所說，是我把他趕走的，我願意以死謝罪。」宋太宗聽後沉默不語。站在一邊的八王說：「就讓潘仁美再去把呼延贊召來，以表示陛下對將才的愛惜。」於是，宋太宗吩咐潘仁美前去召呼延贊回朝廷。

潘仁美領旨之後，當天就帶人趕赴太行山，並安排人先到山寨裡面報信。呼延贊聽到消息後，說：「我遭這老賊的毒手，差點兒送命，沒想到他今天自己送上門來，不殺了他不能解我心頭之恨。」李建忠說：「不可以這樣，我們打算為朝廷立功，豈能因為個人恩怨誤了大事？不如聽從聖旨召喚，順便免了私奔的罪。」呼延贊聽從李建忠的勸告，兩人一起出山寨迎接潘仁美。

潘仁美來到帳中，宣讀了詔書。李建忠請潘仁美入座之後，說：「有勞樞使親自來到山寨，有失遠迎，還望恕罪。」潘仁美見到呼延贊，一臉慚愧，說：「下官冒犯了將軍，一直很後悔，如今帶聖旨來召你回朝廷，還希望你能立即啟程，不讓皇上牽掛。」李建忠聽到這話很高興，讓人擺下宴席，款待潘仁美，並留他在山寨中過夜。

第二天潘仁美又催呼延贊下山。呼延贊與李建忠商議，李建忠說：「潘仁美是當朝大臣，既然現在帶著聖旨來召你回朝廷，你就跟著他回去，消除往日恩怨。」呼延贊收拾好衣甲、鞍馬，帶著馬氏一起隨潘仁美下了山。

呼延贊回到京師，見到宋太宗，先是請求饒恕私奔之罪。宋太宗說：「因為你還沒有立下戰功，所以只能委屈你先在皇城居住，等征討河東的時候，肯定會重用你。」呼延贊謝恩後退下。宋太宗對八王說：「呼延贊是新來的，不知道他武藝如何，我想測試他一下，你有什麼計策？」八王說：「陛下想要考察一下呼延贊的武藝，這件事很簡單，可以效仿先朝榆窠園的故事，安排一場模擬戰，就能知道他的武藝如何了。」宋太宗說：「誰來扮單雄信[1]？軍中有這樣的人嗎？誰又來扮小秦王[2]？」八王說：「臣願扮作小秦王，讓呼延贊扮尉遲恭，扮單雄信的人陛下可從軍中挑選。」宋太宗同意了八王的建議，下令讓群臣從將帥中選出一位可以扮單雄信的人。潘仁美心裡仍舊對呼延贊心懷仇恨，想要陷害他，於是上奏說：「臣的女婿楊延漢，弓馬嫻熟，武藝頗高，可以勝任。」宋太宗同意了他的推薦。

楊延漢接到命令之後，心想：「肯定是岳父想要殺掉呼延贊，所以才讓我上場，好為他兒子報仇。當初我被呼延贊捉住，他不但沒有殺我，臨走還送我黃金，今天要是不救他，那我就是個不義之人。」於是，他來到八王府中，把這件事從頭到尾說了一遍。八王聽後大吃一驚，說：「你要是不說，這件事就弄假成真了。你先退下，我自有辦法。」楊延漢告辭離

❶【單雄信】隋朝末期瓦崗起義軍將領，曾經與李世民交戰，結果被尉遲恭刺落馬下，第二年被殺。

❷【秦王】唐太宗李世民繼位之前被稱作秦王。

去。八王上奏宋太宗說：「陛下選定楊延漢來扮單雄信，但這楊延漢是呼延贊的仇人，如果發生什麼不測，對朝廷不利。陛下應該另外再選一人，即便有什麼磕磕碰碰，也不會造成麻煩。」宋太宗覺得他說的有道理，於是下令另外再選一人來扮單雄信。高懷德上奏說：「教練使❸許懷恩武藝精通，可擔此任。」宋太宗同意了他的推薦，下令讓許懷恩明天在教場聽候差遣。群臣散去。

第二天，太宗來到教場，文武百官依次排列。教場中鼓樂喧天，旌旗林立。宋太宗將八王、呼延贊、許懷恩三人召入營帳中，對他們說：「朕是想試一下諸位的武藝如何，好讓軍中將士信服，各位點到為止，不要傷了彼此。」宋太宗賜呼延贊一條金鞭，賜許懷恩一杆長槍，賜八王一副弓箭。

三人拜謝過皇上之後，走出帳外。八王騎上一匹高頭駿馬，揮舞馬鞭，向前跑去。許懷恩提槍上馬，在後面緊追，並且大聲喊道：「小秦王不要走！」八王轉過箭垛，瞄準許懷恩搭弓射箭。許懷恩眼疾手快，躲了過去，繼續追趕。八王再射一箭，又被許懷恩躲過。教場裡的將士們看到這一幕，無不震驚。呼延贊看到許懷恩快要追上八王了，提鞭上馬，如當年尉遲恭一般，在後面大喊一聲：「追將慢走！呼延贊救駕來也！」許懷恩看到呼延贊追了上來，便想著無論如何要將他捉住獻給皇上，於是調轉馬頭來對付呼延贊。呼延贊舉著金鞭，與許懷恩打在一起。

二人在教場外面打了二十多個回合，不分勝負。呼延贊心想：「我要是在這裡把他捉住，沒人能看到我的威風，應該把他引到皇上面前再把他擒住。」於是，他假裝逃走，許懷恩被激怒，快馬趕來緊追不捨。快要到皇上面前的時候，呼延贊轉過身來，舉起金鞭，將許懷恩打落馬下。潘仁美等人看見這一幕，都嚇得面無血色。這時八王回來見太宗，太宗非常高興，說：「不愧是先帝選中的將才，果真英勇。」宋太宗賜呼延贊黃金一百兩，駿馬一匹，並讓他在天國寺居住。呼延贊謝過之後退去，比武散場。

太平興國[4]元年二月初一，宋太宗按照慣例，準備去太廟行香。按照規矩，大臣們都要在自己家門口立起居碑，如果沒立的話，就相當於衝撞了聖駕。忽然有人來告知呼延贊：「今天皇上去太廟燒香，眾官都要在門前立起居碑，將軍為何不立？」呼延贊聽後一頭霧水，正準備換上朝服去迎駕，就在此時，聖駕來到。走在聖駕前的正是潘仁美，他聽說呼延贊沒有立起居碑，勃然大怒，說：「大臣們都立起居碑，為什麼唯獨他違反朝例？」說完就下令把呼延贊押赴法場處斬。呼延贊被五花大綁，在場的文武百官也沒人敢說話。

---

❸【教練使】唐朝時期設立的官職，主要負責訓練士兵。擔任這一官職的人應擅長弓箭，騎馬嫻熟，武藝高強。

❹【太平興國】宋太宗的年號，寓意要成就一番新的事業。

一直等到宋太宗上完香回到宮中，八王才回府，路上經過法（ㄈㄚˇ）場❺，只見有許多兵衛，還有一個被捆綁的犯人，於是問道：「今天是聖上上香的吉日，為什麼要斬人？」下面人回報說：「早上聖駕剛剛出門，新來的將軍呼延贊不知道迴避，犯了衝駕之罪，現在要被處斬。」八王聽後大吃一驚，說：「國家差點兒失去一位棟梁之才！」說完八王趕緊上前，讓人為呼延贊鬆綁，並把他帶回自己府中，問他如何犯了衝駕之罪。呼延贊說：「臣剛下山不久，一些規矩還不懂，聖駕出行的時候沒有立起居碑犯下死罪。這次要不是殿下救我，恐怕我早已經沒命了。」八王非常憤怒，心想：「沒有立起居碑不過是無心之失，不至於判死刑，背後肯定有奸臣作祟，想要害呼延贊。」他把呼延贊留在府中，自己去見宋太宗，把這件事向他奏明。宋太宗說：「這件事朕還不知道，這就頒旨赦免他。」八王說：「陛下深居宮中，即便宮外有什麼冤枉，也不能及時傳到你這裡。希望能頒一個優詔❻，好讓呼延贊安心。」宋太宗同意了他的請求，降下聖旨，交給八王，讓他帶給呼延贊。

---

❺【法場】舊時執行死刑的地方，也就是刑場。
❻【優詔】皇帝嘉獎官員的詔書。

第七回　宋太宗御駕親征

八王領旨回到府中，見到呼延贊，向他祝賀：「我今天給你請了一道聖旨，只要你謹守法令，保證你不會再有危險。」呼延贊謝過之後退下，回自己府上去了。不曾想，馬氏因為聽說丈夫被斬首，擔心家人受連累，跟下人們秘密逃回了山寨。呼延贊只好無奈地一個人住在天國寺裡。

河東的劉鈞聽說宋太宗繼位以後，招納太行山的呼延贊為將軍，便跟文武百官商議，說：「當初宋太祖在位的時候就與我北漢為敵，如今宋太宗繼位，河東的境遇仍然堪憂。」丁貴上奏說：「往年多虧了楊令公救援並與宋軍講和，才救了澤州，退了宋兵。這些年我們養精蓄銳，兵甲堅利，陛下可以高枕無憂。如今，陛下應該下令，嚴守各邊關，不要讓宋兵輕易進攻。我們長期堅守，以逸待勞，宋軍無功而返之後，自然也就不敢打河東的主意了。」劉鈞同意了丁貴的建議，下令各邊關嚴防死守，將晉陽城的城池挖深，城牆加高，嚴陣以待。

消息傳到汴京，宋太宗與群臣商議如何征討河東。楊光美上奏說：「河東這次嚴防死

守，早有防備，不可能很快拿下。陛下要想征討河東，應該等到他們內部出現矛盾，然後進攻，才能取勝。」宋太宗猶豫了半天沒說話。曹彬上奏說：「我們國家兵強馬壯，對付一個孤立的河東地區，豈不是摧枯拉朽，有什麼好猶豫的？」宋太宗聽了曹彬的話，決定御駕親征，並任命潘仁美為北路都招討使❶，高懷德為正先鋒，呼延贊為副先鋒，八王為監軍，率領十萬精兵出征。

退朝之後，潘仁美等來到教場，為各部分配兵馬。他把軍中的老弱士兵都分給了呼延贊。高懷德發現之後，說：「先鋒的作用很重要，逢山開路，遇水安橋。現在你把老弱士兵都分給呼延贊，要是誤了國家大事，誰來負責？」潘仁美說：「那你說這些老弱士兵分給誰好？」高懷德說：「所謂老弱士兵，並非就什麼都不能做，但是衝鋒陷陣就不太合適，你應該把他們分給隨駕的將領。先鋒軍中應該都是精兵強將。」潘仁美無話可說，只能照他說的去做。

第二天，宋太宗安排好朝中事務之後，離開汴京，起駕親征。只見路上旌旗閃閃，劍戟層層。不到一天，宋軍到了懷州城下。忽然哨軍❷回報前方有伏兵攔路，不知是誰。呼延贊聽後，帶著部下來到軍前觀看，發現是李建忠、耿忠、耿亮、柳雄玉、馬氏等人。呼延贊下馬問道：「哥哥怎麼不在山寨守著，跑到這裡來做什麼？」李建忠說：「馬氏回到寨中，說你被陷害了，我們憤怒不過，聽說聖上御駕親征，就帶著人來擋住去路，要捉住陷害你的人，為你報仇。」呼延贊聽後，就把當初八王如何搭救自己的事情說了一遍。

話還沒說完，高懷德帶著部下趕了過來，得知原來是呼延贊的兄弟們，就說：「既然我們在這裡相逢，就說明我們有緣分，為什麼不奏明聖上，一起征討河東，共謀富貴？」李建忠說：「為朝廷效力是我們長久以來的心願。」高懷德立即上奏宋太宗，說：「呼延贊的八位兄弟個個都是猛將，現在他們願意跟隨陛下親征。」宋太宗非常高興，說：「這次一定能收復河東。」他封李建忠等八人為團練使，等平定河東回到朝中再補發誥命❸。

第二天，宋軍來到天井關外，安營紮寨。河東守關的將領是鐵槍邵遂，此人有萬夫不當之勇，聽得宋兵來到，便與部下王文商議對策。王文說：「宋軍聲勢浩大，不能跟他們正面交鋒，一邊堅守，一邊派人到晉陽去求救兵，等援兵到了，前後夾擊才能取勝。」邵遂說：

---

❶【招討使】唐朝時期設立的官職名稱，一般在遇到戰爭的時候臨時任命，職責包括鎮壓叛亂、接受投降、討伐叛逆，以及遇到突發情況來不及上奏朝廷的時候，有權力做決定。這一職位常常由大臣、將帥等地方軍政長官兼任。

❷【哨軍】軍隊中負責偵查巡邏的士兵。

❸【誥命】又稱誥書，是皇帝封賞官員的專用文書。誥是以上告下的意思。誥命開始用於西周，秦朝、漢朝和唐朝用得比較少，從宋代開始，凡文武官員的升遷、換職、貶職、封賞都需要用誥命。再後來，針對不同官職、不同用途的誥命，其用料、圖案也都不一樣。到了清代，太上皇、太皇太后、皇太后布告天下臣民的文書也被稱爲誥命。

「如今敵人正好疲憊，不如趁機攻擊，何必等什麼援兵？」說完便率領部下出關迎戰。

兩軍對陣，呼延贊挺槍躍馬來到陣前，大聲喝道：「要是不投降，就是自取滅亡！」邵遂說：「你要是現在就退去，饒你一命；不然，殺你個片甲不留。」呼延贊大怒，舉著槍殺向邵遂，邵遂掄刀招架。兩人打了三十多個回合，不分勝負。呼延贊想要活捉邵遂，於是假裝失敗往自己陣中跑，邵遂緊追不捨。呼延贊等邵遂離自己很近的時候，突然調轉馬頭，大喝一聲，把邵遂活捉。

忽然哨軍回報，前方有伏兵攔路，不知是誰。呼延贊聽後，帶著部下來到軍前觀看。

高懷德見呼延贊活捉了對方將領，就率兵殺入敵人陣營，北漢軍大敗，死傷無數。王文不敢迎敵，騎馬逃走，去投靠陸亮方了。宋軍攻進天井關，宋太宗進駐關中。呼延贊綁了邵遂來見宋太宗。宋太宗說：「這等逆臣留著也沒什麼用。」於是下令推出去斬首示眾。

第二天，宋軍來到澤州。澤州守將是袁希烈，他知道宋軍到了，便與副將吳昌商議，說：「宋軍兵強馬壯，並且有呼延贊這樣的猛將，如果與他們正面交鋒，勝算肯定很小，進攻不如守城。」吳昌說：「澤州城池穩固，將士精良，可攻可守，先讓我去跟他鬥一鬥，要是輸了，再守城也不遲。」袁希烈答應了他的請求，給他派了五千人馬。

吳昌披掛上陣，開東門，率領部下出城，擺開陣勢。對面的宋軍先鋒呼延贊橫槍跨馬上前。吳昌說：「我們北漢歷來就在河東地區，大宋為什麼一再來侵擾？」呼延贊說：「我大宋以仁義之兵統一天下，只有河東還沒有收復，你們死到臨頭，不如快快投降。」吳昌大怒，揮舞大刀殺向呼延贊，呼延贊舉槍迎敵。兩人剛剛交戰，宋軍就擊鼓進兵，北漢軍還沒作戰便陣腳大亂。吳昌體力不支，調轉馬頭往自己陣中逃去，呼延贊趁勢追擊。吳昌見宋兵英勇，不敢進城，率領部下繞城逃走了。呼延贊快馬加鞭緊追不捨，大喝道：「賊將不要走！」吳昌回頭見呼延贊追得緊，就按住刀彎弓搭箭射向呼延贊，結果被呼延贊躲過。吳昌愈發慌亂，只顧向前，不料連人帶馬掉進了沼澤裡。呼延贊令部下上前把他捉住，並俘虜了他手下兩千多人。

呼延贊把吳昌押到宋太宗面前，宋太宗吩咐左右把他推出去斬首，並下令攻城。吳昌的部下回到城中，把戰敗的事情告訴了袁希烈。希烈大吃一驚，說：「不聽我的勸告，果然被敵人殺死了，這該怎麼辦？」袁希烈的妻子張氏是絳州張公瑾的女兒，相貌醜陋，人稱「鬼面夫人」，但她武藝高超，誰也近不了身。聽完丈夫的話之後，她上前說道：「將軍不要驚慌，我有退敵的妙計。」袁希烈說：「如今城中的形勢火燒眉毛，夫人你有什麼妙計？」張氏說：「宋軍聲勢浩大，只能智取。明天你先率領部下出戰，假裝失敗引敵人到樹林中，我在那裡埋伏好弓箭手，到時候萬箭齊發，一定能獲勝。」袁希烈覺得這個計策很妙，就吩咐部下去準備。

第二天，袁希烈帶部下六千精兵出城迎敵。兩軍擺開陣勢，宋軍前鋒呼延贊首先出馬，高聲喊道：「賊將為何不趕緊獻出城池，居然還敢來挑戰？」袁希烈說：「我今天就捉了你，為吳昌報仇！」說完，他舉著斧頭殺向宋軍陣中。呼延贊騎在馬上，手舉長槍，兩人打在一起。鬥了二十多個回合，袁希烈假裝失敗騎馬逃走。呼延贊率領部將祖興趁勢追擊。來到樹林中，袁希烈放出信號，張氏率領埋伏在那裡的伏兵一起射箭。萬箭齊發，宋兵死傷不計其數。呼延贊知道中了計，調轉馬頭，正好遇到張氏。兩人只打了兩三個回合，呼延贊就被張氏刺中左臂，最後忍痛衝出重圍，祖興率領部下隨後殺出。袁希烈騎馬回來追殺，把祖興一斧劈落馬下，宋兵大敗。袁希烈與張氏兩軍合併，打了勝仗之後回到城中。

呼延贊回到軍中，對張氏刺了自己一槍懷恨在心。他對馬氏說：「今天這一仗不但失敗，還折了大將祖興，部下也傷損大半。」馬氏說：「對手是誰，居然能贏你？」呼延贊說：「袁希烈不值一提，他的妻子張氏槍法不在我之下，而且又善於用兵。如果讓她來守城，那麼澤州可能就很難攻下了。」馬氏說：「不要擔心，她的伏兵之計只能用一次，我也給你出個計謀，保證能攻下澤州。」呼延贊說：「你有什麼計謀？」馬氏說：「先將部下安穩住，就說你被敵人重傷左臂不能出戰。等敵兵聽到這個消息之後，肯定懈怠防守。然後你再安排一些老弱士兵去河邊洗馬，做出一副準備班師回朝的樣子。我與你在城東高處觀察局勢，等袁希烈出兵之後，先讓高將軍跟他作戰，我們趁城中空虛殺進城去，澤州唾手可得。」呼延贊聽後非常高興，說：「這計策高明，肯定能一雪前恥。」隨後呼延贊秘密下令，讓各營按兵不動。

果然，不出幾天，袁希烈就跟張氏商議。張氏說：「前天呼延贊被我傷了一槍，宋軍中如果少了這個人，肯定會軍心不穩。我們應該乘勢不斷派兵騷擾，宋軍自己就會撤退。」袁希烈當即率領七千精兵，從南門衝出。宋軍不戰而逃，袁希烈率軍直衝宋軍陣中。這時高懷德出戰，兩人剛剛交手，後方就傳來消息，說宋軍打進澤州東門了。袁希烈大吃一驚，趕緊往城中趕，恰好遇到殺來的呼延贊。呼延贊大喝一聲：「賊將不要走！」袁希烈不敢戀戰，突圍逃走。呼延贊緊追不捨，不出半里就追上了，呼延贊手舉金鞭，把袁希烈打落馬下而亡，其部下紛紛投降。

張氏殺到城東，遇到馬氏，大殺一陣，最後帶著殘部向絳州逃去。高懷德率兵攻進澤州城。呼延贊派人向宋太宗傳捷報，宋太宗非常高興，下令到城中駐紮。

第八回　智取接天關

宋軍攻下澤州之後，第二天就抵達了接天關。接天關的守將是陸亮方，他跟王文商議說：「宋軍兵臨城下，應該用什麼計策對付？」王文說：「這裡關隘險固，只能堅守，等宋軍糧草耗盡之後再出兵。」陸亮方按照他的說法，按兵不動。宋軍前鋒呼延贊在關下屯兵，讓部下攻關。但是每次宋兵靠近，關上就往下射箭、扔石塊，宋軍不能靠近。呼延贊無計可施，跟李建忠商議說：「陸亮方堅守不出，怎樣才能取勝？」李建忠說：「這裡關隘堅固，易守難攻，不能讓部下貿然進攻，否則白白增加死傷。不如暫時撤離，把它圍困，有機可乘之時再出兵。」呼延贊猶豫了半天，沒有做出決定。

又過了幾天，呼延贊派人去打探消息，回報說：「關隘堅固，人馬都不能靠近。」呼延贊更加鬱悶。這時忽然有人來報：「營外有一個老兵，要見將軍。」呼延贊傳喚這位老兵來到帳中，問他有什麼事。老兵說：「聽說將軍攻不下接天關，小人特來獻計，希望能助將軍一臂之力。」呼延贊十分驚愕，問他：「你有什麼計策能攻下接天關？要是真能攻下的話，

我定會奏明聖上，讓你榮華富貴。」老兵說：「這接天關地勢極高，所以名叫接天關。守將陸亮方不過是一介勇夫，沒有什麼本領，但是他有王文輔佐。王文深謀遠慮，精通兵法。要是他們堅守不出，恐怕眾將士就是圍城一年也攻不下來。將軍有所不知，這山後有一條小路，雖然崎嶇卻是唯一的通道，不過這條路有李太公把守。如果將軍派人去問他借過，就可以從這條路直接到達河東地區。」

呼延贊聽後十分高興，說：「真是老天眷顧我。」呼延贊要把這位老兵留在軍中，等事成之後奏明皇上為他邀功。但是老兵卻說：「小人不願意升官發財。」說完之後就走了。營中的軍人報告說，這老兵一出門就忽然不見了，只有一陣清風吹過。呼延贊聽後十分驚訝，當即跪下拜天，感謝神明指點。

第二天，呼延贊派柳雄玉帶步兵五千，去李太公那裡借路。柳雄玉率領部下，直接從山後的小路來到關下，派人進去通報。守將李太公，名榮，有兩個兒子，大兒子李信，二兒子李傑，兩人都會武藝。李太公聽說宋兵圍了接天關，更加嚴守此地。忽然有人來報：「宋將派人來見太公。」李太公讓人傳喚來者。來的人說：「我大宋攻打接天關，但是無奈關中守備嚴固，一直攻不下來。聽說這裡有路可以直通河東，所以特來問太公借路。若是肯借，朝廷自有重賞，少不了金銀財寶、加官晉爵。」

李太公聽後，笑著說：「這裡是河東咽喉重地，接天關與我相互接應，怎麼可能借路給宋軍？要是允許你們進軍，豈不等於割肉餵人，自取其敗？我不殺你，你快回去告訴你們主將，要是有膽，早早來交鋒厮殺。」這人回去把這些話都告訴了柳雄玉。柳雄玉聽後勃然大怒，帶兵到關下挑戰。只聽關上忽然一聲鼓響，李信帶著五百精兵出關迎戰。柳雄玉猝不及防被李信一槍刺死，李信衝進宋兵陣營大殺一陣，然後回到關中。柳雄玉部下回到軍中，將此事報告了呼延贊。呼延贊大吃一驚，說：「事情沒成，還損失了一員大將，如果兩處的敵人聯合來挑戰，該怎麼防禦呢？」他找來李建忠商議，李建忠說：「可以趁著接天關不敢出兵作戰，讓高將軍前去攻打；我等率兵去攻打李太公那裡，要是打下來，那這兩關就算是都到手了。」呼延贊同意這個計畫，派人去通報高懷德出兵，自己與李建忠率兵來到關下挑戰。

李太公正在與兩個兒子商議如何打退宋兵，李信說：「敵眾我寡，不能硬拼，可以派人去接天關通報，讓他們來這裡支援，等援軍來了再出關攻打宋軍。」李太公聽從了這個建議，派人去接天關通報。陸亮方與王文商議說：「宋軍攻不下接天關，只好從背後攻擊，如果那裡保不住，接天關也就危險了，你趕緊帶兵去救援。」王文說：「將軍說得對，小將這就出發。」然後王文帶領三千精兵，前去救援。王文的到來讓李太公十分高興，兩人商量如何迎敵。王文說：「太公堅守城關，我與令郎❶一起出去破敵。」李太公同意了他的計畫。

第二天，王文與李信一起出關作戰。呼延贊也擺開了陣勢，在馬上指著王文罵道：「手下敗將，還不趕緊獻上城關投降，又來送死？」王文笑著說：「今天就殺你個片甲不留。」說完，舞著方天畫戟騎馬衝向呼延贊，呼延贊提槍迎敵。兩人交戰不出幾個回合，王文佯裝逃走。呼延贊知道王文擅長用兵，想把他活捉，就拍馬去追。這時，一聲炮響，左邊殺出一員猛將，正是李信。李信舉著槍繞到呼延贊後面，呼延贊被激怒，先是追上王文，把他一槍掃落馬下，看到手下把他捉住之後，又回過頭來再與李信交戰。李信看到王文被捉，心裡發慌，不敢戀戰，收兵回到關中，呼延贊也只好收兵回營。

王文被押到帳中，呼延贊親自為他鬆綁，並且請他入座，向他謝罪：「剛才冒犯閣下，還望恕罪。」王文說：「小人被將軍捉住，生死在將軍手上，為什麼對我這麼殷勤？」呼延贊說：「小將本出生於河東，如今為大宋效力。你也是有勇有謀的人，為什麼要屈居在這樣的地方？不如棄暗投明跟我一起作戰，建功立業，揚名後世。」

王文聽了呼延贊的一番話，沉默了半天，說：「良禽擇木而棲，賢臣擇主而事。我王文不是什麼賢臣，願意跟從將軍，聽將軍差遣。」呼延贊非常高興，跟他商議如何攻下城關。王文說：「這件事應該隨機應變。如今李信知道我被你捉來，肯定會死死守在城裡，不會出

❶【令郎】對對方兒子的尊稱。

戰，將軍又能怎麼樣？不如先去攻打接天關，再回來對付這裡，到那時就易如反掌了。可以先讓李將軍帶人埋伏在關下，我趁著夜色假裝攻打將軍的陣營，引陸亮方帶兵出城來接應，到時候將軍跟著我殺進關去。」呼延贊非常贊成此計，立即安排手下去布置。

呼延贊帶著老弱士兵攻打接天關。陸亮方聽說宋兵又來攻打，心想：「肯定是別處攻打不下來，所以又來攻打這裡。」於是下令嚴加防守。二更左右的時候，呼延贊下令，讓士兵們點起火炬，吶喊放炮，全力攻擊。關上不斷放箭扔石塊進行抵禦。忽然，王文從東北角帶著兵衝殺過來，宋軍陣腳大亂。王文殺到關下，大喊道：「宋軍被打敗了，關上趕緊出兵接應。」守軍聽到是王文的聲音，通報了陸亮方。於是陸亮方帶著手下出關接應。這時一旁的呼延贊突然轉過來，把陸亮方手下的部隊截為兩段，王文又乘虛殺回。陸亮方知道自己中了計，趕緊勒馬逃走，結果被呼延贊一槍刺死在馬下。李建忠率領伏兵一起殺出，衝入關中。敵軍進退無路，紛紛棄甲投降。

攻下接天關，呼延贊喜出望外，對王文說：「這座雄關要不是閣下的妙計，恐怕一年也攻不下來。」王文說：「僥倖而已，不值一提。」呼延贊派人去向宋太宗傳捷報，太宗車駕進駐接天關，河東之地盡收眼底。李太公聽說接天關已經被攻下，感歎道：「宋軍真是神兵啊。」然後他帶著兩個兒子棄關逃到了河東。

絳州守將張公瑾聽說宋軍攻打下了接天關，整天擔驚受怕，不知該如何應對。張公瑾手下劉炳對他說：「如今宋軍聲勢浩大，那些堅固的關隘都被攻破了，何況絳州地勢低平，很容易陷落，再說守軍太少，怎麼能抵擋住宋軍？不如投降，免得百姓受苦。」張公瑾接受了這個建議，派劉炳找宋軍納降。

呼延贊把這件事奏明太宗，太宗說：「不戰而降是明智的選擇，可以答應。」呼延贊第二天帶軍馬來到絳州城下，張公瑾開門迎接。太宗車駕進入城中，安撫百姓，並下令前鋒呼延贊、高懷德等部隊合併，一起進攻河東。

劉鈞聽到這個消息之後，立刻召集群臣商議對策。丁貴上奏說：「宋軍遠道而來，糧草難免供應不足，不可能待太長的時間。陛下應派人去大遼，請求蕭太后出兵截斷宋軍的糧草補給；同時調集軍馬，準備堅守。」劉鈞聽從他的建議，一邊派人前往大遼求救，一邊吩咐下去，要將士們嚴陣以待。

使臣來到大遼，見到蕭太后，向她奏明了求救的事。蕭太后與文武百官商議如何應對，左丞相❷蕭天佑上奏說：「河東地區與大遼交界，大遼與北漢是脣亡齒寒❸的關係，希望陛

---

❷【左丞相】從春秋時期開始，有的朝代設置左丞相和右丞相，有的只設置一個丞相。往往左丞相職位要高於右丞相，有的朝代左丞相負責朝政，右丞相不過是個虛職。

❸【脣亡齒寒】要是嘴脣沒有了，牙齒也會感到寒冷，用來比喻兩者之間關係緊密，利害相關。

下能發兵去救援。」蕭太后准奏，當即任命南府宰相耶律沙為都統，冀王敵烈為監軍，率兵二萬去救援。

耶律沙率領部下離開大遼，來到白馬嶺安營紮寨。宋太宗聽說大遼出兵援助晉陽，非常生氣，說：「河東的賊臣逆子，遼國竟然敢出兵相助？」於是太宗吩咐手下諸將，先打遼兵，再攻晉陽。呼延贊對高懷德、郭進說：「遼兵到來，諸位認為應該如何破敵？」郭進說：「兵貴神速，趁著敵人沒有安穩下來，直接殺過去。我聽說遼兵駐紮在白馬嶺，離這裡不過四十里，中間有條河阻礙他們的來路。小將先出發，帶部隊渡過河去襲擊；你們在後，帶兵來協助，肯定能擊敗遼軍。」呼延贊說：「這個主意不錯。」於是郭進帶兵先出發了。

遼軍營中，耶律沙與敵烈商議說：「宋軍喜歡突然襲擊，我們剛到這裡，他們肯定會來偷襲以挫傷我軍士氣。我軍與宋軍中間隔著一條河，我們在那裡先埋伏好，等他們渡河的時候發起進攻，肯定能捉住他們的將領。」敵烈說：「如果先讓敵人渡河，我軍看到他們的氣勢難免會膽怯，不如我們搶先一步渡河，迎著他們，肯定能成功。」

第九回　劉鈞敕書召楊業

　　敵烈不聽耶律沙勸告，執意要率領部下渡河，結果還沒到岸上，忽然聽到東邊鑼鼓齊鳴，喊殺聲震天，原來是郭進的人馬趕到了。兩軍擺開陣勢，郭進揮舞著大刀罵道：「北漢自取滅亡，你們竟敢來救援，活該惹禍上身！」敵烈也罵道：「你們中原連年征戰，貪得無厭，要是早早退去還能活命。」郭進拍馬上前，敵烈掄刀迎戰，兩人鬥了二十多個回合。這時突然殺出一位猛將，原來是呼延贊，他挺槍躍馬，橫衝直撞，衝散了遼軍的陣勢。敵烈大怒，奮力擋住郭進和呼延贊的攻勢。對岸的耶律沙看到敵烈形勢危急，趕緊派部下渡河去救他。就在這時，南邊高懷德又率兵趕到。兩軍交戰，箭如雨下。敵烈漸漸體力不支，突圍逃走，結果被郭進追上，手起刀落斬死在河裡。

　　看到對方主將被斬，宋軍士氣高漲。遼軍大敗，被殺死在河裡的遼兵不計其數，屍體堆起來把河水都堵住了。耶律沙帶著殘存的部下從小路逃走，呼延贊、高懷德率兵追擊。就在這危急時刻，突然山後殺出一隊人馬，為首的正是遼國大將耶律斜軫。原來蕭太后擔心遼軍有什麼閃失，於是派耶律斜軫屯兵在山後以防不測，沒想到剛到這裡，就碰到耶律沙被追殺。耶律斜軫帶領部下，奮力殺退宋軍。高懷德等人整合部隊，向太宗傳去捷報。太宗非常高興，下令進攻晉陽。

劉鈞知道遼兵被打敗，既吃驚又害怕，召集群臣商議對策。右相郭有儀上奏說：「宋軍勢力太強，難以迎敵，不如投降稱臣，一來可以免除災禍，二來可以拯救滿城百姓。」劉鈞沉默不語。中尉宋齊丘上奏說：「河東城池堅固，要是背水一戰，誰勝誰負還不一定，怎麼能輕易就投降稱臣呢？臣推薦一人，肯定能破敵。」劉鈞問道：「這人是誰？」齊丘說：「這個人當初住在幽州，姓馬名風。當年黃巢叛亂❶的時候，如果有人聽到他的名聲，便不敢入城。馬風使一根鐵管槍，與王彥章❷齊名。如今他就隱居在嵩山。雖然他年齡已高，但是武藝尚在，如果陛下把他召來，擔任將帥，肯定能打退宋兵收復失地。」劉鈞問道：「誰願意替朕去嵩山一趟？」捲簾將軍徐重說：「臣願意前往。」劉鈞便派他前往嵩山。

徐重來到嵩山，遠遠望見一座茅草庵。走進庵門，只見一個身長八尺，黑面銀鬚的人正端坐在石墩上看經書。徐重上前施禮，說：「這裡是馬將軍的住處嗎？」那人起身問他：「閣下從哪來？」徐重回答說：「小人奉漢主之命，特來請馬道士下山，率兵擊退宋兵。」那人說：「貧道就是馬風，但我已經年老體衰，不能跟當年相比。」馬風把徐重請到庵中，兩人按主賓次序入座。馬風問他：「宋朝皇帝帶兵北伐，正將是誰？」徐重回答：「宋軍中身經百戰的將軍很多，其中先鋒呼延贊無人能敵，近來攻城拔寨都是這人的功勞。有人推薦閣下，說閣下能率軍擊退宋軍，於是陛下派小人來請閣下下山，還希望閣下能答應。」馬風笑著說：「貧道筋骨衰老，鬢髮蒼白，已經年近九十，不能跟往日相比。再說很長時間沒有摸過弓箭，沒有上過馬了，怎能擔此重任呢？如今楊令公屯兵在應州，為什麼不請他幫忙，卻來找我？你趕緊回去覆命，別耽誤了軍情。」徐重聽完這番話，不敢再強求，只好告辭離去。

徐重回到河東，見到劉鈞把馬風的話複述了一遍。劉鈞知道馬風不肯答應，悶悶不樂，只好再與群臣商議退敵的計策。丁貴上奏說：「事到如此，國難當頭，只好再請楊令公出山了。」劉鈞說：「楊家屢次出兵為我解難，前些年澤州之戰還與宋軍講和，並結下盟約，寡人[3]懷疑他們與宋朝私通，所以不想再召他們。」丁貴說：「陛下以仁義待人，楊家父子乃是忠義之士，怎麼可能出賣國家呢？」劉鈞准奏，派人帶著聖旨去山後見楊令公。

---

❶【黃巢叛亂】即黃巢之亂，是唐朝晚期由黃巢領導的一次民變。這次民變長達六年，涉及唐朝的半壁江山，是當時時間最長，涉及面最廣，影響最大的一次民變。這次民變被平定後，唐朝國力大衰，不久之後就滅亡了。

❷【王彥章】五代時後梁的名將，驍勇善戰，每次出征都打先鋒，常用一根鐵槍，被稱作王鐵槍。

❸【寡人】寡德之人，古代君主的自稱。

在聖旨中，劉鈞稱河東危急，只有晉陽城沒有失守，宋朝新立的皇帝帶兵來圍城，百姓面臨災禍，並讚楊家父子忠君愛國，希望他們帶兵來救援，他日宋軍退去一定重賞。

楊令公收到聖旨，與王貴商議說：「宋軍屢屢侵犯河東地區，如果不去救援，就是違抗聖旨；如果前去救援，就破壞了當年跟宋朝達成的協議，失信於人。你有什麼計策？」王貴說：「將軍是河東的大將，主上有難，不可不救，不必為了一些小的信義而猶豫。」楊令公覺得他說的有道理，當即派王貴領兵鎮守應州，自己親自率六個兒子，三萬精兵，前往河東救援。

消息傳到宋軍中，主帥潘仁美召集眾將商議作戰。高懷德說：「楊令公實力很強，自從當年周世宗時起，沒有人能贏過他。如今他又帶兵來戰，一定要小心謹慎，不可貿然進攻。」呼延贊說：「小將也曾聽說楊家父子天下無敵。我先帶手下去跟他一戰，試一試他的實力如何。」潘仁美下令，派呼延贊前去迎敵，呼延贊率八千人馬出發了。

楊令公率領兵馬來到臥龍坡安營紮寨，有人回報說十里外有宋軍擋住去路。楊令公笑著說：「敵人不知道我們的實力，真是自討苦吃。誰願先去跟他較量？」話還沒說完，五郎楊延德說：「我先去。」楊令公批准，並給他五千精兵。楊延德披掛上陣，帶著精兵擺開陣勢。兩軍對壘，楊延德騎著馬提著斧頭來到陣前，高聲喊道：「來者還不趕緊退去，免得自取滅亡！」呼延贊大怒，說：「無名小將，今天饒不了你。」說完挺槍躍馬，殺向楊延德，楊延德揮舞著板斧迎戰。兩人交鋒，打了四十多個回合，不分勝負。呼延贊在馬上想：「都說楊家父子是英雄，果然名不虛傳。」兩人準備再打，但是胯下的馬累得跑不動了。楊延德說：「戰馬累了，明天再戰。」兩軍各自收兵回營。楊延德回去見到楊令公，告訴他：「這位宋將與兒子連戰四十多個回合，不分勝負。」楊令公說：「最近聽說宋軍中有一位叫呼延贊的將軍武藝超群，難道就是這個人嗎？明天我親自跟他較量較量。」楊令公下令繼續前進，把兵營紮在了離宋軍只有幾里的地方。

楊令公收到聖旨，與王貴商議說……

楊七郎立功心切，晚上偷偷帶著三千士兵出寨，去襲擊宋軍兵營。當時潘仁美與郭進、高懷德等人正在商議作戰計策，燈火突然滅了，潘仁美說：「難道是楊家軍要來劫寨，上天給我們暗示？」於是他下令弓箭手做好準備，以防不測。同時高懷德等人各自鎮守兵營，埋伏好，等敵人到來。

楊七郎以為宋軍沒有防備，帶領部下高喊著衝進宋營。忽然營內一聲梆響，早就埋伏好的弓箭手萬箭齊發，頓時間箭如雨落，被射死的人不計其數。楊七郎趕緊調轉馬頭逃走，被高懷德、郭進兩人追殺出五里地，楊七郎的部下損失大半。楊令公知道後勃然大怒，說：「不按軍令行事，導致眾多人馬損失，按軍法應當處斬。」於是楊令公下令，讓人押七郎出去斬首示眾。軍令剛下，張文求情說：「七將軍雖然有罪，但是為國效勞，情有可原，還希望令公饒恕他一回。」楊令公說：「父子雖然是親人，但法令不能徇私，一定要斬。」眾將都為楊七郎求情，楊令公的憤怒緩解了一些，最後下令把七郎衣服脫去，在帳前杖打四十。楊七郎被打得血肉淋漓，一邊的圍觀者無不心驚膽戰。楊七郎匍匐著謝罪後退下。

楊令公對眾人說：「我們初來乍到，先不要與宋軍交鋒，等過幾天時機成熟了再與宋軍作戰，審時度勢，伺機行動，無往不勝。」眾將聽後退下，此後楊家軍堅守不出。

宋帥潘仁美得知楊家軍到來，積極應戰，兩軍的軍營南北對立。一連十幾天，兩軍都堅守軍營，按兵不動。潘仁美派身手好的士兵去前方打探敵軍動靜，回來報告說：「楊家軍正在整理兵器，看樣子是想跟我軍大戰一場。」潘仁美隨即下令諸將出兵作戰，高懷德為左翼，呼延贊為右翼，郭進負責前後救應。安排好之後，眾將各自回營整頓，準備迎敵。

第二天天亮，兩軍對壘，潘仁美先驅馬來到陣前，與高懷德、呼延贊一字排開。對方陣營中，楊業頭戴金盔，身披銀甲，騎白馬，穿著紅袍，左有楊延朗，右有楊延昭，父子齊上陣，威風凜凜。潘仁美在門旗❹下心中暗自驚歎，上前一步，問道：「這次特意來征討河東逆賊，令公為什麼屢次出兵救援？」楊令公厲聲說道：「你家主人已經佔據了中原，但還不知足，連年出兵遠征；當年我已經與你們講和，這才沒過多久又來侵犯，這又是為什麼？我受國家恩待，所以特來救援，你們早早退兵，不會傷了往日的和氣；如果有半個不字，一定讓你們片甲不留，到那時再後悔可就晚了。」

潘仁美聽後惱羞成怒，問部下：「誰先出馬，活捉了這個匹夫？」話沒說完，這邊呼延贊已經挺槍出馬，向楊業刺去。看到呼延贊殺了過來，楊延朗也躍馬上前，截住了呼延贊，兩人打成一團。七十多個回合之後，兩人仍舊不分勝負。就在這時，宋軍突然鳴金收兵。原來是太宗看到楊家父子都是英雄豪傑，想要招撫他們，認為只要招撫了他們，河東就不愁打不下來。

❹【門旗】古時候行軍打仗，軍營和陣勢前面都會立起大旗，被稱作門旗。

第十回　八王議施反間計

太宗回到兵營，夜裡悶悶不樂。八王揣摩他的心思，問他：「陛下悶悶不樂，是不是因為沒有想出如何招降楊家父子？」太宗問他：「你有什麼好的計策？」八王點點頭說：「依我看，可以派人到河東去施反間計，定能讓楊家父子來歸降。」太宗很高興，說：「好倒是好，只是恐怕沒人能擔此重任。」八王又說：「這件事需要派楊光美去辦，一定能成功。」當時楊光美正在旁邊，當即出列說：「臣願意前去。」太宗非常高興，給他黃金千兩、錦緞千匹以及很多奇珍異寶用來賄賂。楊光美連夜趕路，晚上就來到了趙遂府中。

趙遂是劉鈞面前的紅人，說話很有分量。楊光美來到趙遂府上，先賄賂他左右手下，得以被引見。見到趙遂之後，楊光美又送上黃金、錦緞。趙遂本就是個貪圖錢財的小人，看到這麼多財寶高興得合不攏嘴。他問楊光美說：「大人是宋朝大臣，為什麼要賄賂我這樣一個偏遠地方的老頭子呢？不知道是為什麼事，小人一定照辦。」楊光美說：「皇上知道大人是劉鈞的寵臣，你說話劉鈞會照辦，所以特意派我來略表誠意。河東與中原原本沒有深仇大

恨，這次出兵不過是想要講和，但是無奈楊業父子從中阻攔，讓兩國不能和好。如果楊業作戰失利，河東地區肯定會跟著受苦；如果楊業作戰獲勝，劉鈞不免就會對他寵幸有加，而將你冷落，對大人來說，實在是不幸。希望大人幫忙在劉鈞面前說句話，讓劉鈞疏遠楊業，我們自然會退兵。到那時，兩國和好，河東與中原之間永遠太平，這樣大人也就更加得寵，免得被別人取代。還希望大人認真考慮一下。」

趙遂收了楊光美送的財物，又聽了他這一番話，心中不免對楊家父子起了嫉妒之心，於是說：「大人放心，趙遂自有辦法，定能除掉楊業父子。」趙遂款待了楊光美，並暗地裡把他送回。趙遂心裡琢磨：「收了宋人這麼多禮物，如果不能除去楊業，等他立下戰功，豈不是既成全了他，又傷了宋人的臉面？」於是他拿出一些金銀，叫人散布謠言，說楊業收了宋人的賄賂，準備與宋軍一起征討河東，等事成之後與宋人一起瓜分河東。這個謠言開始大肆傳播。趙遂又派人秘密通知宋人不要出兵交戰，等他個十天半月謠言肯定會起到作用。

太宗知道這個消息之後，非常高興，問楊光美說：「這件事可信嗎？」楊光美說：「趙遂是個小人，只知道貪圖富貴，並且忌妒楊業，這件事確信無疑。陛下只需傳令下去，讓各營堅守不要出戰，如此一來，趙遂就能離間劉鈞和楊家父子。」太宗聽後，拍手稱好，下令軍中各營不要出戰；如果敵人來請戰，不要理會。劉鈞每天都催促楊業出戰，楊業奉令每天出兵，但是無奈宋軍不肯出戰，楊業也無計可施。河東地區又有傳言，說楊令公收了宋朝的金銀財寶，不肯出戰，準備叛國。聽到這種傳言，楊業愈發心慌，每天帶將士到宋軍營前叫戰，結果宋軍置之不理，只能空跑一場。

趙遂連夜入宮見劉鈞，說楊業收了宋人的金銀珠寶，準備向宋軍投降。劉鈞大吃一驚，問他：「這件事國舅你是怎麼知道的？」趙遂說：「這件事我很久之前就知道了，當初宋軍圍困澤州，楊業帶兵來救援，最後和宋人講和。當時正是國家用人之際，我也就沒有上奏這件事；如今他又故意拖延，不肯進攻宋軍。現在事情已經徹底敗露，內外沒有人不知道，流言四起，百姓擔驚受怕。」劉鈞相信了他說的話，問他該怎麼把楊業拿來問罪。趙遂說：「陛下降下聖旨，宣他回朝商議國事，預先在大殿上埋伏好士兵，等他一來就把刀扔地上當信號，伏兵一起出來把他捉住。」

第二天，劉鈞派使臣到軍營中宣旨，召楊業回朝。楊業來到殿前，拜見完畢，劉鈞拔出佩刀扔在地上。兩邊的伏兵聽見刀聲，一齊衝出將楊業捉住。楊業大吃一驚，不知自己犯了什麼罪，就問道：「臣無罪，陛下為什麼要捉我？」劉鈞怒罵道：「你私通宋軍，準備謀反，還說自己無罪？」說完下令把楊業推出去斬首。丞相宋齊丘苦苦為楊業求情，說：「楊業父子，忠勤為主，怎麼可能謀反呢？陛下不要輕信謠言，耽誤國家大事。」劉鈞說：「他有三反之罪，怎麼可能是無憑無據的謠言？屢日不出兵，這是一反；不派人請敵人出戰，這是二反；往年私自與敵人講和，這是三反。有這三條罪狀在，就不可能再留他。」丁貴上奏說：「眼前宋軍兵臨城下，先讓楊業去迎戰，如果他作戰不勝，再殺他也不遲。」劉鈞准奏，讓人放了楊業，命令他回去擊退宋軍。

楊令公默默退下，回到軍中，對幾個兒子說：「肯定是宋朝人賄賂了別人來陷害我，故意使漢主疏遠我們父子。剛才要不是宋丞相等人相助，差點兒連性命都保不住。如今讓我去殺退宋兵，才免我一死；不然，仍要拿我問罪。可是敵人拒不出兵，讓我怎麼退敵？」楊延德說：「大人不要擔心。既然漢主聽信讒言，驅逐我們父子，那我們就帶人馬回應州，等宋兵攻破河東，那時再懷念我們父子，就讓他後悔去吧。」楊令公說：「我本想盡忠報國，所以帶兵來援救，豈有再回去的道理？你們明天只管出戰，其他事以後再商議。」楊延德心懷憤恨，退下後與手下部將秘密商議想要歸降宋朝。第二天，楊延嗣、楊延朗兩兄弟出陣叫戰，宋軍陣營裡一個人也沒有出來。天色晚了，楊延嗣等人只好收兵回營。

太宗聽說劉鈞要殺楊業，於是跟謀臣商議如何把他召到自己手下。楊光美說：「陛下應該抓住眼下的機會，引誘楊家來歸降。」太宗說：「只是眼下還沒有想出好的計策。」楊光美說：「臣有一計，不出半個月河東唾手可得，楊家父子肯定會歸降我大宋。」太宗很感興趣，問他說：「你有什麼妙計，趕緊說來。」楊光美上前，在太宗耳邊說了幾句。太宗高興地說：「這件事非你去辦不可。」

楊光美欣然領命，先派人通知楊業，然後直接來到楊業軍營中。楊業說：「當年就是因為這個人來議和，我對他太好了，所以漢主才會對我起疑心；如今他又來這裡，看他這次要說什麼。」楊業安排二十個精壯的士兵埋伏在帳外，並囑咐他們說：「等我大喝一聲，你們就出來把他捉住。」安排好之後，不到一會兒楊光美昂首挺胸進入帳中。楊業端坐不動，兩邊站著七個兒子。楊業問楊光美說：「你來這裡幹什麼？」楊光美說：「特來勸將軍歸順宋朝。」楊業大怒，大喝一聲，帳外衝進二十個人，一下子就把楊光美捉住捆綁了起來。楊業下令把他推出去斬了，楊延嗣說：「大人息怒，先聽聽他說什麼，聽完再斬也不遲。」楊業說：「你就說說看，要是講不通就拿你試刀。」

楊光美面不改色，大聲說道：「我聽說良禽擇木而棲，賢臣擇主而侍。如今將軍來救援河東，本想竭盡全力效忠國家；誰想到竟然被人猜忌，不能為自己證明。我大宋皇帝仁德兼備，四海敬仰，只有河東沒有平定，它還能維持多久？希望令公能仔細考慮，棄暗投明。」楊業聽了這番話，沉默了半天，開口說：「我不殺你，放你回去，讓你們的勇將出陣作戰。」楊光美不慌不忙，退出帳外，並故意從袖子裡掉出一封信。這封信被下人們撿到，送到了楊延德手裡。他拆開信封，只見裡面是一座府邸的格局圖，上面標有無佞宅、梳裝樓、歇馬亭、聖旨坊，還寫著「接待楊家父子之所」幾個字。這座府邸非常美麗，楊延德與楊七郎等人看了又看。楊七郎說：「不要說讓我們進去住，就是看一眼也心滿意足了。」楊延輝說：「這件事先別說出去，等著看看漢主這邊勢頭怎麼樣，如果不善待我們父子，我們就造反歸順宋朝。」大家都保守秘密，不讓楊令公知道。

一連幾天，劉鈞都派人來督戰，又不給糧草，也沒有賞賜。楊令公越來越慌，跟兒子們商議要分兵出戰。楊延朗說：「不是我們不肯出力，只是軍中糧草入不敷出，手下將士毫無鬥志，一旦出兵肯定會自己先亂了陣腳，怎麼可能取勝？不如先帶兵回應州再作打算。」楊業說：「你們要是這樣做，怎麼有臉面見世人？」楊延德說：「大人如果一味求戰，恐怕將士們會造反。」眾人紛紛附和，再加上劉鈞屢次來問罪，楊業最後只得下令回應州。

楊業下令把他推出去斬了，楊延嗣說：「大人息怒，先聽聽他說什麼，聽完再斬也不遲。」

一夜之間，楊家軍退回了應州。

消息傳到宋營中，太宗立即召集群臣商議。楊光美說：「暫時停止攻打河東，先想辦法讓楊家父子歸降，到那時，不愁攻不下河東。現在趁著楊家軍退回，可以在應州散布謠言，就說劉鈞因為楊家父子私逃，準備與大遼勾結，出兵討伐。人們聽到這樣的消息，肯定擔驚受怕，到那時陛下再派人去遊說肯定能成。」太宗同意他的建議，立即下令，派人去山後散布謠言。

不出幾天，楊令公就聽到了謠言，軍中上下無不人心惶惶。楊令公無計可施，滿面愁容。夫人佘氏看他這副樣子，就問他：「令公從晉陽回來之後就整天苦悶，到底是為什麼？」楊令公長歎不已，把自己如何得罪了漢主的事情說了一遍。佘氏說：「你可曾跟兒子們商議過這件事？」楊令公說：「他們勸我投降，我想這不是什麼長久之計。」佘氏說：「如果大宋能厚待你們父子，歸降就是長久之計，有什麼好猶豫的？」楊令公說：「不知道宋朝皇帝會怎麼對待我，要是還不如漢主，反而讓我背上不忠的名聲，到時候就進退兩難了。」楊令公說完這番話，走出軍中。

正好五郎楊延德進來，問母親：「剛才父親說的是什麼事？」佘氏把楊令公剛才說的話告訴了他。楊延德說：「我父親有輔佐君王的才幹和平定叛亂的武藝，何愁歸降後不會得到厚待？」說完之後，就把當初撿到的府邸畫拿出來給母親看，並一一指點，詳細說明。當時楊五郎的兩個妹妹也在一旁，大的名叫八娘，十五歲；小的名叫九妹，十三歲。聽說宋朝給楊家提供的生活如此富貴，都勸母親去說服父親歸順宋朝。佘氏說：「你們先不要提這件事，等我找機會勸他。」第二天，佘氏與楊令公坐在一起喝酒。酒至半酣，夫人問他說：「妾聽說軍中將士都在擔心大遼會出兵，這件事的確讓人憂慮，讓令公陷入進退兩難的境地。時光流逝，建功立業的事情越來越渺茫，真是可惜。不如聽從孩子們的建議，放棄河東，歸順宋朝，建功立業，博取功名。不然的話，只能是一介武夫。」楊令公聽了這番話，說：「夫人說的有道理，我明天就與眾將商議歸降的事。」

楊令公一夜沒睡，第二天召集眾將，商議歸順宋朝的事情。王貴說：「這件事非同小可，如果不先敬重自己，別人也就不會敬重你。所以，應該先派人通知宋朝皇帝，等他派大臣和將軍帶聖旨來，然後再歸降。」楊令公覺得他說得對，就派部將張文前往宋軍營地見太宗，通報楊令公歸順的事情。

太宗召集文武百官，問道：「楊令公要來歸順，我們該怎樣對待他？」八王上奏說：「陛下不能怠慢楊家父子，應該在文武官員中選出兩人，帶著聖旨去表明心意。如此一來，他們肯定會消除疑慮，一心歸降。」太宗問：「誰願意去？」話聲剛落，楊光美說：「文臣派牛思去，他言詞清朗；武臣派呼延贊去，他英氣慷慨。這兩人去，肯定萬無一失。」太宗准奏，當即下詔，派這二人帶著聖旨和厚禮前往應州，去見楊令公。

到了應州之後，文臣宣讀詔書，楊令公收到詔書，拜謝過之後，請牛思進與呼延贊進入帳中，分賓主入座。牛思進說：「主公知道令公真心歸降，特派我二人來到這裡當面約定。軍中眾人盼著令公早日到來，如同久旱盼甘霖，請令公不要再遲疑。」楊令公說：「我守在這樣一個偏僻的地方，上不能為漢主盡忠，下不能為宋朝立功，讓天下人恥笑。」呼延贊說：「令公此言差矣。令公文武全才，效忠國家，只是劉鈞聽信手下寵臣的讒言，不想讓你父子大業有成。這是天意，絕非偶然，注定令公要在宋朝建功立業，留名於世。」楊令公見眼前二人通情達理更加敬佩，安排手下擺下酒宴，大家開懷暢飲。

第二天，楊令公與夫人商議歸降的事，佘氏說：「令公既然有意歸順於宋朝，何必再三商議？」於是楊令公安排兒子調集邊防軍馬，裝載府上庫裡的金帛，準備起行，歸順宋朝。

第十一回　楊家將歸宋

牛思進與呼延贊回到宋營，見到太宗，上奏說：「楊家父子一會兒就帶部下來歸降。」太宗對八王說：「楊業即將到來，你帶大臣們到路上去迎接。」八王領旨，率領大臣們在白馬驛站等候。忽然有人回報說北方旌旗蔽日，塵土遮天，想必是楊家軍馬來到了。八王聽後，率領眾人出驛站觀望。不一會兒，楊令公也收到消息知道前面驛站中有宋朝官員在迎候。楊令公下馬前進，只見百官站在道路兩邊，鼓聲陣陣。八王先向楊令公施禮，說：「奉主公之命，眾臣在此迎候令公。」楊令公不知道這人是誰也就沒在意，一旁的呼延贊怕楊令公失禮，上前告訴他說：「這是宋朝皇帝的嫡侄金鐧八王。」楊令公大吃一驚，趕緊跪在路邊。八王連忙扶起他，與他一起進入驛舍。酒席早就安排好了，眾臣濟濟，殷勤勸酒，大家其樂融融。

第二天，八王與楊令公的馬齊頭並進來到宋軍營中。太宗得知消息後，下令召見楊令公。八王帶楊令公來朝見，楊令公在帳外跪下請求恕罪。太宗不僅撫慰了他，還授予他邊鎮團練使一職，統率自己的兵馬，等班師回京之後再商議升遷的事。楊業謝恩之後退下，帶著自己的兵馬駐紮在城南。太宗下令，大舉進攻河東。

劉鈞得知楊業離開應州，歸順了宋朝，嚇得魂飛魄散，寢食難安。宋齊丘與丁貴等人堅守城門，宋軍一連幾天攻城都沒有進展。潘仁美派人把晉陽城層層圍住，鼓聲震天。只見城上亂箭、亂石齊發，如同下雨一般。丁貴等人一邊死死抵抗，一邊去見劉鈞，求他向遼國借兵。劉鈞派人連夜前往大遼求救。

晉陽城久攻不下，太宗於二月初三親自來到軍前督戰。高懷德、呼延贊等人分別攻打不同的城門，城牆倒塌，死傷者不計其數。太宗下詔書，讓漢主出來投降。使者到了城下，守

楊令公大吃一驚，趕緊跪在路邊。八王連忙扶起他，與他一起進入驛舍。

軍不讓通行。太宗大怒，與將士一起屯兵城下，擺開陣勢，兩軍互相對射各有傷亡。

當天夜裡，太宗在中營過夜，忽然有人來報，說：「夫人到了。」太宗睜開眼睛，見有一頂轎子，裡面走出一位婦女，交給太宗一張白帖。太宗問她：「你是什麼人？」婦人回答說：「妾乃是河東小聖，今天特意來獻計獻策。」太宗看到紙上寫著八個字：「壬癸之兵，可破晉陽。」太宗看完之後，再抬頭看那婦人，發現人已經不見了。原來剛才是在夢中，此時天已近五更，太宗召集八王、楊光美到營中，把昨晚的夢詳細說了一遍。楊光美說：「壬癸屬於北方，莫非是在指點陛下從北門攻打，可以攻破晉陽？」太宗覺得這個說法有道理，第二天下令，大軍一起攻打北門。

外援遲遲不來，糧草已經斷絕，城裡的人惶惶不安。劉鈞夜裡夢見一條金龍從北門隨水滾入，城牆隨即塌陷，驚醒過來之後，發現天色漸漸亮了。忽然有人來報，宋朝皇帝派人來城裡下詔書，說是如果投降肯定以禮相待。劉鈞看到眼前局勢緊迫，再加上昨晚做的夢，趕緊召集文武百官來商議，說：「我父子在晉陽二十多年了，怎麼忍心讓這裡的百姓跟著受罪？如果不投降，敵人肯定會屠城，怎麼能心安？不如為百姓著想，投降宋朝。」群臣聽後，無不落淚。這時有人來報：「國舅趙遂已經打開北門帶著宋軍入城了。」劉鈞大哭。

潘仁美率先進城，派人傳旨給劉鈞，說：「宋君寬仁大量，並沒有加害的意思。」劉鈞這才放心，派李勳交出印綬❶文籍，表示投降。太宗下詔接受劉鈞投降。太宗的車駕來到北門城臺，並在那裡大擺筵席，派樂工奏樂，太宗與手下大臣喝酒取樂。劉鈞帶領百官，身穿縞（ㄍㄠˇ）衣❷紗帽，跪在城臺下請罪。太宗賜給他襲衣❸玉帶，召喚他上城臺。劉鈞叩頭謝罪。太宗說：「朕不會加害於你，請放心。」劉鈞謝恩之後，帶領太宗的車駕進入晉陽府。百姓紛紛來到街上，舉著香花燈燭表示歡迎。

來到大堂，太宗入座，北漢諸官都跪在大堂下，表示歸降。太宗授劉鈞為檢校大師、右衛上將軍，並封他為彭城郡公，仍舊統領河東地區。

太平興國四年，太宗決定班師回朝。潘仁美進言說：「河東地區與幽州接壤，遼國屢屢侵犯我邊疆，如今陛下的車駕在這裡，將士們願意效命，可以趁這個機會一舉平定遼東，建立千秋偉業。」話還沒說完，楊光美就進言說：「如今剛剛平定河東地區，將士們作戰時間太久，況且糧草還沒運到，陛下應該班師回朝，進攻遼國的事情以後再議。」

一時大家眾說紛紜，太宗不知該怎麼辦，回到行宮之後，召集八王、郭進、高懷德等人來商議這件事。當初圍攻晉陽的時候，將士們不知道太宗也在軍中，有人想要擁立八王，但被八王拒絕。等攻下晉陽之後，太宗聽說了這件事，故意拖著不給將士們行賞。八王說：「晉陽之戰，陛下還沒有賞賜將士，如今又要起兵征戰大遼，恐怕將士們會受不了。不如依楊光美的說法，先班師回朝，再慢慢商議對策。」太宗大怒，說：「等你坐天下的時候，再來決定這些事吧。」高懷德說：「潘仁美的建議是想穩固邊防，這裡離幽州近在咫尺，如果能成功的話，天下太平指日可待。希望陛下恩准。」太宗下定了攻打遼國的決心。

第二天，太宗下令攻打遼國，派眾將士以及楊家軍向幽州進發。當時正值春末時節，處處花紅柳綠，風景美好。沒用多久，大軍就來到易州城下。潘仁美派人到城裡去下戰書。

易州的守將是遼國刺史[4]劉宇。聽說宋軍到來，他正在與部將郭興商議如何應對，忽然有人來報宋營派人來下戰書。劉宇拿著戰書問郭興說：「你覺得應該如何應對？」郭興回答說：「依小人之見，宋軍剛剛平定河東，乘著士氣旺盛前來征討，怎麼能抵擋得住？不如派人到宋軍中去觀察動靜，找機會獻上城池，投降歸順，這才是上策。」劉宇說：「這件事非你去辦不可。」郭興領命來到宋營中，見到高懷德，心裡不免驚慌。高懷德問他：「如今兵臨城下，你來見我是為了什麼事？」郭興說：「宋軍猶如天兵，戰無不勝，今天主將特意派

❶【印綬】古時候的印章和繫在上面的絲帶。在印章上繫絲帶是爲了方便隨身攜帶。印章是權力的象徵，獻出印章就意味著讓出手中的大權。

❷【縞衣】古時居喪或遭其他凶事時所穿的白色衣服。

❸【襲衣】古代行禮時穿的上衣。

❹【刺史】漢朝時期設立的官職名稱，起初其職責是監察地方，後來職權越來越大，逐漸演變成了地方軍事行政長官。

小人來投降，希望能救一城百姓的性命。」高懷德聽後非常高興，立即帶他去見潘仁美說明來意。潘仁美說：「既然要投降，那就明天打開城門迎接聖駕。」郭興答應後告辭退去。

第二天，劉宇打開城門以示歸降，迎接太宗車駕入府中駐紮。宋軍得到兩萬士兵，十五萬車糧草，六百匹駿馬。太宗依舊任命劉宇鎮守易州，並下令大軍朝涿州進發。

涿州的守將是遼國判官[5]劉厚德，他得知宋兵已經拿下了易州，便召集部下商議對策。部下建議說：「宋君仁明英武，平定四海，不如開城投降，還能享榮華富貴。」劉厚德聽後，立即派人到宋營中投降。潘仁美收到投降書，第二天便護送太宗車駕進入涿州城。劉厚德跪在堂下請罪，太宗仍舊讓他鎮守涿州。太宗出兵不過才二十來天，就接連平定了易州和涿州。

消息傳到幽州，蕭太后大驚，緊急召集百官商議。左相蕭天佑上奏說：「陛下不要驚慌，臣推薦兩個人，一定能擊退宋軍。」蕭太后問：「你推薦誰？」蕭天佑說：「大將耶律奚底、耶律沙，二人智勇雙全，如果讓他們帶兵迎敵，肯定能大獲全勝。」蕭太后准奏，任命耶律休哥為監軍，耶律奚底、耶律沙為正副先鋒，統領五萬精兵迎敵。耶律休哥等人領到命令後，帶兵出城，準備與宋軍作戰。

潘仁美得到消息後，召集眾將商議作戰。呼延贊說：「小將願意先出戰，挫敗遼軍的士氣。」潘仁美准許，交給他八千步兵。高懷德說：「小將也願意前往助戰，一起建功。」潘仁美也交給他八千軍馬。呼延贊與高懷德各自領兵出發，到軍前部署。

第二天，兩軍在幽州城下擺開陣勢，宋軍朝北，遼軍朝南。遼軍大將耶律奚底全身披掛率先出戰。宋將呼延贊橫槍勒馬，站在門旗之下，問：「來者何人？」耶律奚底大怒，說：「我乃蕭太后駕下大將耶律奚底。」呼延贊罵道：「遼蠻匹夫！也敢出戰？」說完之後躍馬舉槍，殺向耶律奚底。耶律奚底拿著斧子迎戰。在兩軍的吶喊聲中，二人打了幾個回合不分勝負。這時，遼將耶律沙騎馬衝出，兩人一起與呼延贊作戰。呼延贊以一敵二漸落下風，宋將高懷德也衝出來助戰，揮舞長槍擋住了耶律沙。四人一陣惡戰，兩軍相互射箭，從早晨一直到下午仍舊沒有分出勝負，雙方互有死傷。呼延贊大聲喊道：「馬已經累了，明天再戰。」於是兩軍各自收兵回營。

❺【判官】隋朝時設立的官職名稱，到了唐朝，擔任臨時職務的大臣可以自己選擇中層的官員擔任判官，輔佐其工作。

第十二回　宋軍兵敗幽州城

呼延贊與高懷德回到營中，告訴潘仁美遼軍大將十分英勇，沒能分出勝負。潘仁美說：「耶律沙驍勇善戰，你們需要謹慎對待。」呼延贊等人退出。潘仁美上奏太宗，說：「遼兵勢力正盛，今天作戰沒能取勝，臣非常憂慮。」太宗說：「朕親自上陣，與遼軍一決雌雄。」八王進諫說：「陛下應當保重身體，作戰的事自有將帥出力，不必親自冒險上戰場。」太宗置之不理，第二天下令要親臨陣地督戰。

耶律休哥正與眾將商議如何擊退宋軍，忽然有人來報，說：「宋軍傾巢而出，要與元帥一決勝負。」耶律休哥聽後對耶律沙說：「大將耶律學古在燕地屯兵，正好在宋軍的後方，可以讓他出兵襲擊宋軍後方；我與諸位在高梁河從正面吸引敵軍，前後夾擊，一定能取勝。」遼軍剛剛擺開陣勢，宋軍就鋪天蓋地衝來。宋軍前鋒呼延贊來到陣前，高聲叫道：「蠻軍選善戰的人出來作戰。」話音未落，遼將耶律沙衝了出來，大喝一聲：「宋將趕緊退下，免得被活捉。」呼延贊手握長槍向耶律沙衝去。耶律沙掄刀迎戰，兩人打在一起，三十

多個回合不分勝負。遼軍大將耶律奚底騎馬趕來從側面襲擊，高懷德一馬當先擋住了耶律奚底，四人混戰在一起。

就在這時，忽然聽到宋軍後方數聲炮響如天崩地裂，原來是遼軍大將耶律學古帶著手下的部隊從後方殺來。宋軍不知道來者是誰，先自己亂了陣腳。耶律休哥站在將臺上，望見宋軍亂了陣勢，派出一支軍馬衝進宋軍陣營。太宗趕緊下令，讓眾將來護駕。潘仁美聽到之後策馬趕來，恰好遇到耶律休哥的士兵，只一個回合就被挑落馬下，幸虧郭進及時趕到，才將他救出。

兩軍混戰，聽說太宗有難，宋將們都趕來護駕。太宗一個人騎馬突出重圍，落荒而逃，耶律休哥的部下兀環奴、兀里奚二人緊追不捨。楊業看見之後，對兒子們說：「皇上有難，還不趕緊去營救？」楊延昭拍馬趕到，大喝一聲：「遼蠻不要走！」兀環奴被激怒，掄刀向他砍來。戰了不到兩個回合，兀環奴便被楊延昭一槍刺在胸口，掉下馬去。楊延昭殺散追兵，看到太宗站在壩上，問：「陛下的馬哪裡去了？」太宗說：「已經被敵人亂箭射傷，不能騎了。」楊延昭說：「陛下快騎臣的馬，臣徒步殺出去。」太宗擔心楊延昭沒有馬不能作戰，就說：「你該騎馬殺敵，我坐驢車出去。」楊延昭說：「敵兵太多，陛下趕緊上馬，不要顧我。」

在這危難關頭，楊七郎騎馬趕到，見到楊延昭，問他：「宋軍已經亂了陣勢，哥哥為什麼不趕緊保護陛下離開？」楊延昭說：「你快把馬讓給陛下騎，我在前面殺出一條血路來。」楊七郎扶太宗上馬。楊延昭怒聲如雷，突出重圍，結果被兀里奚帶兵攔住。楊延昭瞄準兀里奚，一槍刺去，正中他的咽喉，兀里奚頓時氣絕身亡。三個人繞過西營，遼軍亂箭射來，楊延昭被困住衝不出去。就在這時，楊業、高懷德、呼延贊三人衝殺過來，救出太宗，向定州逃去。

潘仁美收拾殘軍，只見遍野橫屍，血流成河。宋軍損失了八九萬士兵，丟失的兵器、物資更是不計其數，易州、涿州重新被遼國奪回。耶律休哥率軍大獲全勝，帶部隊回到幽州。

太宗逃到定州，眾部下也陸續趕到。太宗說：「今天要不是楊業父子拼死保衛，朕恐怕性命難保。」八王說：「陛下是天子，自有萬物庇護，賊兵自然不會傷到你。今後還希望陛下保重身體，不要再去冒險，如果諸將沒有及時趕到救援，陛下該如何是好？」太宗點頭表示同意。太宗召楊業來到帳中，賞賜他緞帛二十匹，黃金四十兩，並對他說：「這些賞賜你先收著，等班師回朝再賞戰功。」楊業收下賞賜，謝恩後退出。八王上奏說：「眼下糧草、軍餉不足，將士們士氣低落，希望陛下班師回朝，撫慰臣民。」太宗答應，即日下詔班師回朝，命令潘仁美為前隊，楊業為中隊，其餘諸將及其部下護衛聖駕。聖旨一下，諸將收拾行李，離開定州向汴京進發。大軍一路上沒人說話，沒用多久便回到了汴京。

這天文武群臣朝見完畢，太宗說：「朕時常提醒自己幽州之辱，不要忘記報仇雪恨。你們都說說自己的意見。」司徒❶趙普和參知政事❷郭贄等人上奏說：「我軍兵強馬壯，錢糧充足，一定能將遼軍消滅。但是將士圍攻晉陽時間太長，還沒有緩過勁來，等到了秋後已養精蓄銳，才是圖謀進取的好時機，到那時再起兵征討也不遲。」太宗同意他的看法，下令在大殿上擺下酒席，宴請攻打晉陽的將士。當天大家盡興而歸。

第二天，太宗降下聖旨，封楊業為代州刺史兼兵馬元帥，楊業的兒子們也都被封為代州團練使，並賜金水河邊的無佞宅給他們居住，其他財寶無數。很多大臣都認為楊業沒有立什麼大功，這樣的賞賜太重。太宗說：「朕與人相處要講誠信，怎麼能對自己的大臣言而無信呢？」所以依舊堅持原先的賞賜。楊業上奏，要求撤銷兒子們的職務，並說：「臣文不能立國，武不能定亂。蒙陛下施恩，賜我金水河邊的無佞宅，還封我為代州刺史，這樣的恩德就是粉身碎骨也不能回報。臣日夜思考如何報答陛下。臣的兒子們並未建功立業，卻都被封為團練使，臣不敢當，希望陛下收回對他們的授封。」

太宗聽完這番話，同意了他的要求，楊業謝恩之後退下。此時邊境上一番太平景象，太

---

❶【司徒】古代非常重要的官職，與太尉、司空並稱三公。

❷【參知政事】簡稱參政，唐朝時期設立的官職名稱，是全國權力最高的政務長官之一。這個職務最初時是臨時設立的，用來平衡宰相的權力，到了宋朝成爲常設的官職。

宗整天與大臣們在宮中商討治國之道，商議出兵作戰將帥的升遷和調動。

耶律休哥自從戰勝了宋軍，野心變得更大，蕭太后對他也非常倚重。蕭太后設宴款待文武眾臣，耶律休哥上前說：「宋軍剛逃回去，尚未安頓下來，依舊對遼軍心懷恐懼，臣想趁此時率大軍殺過去，直搗汴京，以報幽州被困之辱。希望陛下恩准。」蕭太后說：「你說的很有道理，只怕宋軍兵強馬壯，沒那麼容易被打敗。」燕王韓匡嗣上奏說：「臣願意與耶律將軍一起出兵伐宋，我們審時度勢，伺機行動，一定能取勝。」

在這危難關頭，楊七郎扶太宗上馬。楊延昭瞄準兀里奚，一槍刺去，正中他的咽喉，兀里奚頓時氣絕身亡。

蕭太后下旨，任命韓匡嗣為監軍，耶律休哥作救應，耶律沙為先鋒，率十萬精兵征伐大宋。韓匡嗣等人接受任命，即日起兵，從幽州出發，向遂城進發。

當時正值九月，秋風中落葉飄零，大雁哀鳴。幾天之後，遼軍來到遂城西北五十里的地方安營紮寨。遂城守將是宋朝的劉廷翰，他聽說遼軍突然來犯，便與副將崔彥進、李漢瓊等人商議說：「上次皇上在幽州打了敗仗，遼國想趁著銳氣來襲擊，大家認為該如何退敵？」崔彥進說：「如果開城迎戰，勝負不好說，要是假裝投降，把他們引進城裡來，肯定能將他們擒獲。」劉廷翰說：「這個計策非常妙，但他們如果起了疑心，不肯接受投降，那該怎麼辦？」李漢瓊說：「我們先把糧草和軍餉交給他們，他們肯定會相信我們。」劉廷翰對這個計策很滿意，立即派人到遼軍陣營中，請求投降。韓匡嗣說：「你們主人說要投降，有什麼憑據？」使者說：「主人派我來獻上糧草供將軍使用，稍後他會親自率部下來投降。」韓匡嗣相信了他的話。耶律休哥說：「宋軍氣勢不弱，現在不戰而降，恐怕是在耍花招，想要引誘我們，元帥應該保持警惕，不要相信他們。」韓匡嗣說：「他都把糧草交給我們了，怎麼可能不是真的？」於是不聽耶律休哥的勸阻。

第二天，遼軍來到遂城城下。劉廷翰得到消息後，安排崔彥進率領一萬騎兵藏在城東門，等遼兵入城後，從一旁殺出。崔彥進領兵去了。劉廷翰安排李漢瓊率領一萬步兵藏在城西門，等敵人一到，就放下閘橋乘勢進攻。安排好之後，劉廷翰自己率領精兵秘密從南門出城以作接應。

第十三回　楊令公大破遼兵

韓匡嗣派人去打探消息，探子回來報告說：「宋軍大開西門，沒有人馬進出。」韓匡嗣不信，親自率輕兵來察看，只見吊橋裝備齊全。護騎尉劉雄武上前說：「元帥不要輕易入城，我看城裡像有伏兵，不早早離開的話恐怕會中計。」韓匡嗣猛然醒悟，說：「你說得對！」趕緊下令後面的部隊停止前進。就在這時，忽然門閘邊幾聲炮響，震耳欲聾。李漢瓊帶著步軍率先殺出。韓匡嗣大吃一驚，勒馬就逃。李漢瓊提刀追趕。遼將劉雄武奮力迎敵，與李漢瓊打在一起，不出幾個回合被李漢瓊一刀劈於馬下。宋軍大舉進攻，遼軍大敗，自相踐踏，死者不計其數。耶律沙快馬趕來，救出韓匡嗣，殺回營中。崔彥進帶領部下殺出，正遇到耶律沙，兩人戰在一起。耶律沙看到宋兵聲勢浩大不敢戀戰，與韓匡嗣拼死突圍逃往易州。崔彥進帶兵追擊，遼軍一路上丟棄的輜重❶數不勝數。劉廷翰從城南繞出來，跟崔彥進等人會合一起追擊遼軍。遼軍中只剩下耶律休哥還在抵抗。劉廷翰下令收軍回到城中。耶律休哥帶著殘部回去見到韓匡嗣，說宋兵太厲害了，暫時沒有對策，不如先回幽州再作商議。

韓匡嗣又憂慮又害怕，最後只能率領部下回到幽州。

蕭太后聽說遼軍出師不利，急忙召集耶律休哥，問他：「沒有遇到敵人大軍，怎麼會失敗呢？」耶律休哥把宋軍如何使用計謀說了一遍。蕭太后說：「你也在軍中，為什麼不加以阻攔？」耶律休哥說：「臣曾竭力反對，但是韓匡嗣不聽。」蕭太后大怒，下旨將韓匡嗣處斬以正國法。耶律沙等人竭力為他求情，說：「韓匡嗣犯下的罪過，按理說不應該求情，但念在他是先帝時的老臣，還希望陛下饒他一死。」蕭太后的怒火緩解了一些，最後撤銷了韓匡嗣的官職，把他降為平民，並任命耶律休哥為主帥，耶律斜軫為監軍，再率領十萬精兵討伐大宋，報仇雪恥。第二天耶律休哥等人便率軍出征了。

消息傳到遂城，劉廷翰召集手下諸將商議說：「遼軍這次回來，一定會與我們死戰，我們堅守城池，不與他們正面交鋒；同時，派人向朝廷求援，等救兵到了再商議如何作戰。」眾人領命，各自堅守城門，按兵不出。

汴京收到邊境傳來的捷報，說：近日宋遼鏖戰，宋軍大勝。就在大家正討論的時候，又有人來報，說：「遼軍又來侵犯遂城，希望發兵救援。」太宗聽後，對大臣們說：「遂城是

---

❶【輜重】古代軍事用語，表示一切軍用物資和生活物資，包括糧草、衣被、武器、裝備等（實際上也包含裝載運輸這些物資的車輛、工具）。

幽燕的咽喉要地，遼國這次出兵，恐怕勢在必得。如果遂城失守，那麼澤州、潞州也將不保。誰願帶兵去救援？」楊光美上奏說：「楊業父子常想建功立功以報答陛下的恩德，如果把這個任務交給他們，肯定能擊退遼軍。」太宗答應了他的建議，封楊業為幽州兵馬使，讓他率兵五千去遂城救援。楊業領命後，安排長子楊淵平統領留下的部隊，自己和楊延德、楊延昭率領部隊第二天離開汴京，向遂城進發。楊家軍在離遂城不遠的赤岡安營之後，楊業先派人到城中去送信。劉廷翰得知來救援的人是楊業，喜出望外，召集手下商議說：「楊業是當今的虎將，遼兵不是他的對手，你們整頓好兵器，準備接應。」

楊業父子率兵在平原上排開陣勢，忽然見到遠處來了一隊人馬，旌旗蔽日，塵土漫天。楊業來到陣前，看到敵軍中一員大將黑臉，大耳朵，怒目圓睜，此人正是耶律沙。耶律沙勒馬問楊業：「你是什麼人？報上姓名來。」楊業笑著說：「賊人敢來我大宋邊境挑釁，今天你死到臨頭，還問我什麼大名？」耶律沙問部下：「誰先出戰，挫一挫宋軍的士氣？」話沒說完，騎將劉黑達應聲而出，縱馬舞刀，朝楊業殺去。楊業正準備親自迎敵，五郎楊延德一騎飛出，掄斧擋住劉黑達。兩人在兩軍的吶喊聲中打鬥，戰到第七個回合，楊延德假裝露出破綻，調轉馬頭逃走。劉黑達立功心切緊追不捨，就在快要追上的時候，楊延德調轉馬頭，當面一斧把黑達連頭帶盔劈死在馬下。

遼軍中的耶律勝騎馬趕來，揮舞著大刀要替劉黑達報仇。楊延昭挺槍而出與他交戰，兩人殺作一團。楊延昭奮力一刺，把耶律勝刺死在馬下，鮮血四濺。

楊業看到兩個兒子都打了勝仗，就趁勢指揮大軍衝向遼軍陣營。耶律沙揮舞大刀奮力作戰，但無法阻擋楊家軍只能逃走。楊業騎馬殺入敵人陣營，左衝右突如入無人之境。遼軍大亂，死者無數。劉廷翰打開西門帶兵衝出。耶律斜軫帶領部下向瓦橋關逃去。楊廷翰與楊業會合一起追擊，殺得遼軍血流成河，死者無數，還得到了很多輜重衣甲。

楊業大獲全勝之後，帶領部下在遂城南邊駐軍，他與手下諸將商議說：「遼軍退到了瓦橋關，我們應當趁勢追擊，將他們一舉剿滅。」劉廷翰說：「耶律休哥智

劉黑達應聲而出，縱馬舞刀，朝楊業殺去。五郎楊延德一騎飛出，掄斧擋住劉黑達。

勇雙全不好對付，既然已經逃走，元帥就先在遂城好好休息，時機一到再出兵征討。」楊業說：「兵貴神速，不給敵人留時間，出其不意才能破敵取勝，這次一定要出兵追擊。」諸將得到命令，率軍殺向瓦橋關，並在黑水東南擺開陣勢。

耶律休哥聽說宋軍追來，與耶律斜軫商議說：「楊家父子果真勇猛，殺我將士如斬瓜切菜一般，沒人敢與他們交鋒。如今他們來進攻瓦橋關，我們只能堅守，不能出戰；等他們糧草耗盡再出兵作戰，一定能一雪前恥。」耶律斜軫同意他的做法，於是下令諸將堅守關口，按兵不動。宋軍乘勢攻打瓦橋關，無奈關上石頭與弓箭紛如雨下，宋軍根本無法靠近，一連攻打了十幾天，都不能破城。

楊業帶領幾十個人騎馬出關察看地形，遠看靠左一帶是遼軍屯糧草的地方；右邊是黑水河，岸邊就是遼軍的兵營。楊業視察一番，回到軍中召劉廷翰來商議，說：「遼軍堅守不出，是想等我軍糧草耗盡，然後再來攻打。如今正是嚴冬時節，北風大作，草木乾枯，如果用火攻肯定可以破敵。」劉廷翰說：「小將也正有此意，只擔心耶律休哥已經識破了這一點。」楊業說：「我自有辦法將他制服。」楊業派人去找來一位老鄉，問他：「瓦橋關左側有沒有小路可以通行？」這位老鄉說：「只有一條小路，人馬很難通行，但如今被遼兵用石頭樹木堵住了。」

楊業聽後，讓人賜這位老鄉酒食，接著召來楊延德，對他說：「你帶步兵五千，卸下盔甲，輕裝上陣，秘密從那條小路過去，每個人都帶好火具，等兩軍交戰放火燒掉遼軍的糧草。」楊業又對楊延昭說：「你帶五千騎兵，趁黃昏渡過黑水河，敵人肯定會等你渡到一半的時候出兵襲擊，那時你就退回岸上假裝逃走，我會安排人馬接應你。」楊業對劉廷翰說：「你與崔彥進率領部下，等楊延昭退兵的時候，在岸邊接應。敵人看到關後起火，肯定會亂了陣腳，那時我們就出兵攻擊，一定能大獲全勝。」楊業安排好之後，自己站在高處，統領全域。

話說耶律斜軫看到宋兵久攻不下有些懈怠，整天跟手下的人一起飲酒作樂，同時派人去打探宋軍的消息。有人回報，說：「宋軍準備渡過黑水河，偷襲燕城。」耶律斜軫笑道：「人家都說楊業用兵如神，我看徒有虛名。」說完，命令耶律高率領五千精兵在岸邊嚴守，趁敵人渡河的時候出兵襲擊，耶律高領兵去了。耶律斜軫又派耶律沙、韓暹（ㄒㄧㄢ）帶一萬人馬襲擊宋軍陣營。安排完畢之後，耶律斜軫與耶律休哥兩軍會合，等待接應前方。

黃昏時分，楊延昭帶兵渡黑水河，還沒走到一半，耶律高便率領精兵殺了出來。楊延昭一邊作戰，一邊退回南岸。遼軍渡過黑水河，與楊延昭部隊交鋒。楊延昭邊戰邊退，不一會兒突然聽到幾聲炮響，兩岸箭如雨下。劉廷翰早已在岸邊等候，正好遇到耶律高，兩人打成一團。耶律沙與韓暹兩人率領遼軍攻打宋營，喊聲如雷，勇往直前。此時楊延德已經帶領步兵偷偷穿過小路，聽到前面開始交戰，便讓部下放火燒毀遼軍糧草。正值狂風大作，火勢凶猛，守糧草的遼軍紛紛逃走。耶律高見關後起火，趕忙原路殺回，結果被劉廷翰趕到近前斬落水中。此時耶律沙已經知道中計，帶兵來救援，楊延昭、劉廷翰等人合兵一處一起進攻，遼兵紛紛丟盔棄甲四散逃命。楊延德帶兵從關後殺出，耶律休哥掩護耶律斜軫向薊州逃去，宋軍乘機奪取了瓦橋關。此時天還沒亮，到處火光沖天，濃煙滾滾，被殺死的遼兵不計其數。

第二天天亮，楊業說：「我們可以乘勢追擊，圍攻燕城。」劉廷翰說：「楊令公已經威名遠揚，遼軍都被嚇破了膽，但是如今糧草供應不上，不適合深入敵人境地作戰。」楊業表示同意，於是在瓦橋關駐軍。

耶律斜軫又吃了敗仗，憤怒不已，準備整合將士，再與楊業決一死戰。耶律休哥對他說：「勝敗乃兵家常事，元帥不必以此為恥，可以奏明聖上，等援兵一到再去征戰宋軍。」耶律斜軫聽從了他的建議，派人去奏明蕭太后。蕭太后得知前方又打了敗仗，吃驚地問：「宋軍由誰統領，竟然如此無敵？」上奏的人說：「是當年河東山後的楊令公。」蕭太后說：「久聞大名，人稱『楊無敵』，果真名不虛傳。」說完，蕭太后派大將耶律奚底率領五萬人馬前去救援。耶律奚底領命後當天就從幽州出發了。

第十四回　太宗大宴眾將士

消息傳到宋軍營中，楊業與眾將商議說：「既然遼軍又來侵犯，我們就與他作戰。等我上報朝廷，備足糧草、軍餉，一舉平定幽州，然後班師回朝。」劉廷翰等人紛紛表示同意。楊業派團練使蔡岳回汴京奏明太宗。太宗聽說前方接連打了勝仗，並且大軍已經兵臨幽州，非常高興，又問遼國有什麼消息。蔡岳說：「遼國將士深受其辱，現在又帶著兵馬來戰。楊主將屯紮在瓦橋關，因為糧草不足，所以沒敢進兵，特意派臣來奏明聖上。」太宗與群臣商議，準備親自上陣，征討大遼。

樞密使張齊賢上奏說：「聖人做事都會三思而後行。自古以來，邊疆上的紛爭不都是由外敵所致，很多是因為守邊的將士導致的。如今應該加強邊關守備，讓關內百姓休養生息，這樣遼國就不會再對中原造成什麼威脅。」趙普也上奏說：「張齊賢說得對，希望陛下能召楊業回京，並下令嚴整邊防守備。」太宗贊同兩人的說法，當天就下詔書並派人送往前線，召集北伐部隊班師回朝。

楊業收到聖旨之後，與諸將商議說：「朝廷既然命令班師回朝，我們可以將部隊分為前後兩隊，謹防遼軍從背後襲擊。」楊延德說：「大人連勝遼軍，再有十幾天的時間就能攻下幽州，實在是機會難得。不如我們先去攻打幽州，等獲勝後再班師回朝，以報答朝廷的知遇之恩，豈不是更好？」楊業說：「我也想這樣，但是聖旨已下，又怎能違抗？如果不班師回朝的話，就是抗旨不遵，即便是建了一些微小的軍功也是功不抵過。」楊延德聽後不敢再說什麼。第二天，楊業安排劉廷翰堅守遂城，自己率領部下離開瓦橋關，向汴京方向進發。

楊業回到京都，隨即入朝去見太宗。太宗賞賜了他很多金銀財物，另外設宴款待出征的將士，君臣開懷暢飲之後才散去。

這一年，大宋改年號為雍熙元年❶。十月的時候，太宗想起了華山隱士陳摶（ㄊㄨㄢˊ）。陳摶是亳（ㄅㄛˊ）州真源人，多次考進士都沒考中，於是遊歷四方以山水為樂，最後隱居在華山靈臺觀。他每次入睡後，一百多天不醒來，所以有人稱他是「大睡三千，小睡八百」。當初陳摶騎驢過天津橋，聽說宋太祖攻下了汴京，大笑著從驢身上掉了下來，說：「從此天下就太平了。」太宗派人到華山去召陳摶赴京。

陳摶收到傳召後，跟隨使臣一起回到汴京，朝見太宗。太宗對他非常尊敬，並安排他到中書省❷。宋琪與他交談，問他：「先生有什麼修養之道可以傳授嗎？」陳摶笑著說：「小道不過是山野之人，既不知道神仙煉丹的事，也不懂得養生的道理，沒有什麼可以傳授的。

不過，就算是我懂得如何升天，對當今世上又有什麼作用呢？如今聖上氣色很好，有天子的儀表，又博古通今，平定四海，是千載難逢的明君。」第二天上朝的時候，宋琪將他的話轉述給了太宗聽。太宗於是下詔，賜陳摶「希夷❸先生」的名號，並親筆寫下「華山石室」四個字送給他，將他送回華山。陳摶謝過之後告辭離去。

當時邊境安寧，太宗想與百姓共用太平盛世，便下詔書，賜京城的百姓飲酒三天。詔書傳下去之後，京城的百姓無不歡呼雀躍。到了這天，太宗親自登上丹鳳樓，與群臣一起觀看百姓飲酒。從樓前到朱雀門，一路上都安排人奏樂，並有山車❹、旱船等項目穿梭其中。一時滿城中都迴蕩著樂聲，觀看的人也熙熙攘攘，一副富貴景象。

---

❶【雍熙元年】雍熙元年爲西元九八四年，是宋太宗的第二個年號，北宋使用這個年號共四年，即九八四—九八七年。雍熙年間最大的事件是宋太宗決定收復北部十六州而發動的雍熙北伐，但是這場戰役以北伐軍失敗而告終。

❷【中書省】漢朝時設立的古代官署的名字，最初叫中書令，後來改爲中書監，晉朝之後改名爲中書省。隋唐時期這個機構的權力發展到最大，其主要職責是順應皇帝的意思，掌管國家大事，發布政府命令。到了明朝和清朝，中書省逐漸被廢除。

❸【希夷】「希」指視而不見，「夷」指聽而不聞。

❹【山車】一種帶篷子的車，主要用來在慶典和儀式上娛樂。

平章事宋琪上前說：「小臣不才，願意賦詩一首。」李昉和呂蒙正也各自出來獻詩。

第二天，太宗在後苑設宴，宴請群臣，並與大臣們一起飲酒賞花。正在賞花的時候，平章事宋琪上前說：「小臣不才❺，願意賦詩一首。」說完便展開花箋，下筆寫了一首詩。太宗看後非常高興，讓人給宋琪賜酒。李昉和呂蒙正也各自出來獻詩。

太宗看完這三首詩，認為各有特色，下令讓人將這三首詩刻在賞花亭下。太宗又說：「國家雖然暫時安穩，但軍事上不可有絲毫懈怠。如今遼薊還沒有平定，朕日夜為此擔憂。現在在座的諸位，都出來練練騎馬射箭，比試一下武藝。」

太宗命令軍校在後苑的空隙地方立起箭垛，在一百步遠的地方劃好界線。將武官分為兩隊，王爺們都穿紅袍，元帥將軍們都穿綠袍，每個人都帶著弓箭，騎在馬上等候太宗發號施令。太宗說：「今天有能射中箭靶紅心的人，賞賜駿馬和錦袍，若是射不中，就派出去鎮守邊關。」話音剛落，穿紅袍的隊伍中衝出一個人，原來是秦王廷美。只見他勒馬上前，彎弓搭箭，一下子正中箭靶紅心，一邊觀看的人都暗暗稱奇。廷美跳下馬來，到太宗面前請賞。太宗高興地說：「沒想到侄兒射術如此精湛。」太宗賜給他駿馬和錦袍，廷美謝恩後退下。忽然穿綠袍的隊伍中也衝出一個人，口中喊道：「小將願意試一試。」原來是大將曹彬，只見他縱馬上前，彎弓搭箭，一箭正中紅心，一邊觀看的人都感歎不已。曹彬下馬來到太宗

---

❺【不才】沒有才能的人，是對自己的謙稱。

面前跪下，太宗同樣賜他駿馬和錦袍。當天君臣盡歡後散去。

夜裡秦王等人從後苑出來後，路過楚王元佐的門口。元佐是太宗的長子，自幼聰明，長相也像太宗，太宗對他喜愛有加。後來他身染重病，總不能痊癒，聽到外面有樂聲傳進屋子裡，便問下人：「是誰夜裡路過府門竟敢奏樂？」下人們回答說：「今天聖上在後苑宴請諸王和武將，比試射術，並奏樂助興。剛才秦王射中靶心，太宗賞賜他駿馬和錦袍，他退下的時候奏樂相送。」元佐大怒，說：「他人都被請去赴宴，唯獨不請我，這是把我遺棄了。」他一邊憤怒一邊飲酒，一直到半夜，最後放火把自己的宮室燒了。城中人都被嚇壞了，官軍趕來救火，但已經來不及了，可惜一片雕梁畫棟，繡閣瓊樓，全部燒成了灰燼。第二天太宗知道了其中的緣由，下詔書將元佐廢為庶人❻，並安置到均州。元佐慚愧不已，但是無奈詔書已下，只好帶著僕人去了均州。

---

❻【庶人】庶民，沒有官爵的平民。

第十五回　高懷德自刎岐溝關

耶律休哥等人一直想找機會一雪遂城之恥，便經常派人去汴京打探消息。探子回報，說宋朝君臣整天飲酒作樂。耶律休哥聽到這個消息，上奏蕭太后說：「臣上次出師未捷，遼軍大敗，罪該萬死。如今聽說宋朝君臣整天尋歡作樂，朝政荒廢，不如趁此機會出兵攻打汴京以雪前恥。」蕭太后聽後，說：「你連年征戰，每次都出師不利，宋朝國勢強大，不可冒進，這件事還應該慢慢商議。」耶律沙上奏說：「如今機會難得，不如趁其不備出兵征討，可以將他們一舉拿下。」蕭太后看到眾人都有這個意向，便下旨任命耶律休哥為監軍，耶律沙為先鋒，其餘將士供他們調遣。耶律休哥領命之後，很快便率領十萬精兵向朔州、雲州方向進發。

消息傳到汴京，太宗得知後大怒，說：「蠻人又來挑釁，朕應該親自征討。」宋琪等人上奏說：「遼軍又來侵犯邊境，我們將帥充足，何必勞煩陛下親征，要是在戰場上有什麼意外，反而有損國威，只需派遣大將去對付就行了。」太宗還在猶豫，張齊賢也竭力勸阻，說：「如果陛下御駕親征，車馬勞頓，百姓跟著吃苦，希望陛下體恤百姓。」於是太宗打消了親征的念頭，並任命曹彬為都督，潘仁美、呼延贊、高懷德等人為副將，率兵十五萬征討大遼。

曹彬等人領命之後，各自安排部下準備出征。太宗又下令：「潘仁美先帶兵去雲州、朔州，曹彬等人帶十萬將士，放話要攻打幽州，路上行軍要放慢腳步，不要貪功。遼軍知道大軍到來，肯定先救范陽，顧不上山後。」曹彬等人領命退下。大軍離開了汴京，潘仁美、楊業、高懷德率三萬人馬向寰（ㄏㄨㄢˊ）州進發。曹彬、呼延贊向新城進發。

曹彬率領大軍來到新城外五十里的地方下寨。新城的守將是遼軍大將賀斯，他得知宋兵到了城外，便打開城門帶兵迎戰。兩軍擺開陣勢，曹彬一身盔甲，精神抖擻，站在門旗下對賀斯說：「我主仁明英武，統一天下，不如趕緊投降，保你榮華富貴。」賀斯大怒，說：「你無故帶兵犯我邊境，要是能贏得了我手裡這把刀，我就投降。」曹彬看著手下諸將說：「誰去捉住這個賊人？」呼延贊應聲而出，挺槍躍馬向賀斯殺去。賀斯揮舞大刀上前迎戰，兩軍吶喊聲不斷。兩人打了三十多個回合，賀斯體力不支，調轉馬頭逃走。呼延贊快馬追上去，從背後將他一槍刺落馬下。遼兵看到大將被殺陣腳大亂，曹彬乘勢調動大軍殺向遼軍，大獲全勝，奪取了新城。

第二天，宋軍來到飛狐嶺，守城的是遼將呂行德。呂行德知道宋兵來到，與手下招安使大鵬翼等人商議說：「宋軍十分強大，我們不是他們的對手，不如解甲投降，免得將士們吃苦。」大鵬翼等人說：「宋軍遠道而來，肯定疲憊不堪，不如乘勢攻擊，怎麼能一上來就投降呢？」呂行德於是派大鵬翼帶手下兵馬出城迎敵。只見宋軍漫山遍野，大鵬翼讓手下士兵穩住陣腳，自己來到陣前，大聲罵道：「宋軍貪得無厭，如今犯我邊境，今天就殺你個片甲不留。」宋軍陣中呼延贊挺槍而出，大鵬翼掄斧迎戰。兩人打了五十多個回合，呼延贊假裝逃走，大鵬翼緊追不捨，呼延贊看到大鵬翼離自己越來越近，大喝一聲，嚇得大鵬翼措手不及，被呼延贊從馬上活捉。宋軍乘勢進攻，遼軍投降的士兵不計其數。曹彬下令在城下將大鵬翼斬首示眾。

第二天，呂行德出城投降。宋軍攻下飛狐嶺之後，長驅直入來到靈邱。靈邱的守將是胡達，他得知宋軍到來，帶兵出城迎戰。呼延贊來到陣前，厲聲罵道：「來者快快下馬投降，饒你不死，不然只有死路一條。」胡達大怒，罵道：「不要猖狂，今天就捉了你獻給皇上。」說完掄著刀衝了過來，呼延贊舉槍迎戰。兩人打了一百個回合，不分勝負。呼延贊心想：「這賊人武藝高超，不能硬拼，需要智取。」隨即調轉馬頭假裝逃走，胡達在後面緊追不捨。等繞到陣前，呼延贊按住長槍，拿出金鞭，此時胡達剛剛追到身邊，呼延贊怒目圓睜，高舉金鞭，一下子打在了胡達頭上，胡達當場斃命。曹彬率軍一擁而上，遼軍大敗。宋軍攻下了靈邱，並得到五千投降的士兵，還有眾多的車馬輜重。曹彬對呼延贊說：「近來作戰，都是將軍的功勞，我不能與你比。」呼延贊說：「都是元帥神機妙算，小將哪有什麼功勞？」曹彬對呼延贊的氣量敬佩不已，並派人向太宗報捷。

太宗得知前方消息後大吃一驚，說：「沒想到進兵速度如此之快！」於是太宗派人去靈邱降旨，命令曹彬等潘仁美的人馬到了再一起進兵。曹彬領到聖旨後，正在猶豫，忽然有人來報潘仁美已經帶著大軍離開雄州來與自己會合。曹彬大喜，立即安排騎軍前去迎接。第二天，潘仁美來到靈邱見到曹彬，才知道曹彬已經率軍接連攻下了幾座城池。兩軍會合後，當天就向涿州進發。

耶律休哥在雲州屯兵，得知宋軍已經來到涿州的消息，便下令行軍，在涿州城南安營紮寨，與宋軍的營寨只相距五里。耶律休哥召來耶律沙，對他說：「宋軍深入我國境內，他們長途跋涉一定非常辛苦，你帶兩萬人馬到城南堅守，等看到宋軍顯露出疲憊的狀態就出兵襲擊。」耶律沙領命退下。耶律休哥又對華勝說：「你帶一萬步兵，到靈邱的樹林中埋伏，阻攔宋軍的糧草補給。」華勝領命退下。安排好之後，耶律休哥晚上就派輕騎兵到宋軍營地裡去騷擾，白天就以精兵虛張聲勢。

曹彬不斷安排手下將領到城下去叫戰，可是遼軍一直按兵不動。宋軍看到遼軍部隊精銳，也不敢貿然進攻。一連十幾天，宋軍晚上不斷受到遼軍騷擾，而且糧草漸漸耗盡，曹彬派人去打探才知道最近運來的糧草半路上都被遼軍搶走了。曹彬非常吃驚，與潘仁美等人商議，說：「我們率軍深入敵境，糧草軍餉供應不上，遼軍肯定會出兵來襲擊，到時候肯定會打敗仗。不如先撤回雄州，等糧草軍餉充足之後，再來征討。」潘仁美同意他的說法，當即下令退回雄州，並派人將這件事回汴京奏明太宗，要求援助糧草軍餉。

太宗收到消息之後有些不高興，說：「面對敵人臨陣退縮，等待糧草支援，實在是下策。」於是太宗急忙派人制止曹彬退兵，下令讓他帶兵沿白溝河前進。曹彬立即召集諸將，商議如何進兵。潘仁美說：「對手聲勢浩大，我們又不熟悉這裡的地理環境，不如屯兵雄州等待時機才是上策。」高懷德說：「如果在這裡逗留，反而讓敵人知道我們糧草已斷，他們肯定會來襲擊，不如先虛張聲勢向前進發，或許能有機會獲勝。」曹彬見手下議論紛紛，不得已只好下令讓士兵各自帶糧食前進。就在宋軍快要到達涿州的時候，耶律休哥得到了消息。他馬上派人通知耶律沙趁機出兵；同時他又派耶律吶帶一萬人馬到巢林裡埋伏，等待宋軍到來。安排完畢之後，耶律休哥與耶律奚底帶兵出岐溝關，與宋軍交戰。

快到中午的時候，宋軍已經走了一天一夜，當時正值夏天，人馬饑渴，酷暑難耐。耶律休哥率遼軍擺開陣勢，擋住了宋軍的去路。看到遼軍聲勢浩大，宋軍士兵心中不免膽怯。高懷德率先出馬，大罵道：「遼賊快來投降，饒你一死。」耶律奚底被激怒，揮舞戰斧向高懷德殺來，高懷德舉槍迎戰。兩人戰了五個回合，耶律奚底調轉馬頭逃走，高懷德在後面緊追不捨。曹彬見狀，調動大軍進攻，耶律休哥率軍一邊阻攔，一邊往關中撤退。等宋軍來到關口，忽然巢林中一聲炮響，耶律吶率領伏兵殺出將宋軍截斷。曹彬大驚，率軍逃走，遼軍萬箭齊發，曹彬的坐騎中箭而死。就在這危難關頭，呼延贊及時趕到，大叫道：「跟著我一起殺出去！」呼延贊在前，曹彬在後，兩人拼死殺出重圍。

此時耶律沙帶兵從潘仁美後面抄襲，將潘仁美困住。高懷亮奮勇殺敵，怎奈遼軍人多勢眾。呼延贊保護曹彬回到營中，又見南邊殺聲震天，便對曹彬說：「肯定是宋軍被圍困了，我去救援。」說完就騎馬趕去。在路上呼延贊正巧遇到潘仁美，只見他丟盔卸甲，十分狼狽。呼延贊殺退追兵，保護潘仁美回到營中。高懷亮正在與耶律沙大戰，但是後面已經沒有人馬接應他，結果被耶律沙趕到關口一刀砍死。高懷德突出重圍前來營救，耶律休哥指揮遼兵在後面追殺。高懷德血染戰袍，他部下將士也所剩無幾。耶律吶帶兵趕到，亂箭齊下，滿天飛箭如同蝗蟲一般。高懷德臂膀中箭，他忍著疼痛把箭拔出來繼續作戰，又殺死了幾十個遼兵。最後見形勢危急，知道自己已經無路可退，高懷德心想：「我身為宋朝大將，絕不能被敵兵侮辱。」於是自刎而死。可憐高懷德兄弟二人都死在了這場戰鬥中。

高氏兄弟陣亡之後，耶律休哥等人將部隊會合到一起，乘勢追擊宋軍。當時恰逢大雨，宋軍無法前行。呼延贊保護著曹彬、潘仁美等人來到馬河邊上，得知高懷德兄弟二人都已經戰死，曹彬等人哀痛不已。就在這時，忽然聽到炮聲連天，原來是耶律休哥帶兵追來了。曹彬不敢停留，連夜渡過河去。耶律休哥看到宋軍已經渡河，於是收兵回營。第二天，河裡滿是浮屍，河水都被阻斷，岐溝關下被丟棄的盔甲輜重堆積如山。曹彬等人退到新城，清點將士發現損失了六萬多人，曹彬派人到汴京去請罪。

太宗得知前方打了敗仗，大吃一驚，說：「都怪寡人考慮不周！」於是太宗立即下令讓曹彬班師回朝。曹彬領旨之後，安排副將米信堅守新城，自己跟隨大軍回到汴京。回到汴京之後，曹彬入朝見太宗，跪在臺階下請罪。太宗安慰他說：「你們不熟悉地勢，被賊兵暗害，今後要以此為戒。」曹彬謝恩退下。太宗下詔，命令呼延贊屯兵定州，田重進屯兵靈邱，以防遼兵再來侵襲。呼延贊等人領命後退下。曹彬因出師不利而悶悶不樂，上奏要求辭去自己的兵權。太宗答應了他的請求，將他降為房州刺史。太宗又懷念戰死的高懷德，封他的兩個兒子高磷、高風為代州團練使。

耶律休哥大勝宋軍之後，派人傳捷報給蕭太后，並請求大舉南下。蕭太后看到捷報後非常高興，派人到涿州對耶律休哥說：「等到秋後糧草充足兵強馬壯之時，再起兵南進。」耶律休哥領旨後按兵不動。太宗得知遼軍在雲州駐守，仍舊有侵犯的野心，便召集群臣商議對策。八王上奏說：「遼軍越來越猖獗，陛下只需下令邊關守將修整兵器、軍械，不時騷擾遼國邊境讓敵人疲於奔命，邊境的隱患自然就消除了。」太宗同意他的看法，立即下令給邊境守關的將帥。

這天，太宗在大殿上對眾臣說：「先帝在的時候有一個心願未了，那就是去五台山還願，臨終的時候還特意託付此事。如今朝廷的事情並不多，朕準備前往五台山，幫先帝還願。」話剛說完，寇準出列上奏說：「雖然先帝確實有這個心願，但是事情要分輕重緩急，近年大宋與遼軍征戰不斷，將士們不得安寧。再說，五台山在遼國境內，耶律休哥在雲州、朔州等地屯有重兵，倘若陛下車駕一動，敵人便能知情，要是趁機襲擊陛下，該如何是好！不如等邊境安寧了，再去也不遲。」太宗聽後半天沒說話。潘仁美上奏說：「臣保舉一人，讓他護送陛下前去還願，保證萬無一失。」太宗問：「你保舉何人？」潘仁美說：「代州刺史楊業的長子楊淵平，此人文武雙全，敵人也敬畏三分。若是讓他護送車駕，肯定萬無一失。」太宗非常高興，於是下詔書，任命楊淵平為護駕大將軍，讓他帶兩萬禁軍❶護送聖上前往五台山。楊淵平領旨之後，準備妥當，等待出發。沒過幾天，太宗車駕便離開汴京，在楊淵平的護送下浩浩蕩蕩向晉陽進發。

---

❶【禁軍】古時候直接歸皇帝管轄，擔任護衛帝王或皇宮、首都警備任務的軍隊，也被稱爲禁衛、親衛、御林軍等。

第十六回　楊淵平戰死幽州城

太宗的車駕離開汴京，一路前行。五台山上的寺院長老智聰率領眾人在龍津驛站迎駕。車駕來到寺門外，有人帶領太宗進入寺廟，在龍椅上坐好，文武官分列兩邊。太宗下令，讓儀司官❶把香禮交給寺廟的僧人，在佛案前整齊擺好。僧人們敲動鐘鼓，太宗躬身下拜，禱告說：「朕今天來到這裡，一是為了幫先帝還願，二是為天下百姓祈福，三是願天下安寧，四海太平。」當天晚上，太宗在元和宮中就寢。

第二天，大臣們上奏說：「陛下已經還完願了，應該早點回汴京免得發生意外。」太宗說：「朕平時深居宮中，難得有機會來這裡一次，我們暫緩一天再離開。」大臣們不敢再說什麼。太宗讓寺裡的僧人給他帶路，並帶著大臣們一起來到寺外欣賞美景。太宗望見前面有一座山，與幽州和晉陽相連，山上有一座奇峰，層巒疊翠，非常優美。太宗看過之後，又指

❶【儀司官】掌管慶典、儀式禮儀的官員。

著前面一片開闊的地帶，問道：「那野草連天的地方是哪裡？」潘仁美上奏說：「那裡是幽州，自古以來就是建都的好地方，那裡風景也很好。」太宗說：「朕應該與文武諸臣去那裡遊玩一番。」八王趕緊上奏說：「幽州是遼國蕭太后居住的地方，陛下要是去那裡就等於自投羅網，還是趕緊整理車駕回汴京為好。」太宗說：「當初唐太宗平定遼東也是親臨戰場，如今朕有千軍萬馬，還會怕她蕭太后不成？眾臣只要跟著朕去就是了，不要擔心。」八王不敢再勸阻。

當天車駕離開五台山，來到邠（ㄅㄧㄣ）陽城境內。這時，前方忽然旌旗蔽日，塵霧遮天。有人來報，說前面有遼軍攔路。太宗問：「誰去探視一番？」話音剛落，有人應聲出列。此人身高六尺，威風凜凜，原來是保駕將軍楊淵平。他率領騎兵來到陣前。遼軍陣營的旗門下面有一位大將，只見他面如黑鐵，眼若流星，手中拿著一柄大杆刀，胯下騎著一匹赤鬃（ㄗㄨㄥ）馬，這人正是遼將耶律奇。耶律奇大叫道：「宋人趕緊離開，饒你們不死，否則就是自取滅亡。」楊淵平大怒，說：「你這蠻人，竟敢來阻攔聖駕，真是自尋死路。」說完之後挺槍躍馬殺了過去。耶律奇揮舞大刀上前迎戰。兩軍吶喊聲震天響，兩人一陣惡戰。打鬥了一會兒，耶律奇發現自己不是楊淵平的對手，於是調轉馬頭逃走。宋軍乘勢追擊，遼兵大亂，自相踐踏，死者無數。楊淵平追出去五里，回來見太宗，把擊退遼兵的事上奏。太宗聽後非常高興，下令車駕進入邠陽城中駐紮。

耶律奇帶著殘兵回到幽州，奏明蕭太后：「宋朝皇帝就駐紮在邠陽城，臣與他作戰被打敗。」蕭太后大吃一驚，問宋朝皇帝為什麼要來這裡。有大臣回覆說：「宋朝皇帝前天在五台山還願，順便來這裡遊玩。」蕭太后說：「以前諸位大臣要興師動眾去討伐他，沒想到如今他自己送上門來，有這樣的好機會為什麼不把他捉住呢？」話沒說完，天慶王耶律尚上奏說：「臣願意帶兵前去，一定活捉宋朝皇帝回來獻給陛下。如果有人跟我一起去，助我一臂之力就更好了。」此時韓延壽出列說：「臣願意一同前往。」蕭太后大喜，派他們領一萬精兵前去。耶律尚當天就帶領部下來到邠陽城下，將城池四面圍得水洩不通。

太宗車駕被困在邠陽，他後悔不已，只能派楊淵平出兵作戰。楊淵平上奏說：「遼軍剛到士氣正旺，如果在這時候跟他們交鋒必輸無疑，不如等幾天再戰肯定能取勝。」太宗准奏。

耶律尚親自督戰，遼軍在城下猛攻，殺聲震天，城裡人聽到無不心驚膽戰。太宗親自登上城樓觀望，只見四處都是遼兵，黑鴉鴉一片。太宗對身邊的大臣說：「遼軍人太多，我們如何脫身？」潘仁美上奏說：「陛下不要擔心，楊業就屯兵在代州與幽州相接的地方，只要派出一人去求救，肯定能打退遼軍。」太宗問道：「誰願意去代州傳諭給楊業，讓他來救援？」楊淵平站出來說：「臣願意前往。」太宗把聖旨交給他，他藏在身上，披掛上馬，從東門殺了出去。剛出城門，正巧遼將劉弼路過，將楊淵平攔下。楊淵平二話不說，一槍就把劉弼刺落馬下。楊淵平殺出重圍來到代州，把聖旨交給父親楊業，並將事情的經過告訴了楊業。楊令公領命，立即帶兵出發。父子八人離開代州，前往邠陽。

消息傳到遼軍陣營，天慶王得知後，召集諸將商議，說：「楊業不好對付，他們父子來救駕，肯定會拼命作戰，我們不如先把城外的兵馬撤了，放他們進城，然後再圍城，不出一個月他們君臣就會被困死在城中。」大家都表示同意。於是天慶王下令，遼軍人馬撤退五里。

楊業得到前方消息，說：「遼軍不戰而退，肯定有陰謀，我們先進城去見陛下，再想辦法脫身。」楊淵平隨即整頓軍馬進入城中，朝見太宗。太宗看到楊家父子十分高興，說：「要不是你們來救援，敵人怎麼會退去？朕聽說遼軍聽到楊家父子的名字就聞風喪膽，看來果真如此。」楊業上奏說：「蠻人性格多變，捉摸不定，這次他們退兵肯定還會再來圍城。希望陛下趕緊整頓車駕，臣父子拼死保衛陛下離開。」話音剛落，就有人來回報，說：「遼軍重新殺回，將城池圍住。」太宗大驚，說：「果然不出你所料。」楊業說：「遼軍人太多，車駕難以出門，等臣先去看看敵人的聲勢，再想辦法離開。」太宗准許，楊業退下。

第二天，楊業率領兒子們登上城樓觀望，不禁感歎道：「遼軍兵馬如此強壯，我們父子雖然能殺得出去，但如何能保護文臣不受傷？就算是諸葛亮在世，恐怕也無計可施。」楊淵平說：「那總不能在這裡坐以待斃吧？」楊令公說：「我倒是有一個計策，只是找不到如此盡忠的人。」楊淵平笑著說：「大人平日裡常說要以死報答宋朝國君，如今陛下有難，兒子不孝，願意以死相報。」楊令公非常高興，說：「這個計策要是成功了，可以保住君臣的安全。我明天就上奏聖上，實行計畫。」

第二天，楊令公去見太宗，上奏說：「臣昨天看到敵軍聲勢浩大，陛下要想離開這裡，只有一個方法，就是效仿漢朝時紀信救高祖❷離開滎（ㄒㄧㄥˊ）陽的做法：先找人假扮陛下，在西門向遼軍遞交投降書，然後臣保護車駕與文官們從東門逃走。」太宗說：「這個計畫雖然很妙，但是由誰來假扮朕？」楊令公說：「臣的長子楊淵平願意擔當此任。希望陛下趕緊下詔，然後派人到遼軍中去投降，要是晚了，計畫洩露就難辦了。」太宗聽後，於心不忍，說：「寡人平日裡沒有給你們父子什麼大恩，今天竟然要損失親人來救我，真是於心不忍啊。」楊淵平上奏說：「事情已經迫在眉睫，若是遼軍攻破城池，恐怕就全軍覆沒了，到那時即便留著我們父子又有何用。奮力保護陛下突出重圍，是臣子應盡的責任，又有什麼好可惜的？」

話沒說完，守城將士來報，說：「南門快要塌了，遼兵正在往上爬。」楊淵平說：「陛下趕快脫下龍袍。父親與六郎延昭、七郎延嗣保護車駕從東門出去。小人與弟弟二郎延定、

---

❷【紀信救高祖】紀信是漢高祖劉邦部下的大將。西元前二〇四年，劉邦被項羽圍困在滎陽城裡，不能逃脫，最後紀信獻計，假裝投降。夜裡劉邦混在一群婦女中從西門逃脫，而紀信假裝劉邦，坐在龍車上出城投降。最後項羽發現劉邦是紀信假扮的，一氣之下讓人放火燒毀龍車，紀信也被燒死。

三郎延輝、四郎延朗、五朗延德出西門假裝投降。不然的話，君臣都逃不掉。」太宗迫不得已，脫下龍袍，並把天子的車駕等物一併交給楊淵平。

楊淵平派人到遼軍陣營中去遞交投降書。遼軍大將天慶王拿到宋朝皇帝的投降書，召集眾人商議該如何應對。韓延壽說：「宋軍被圍困在城中無法逃脫，所以出來投降也在情理之中，將軍應當接受。」

宋軍在城西門立起白旗❸，表示投降。遼軍在城下擺開陣勢，等太宗出城投降。就在這時，太宗跟文官武將一起出了東門，往汴京方向逃去。楊淵平端坐在車上，前後打著幾面黃旗把他擋住。遼將天慶王高喊：「既然宋朝天子願意歸降，就

楊淵平跳出車駕，厲聲喊道：「我乃楊令公之子楊淵平！誰敢來戰！」

請出車駕相見，絕無傷害之意。」楊淵平在車裡聽到這番話後，讓左右掀開羅幔，只見天慶王騎在馬上，一副旁若無人的樣子，十分傲慢。楊淵平大怒，大喊一聲：「不殺此賊，不足雪恥！」當即彎弓搭箭，一箭射中了天慶王。天慶王倒地而死。看到天慶王已死，楊淵平跳出車駕，厲聲喊道：「我乃楊令公之子楊淵平！誰敢來戰！」遼兵大吃一驚。韓延壽大怒，下令遼軍一起進攻，捉拿楊淵平。韓延壽挺槍躍馬，朝楊淵平衝了過去。楊淵平還沒來得及迎戰，就被韓延壽一槍刺死。楊延定騎馬來救，耶律奇拍馬而出，兩人打在一起。雖然楊延定佔據上風，怎奈部下已經被衝散，遼兵將他圍住，斬斷馬腿，將他掀翻在地，結果楊延定死在亂軍之中。楊延輝看到形勢不妙，衝出重圍逃走，不出一里，他的坐騎就被蘆葦草裡的長鉤套索絆倒了。楊延輝還沒等站起來，就被趕來的遼兵殺死。楊延朗知道兄弟們被殺，慌亂中衝出重圍，結果被追來的韓延壽、耶律奇，以及遼軍精兵圍住，最後沒辦法突圍被遼軍捉住，他的部下全都戰死。

---

❸【白旗】在古代戰爭中，用白色的旗幟表示投降或議和。

第十七回　楊五郎五台山出家

楊延德突出重圍，只聽到後面喊殺聲不斷，回頭一看，遼兵正在追趕。楊延德轉過樹林，心想當初在五台山，智聰禪師送給他一個小匣子，說遇難的時候再打開，於是他從懷裡掏出小匣子，打開發現裡面有一把剃刀、半紙度牒❶。楊延德領會了禪師的意思，於是把手中斧子的把柄去掉，只將斧頭揣著在懷裡，然後脫下戰袍和頭盔掛在樹上，又截短了頭髮，一個人向五台山走去。

遼軍東衝西撞，直到黃昏才知道宋朝皇帝已經從東門逃走，現在已經逃出去有二百里了。韓延壽懊悔不已，只好收兵回到幽州，向蕭太后上奏說：「宋朝皇帝假裝投降，從東門逃走，只殺了三員宋朝將領，另外還活捉一位，現在已經大勝而歸。」蕭太后非常高興，說：「既然這次贏了楊家父子，宋人肯定被嚇破了膽，征討的事情等以後再說也不遲。」蕭太后下令將活捉的將軍押上來，問道：「你在宋朝擔任什麼職位？」楊延朗並不屈服，厲聲說道：「我被你們抓住，活不過今天，問那麼多幹什麼？」蕭太后大怒，說：「還差殺你一個人嗎？」於是下令讓軍校將他押出去斬首。楊延朗毫無懼色，說：「大丈夫要殺要剮隨你便，怎麼會怕死呢？」說完之後一臉凜然，慷慨赴死。

蕭太后見他出口不凡，長相英俊，不忍心殺他，便對身邊的蕭天佐說：「我想饒了這人，把瓊娥公主許配給他，招他做駙馬，你覺得怎麼樣？」蕭天佐說：「招降是仁義的事情，這又有什麼不可以？」蕭太后說：「只是擔心他不順從。」蕭天佐說：「要是以後對他以誠相待，他不可能不

楊延德脫下戰袍和頭盔，又截短了頭髮，一個人向五台山走去。

❶【度牒】政府機構發給僧人以證明其合法身分的憑證。

順從。」蕭太后把自己的打算告訴了楊延朗，楊延朗沉思了半天，心想：「我現在已經被俘虜，就是死了也沒什麼用處，不如先答應下來，等以後再伺機報仇雪恨。」於是楊延朗說：「太后饒我不死已經是我的幸運了，怎麼還敢當駙馬呢？」蕭天佐說：「陛下看你儀表堂堂，所以要把公主許配給你，你有什麼好推辭的？」最後楊延朗答應下來。蕭太后讓人給他鬆綁，並問他姓名。楊延朗心想：「遼國人恨姓楊的人，所以不能說自己姓楊。」於是他隱姓埋名，說自己姓木名易，在宋軍中擔任代州團練使一職。蕭太后非常高興，讓人選了一個黃道吉日，安排公主與木易成親。

太宗回到汴京，慰問楊業說：「朕這次能逃過一難，多虧了你們父子拼命救駕，也不知道楊淵平他們怎麼樣了？」楊業上奏說：「臣的長子性格剛烈，肯定被捉了。」話剛說完，就有人上報，說：「楊淵平因為射死遼軍大帥天慶王，結果全軍覆沒。」太宗聽後，驚歎道：「楊將軍因寡人而死，這都是寡人的過錯。」說完淚流不止。楊業說：「臣曾經發誓要以死回報陛下，今天我的幾個兒子命喪戰場，這是分內的職責，陛下不要太過憂傷。」太宗再三撫慰楊業，然後讓他退下。

第二天上朝，太宗又對文武大臣提起楊業父子的功勞。潘仁美上奏說：「如今邊境戰事不斷，楊業父子又是忠勤之將，陛下應該授他帥位讓他的才幹得以發揮。」太宗准奏，當即封楊業為雄州防御使。楊業告辭離去，太宗走出大殿，對他說：「你這次上任負責鎮守邊關，有事的話我會召你回來。如果沒有召你，千萬不要離開。」楊業跪地領命後離去。回到無佞府，楊業吩咐八娘、九妹好好照顧母親，自己與六郎、七郎父子三人一起趕赴雄州上任。

耶律休哥聽說宋軍在邠陽大敗，屢次派人上奏蕭太后，要求乘機出兵攻打中原。蕭太后召集群臣，商討出兵的計策。右相蕭撻懶上奏說：「臣願意領兵出征。」蕭太后說：「你帶兵出征，先佔領金明池、飲馬井、中原甸這三個地方，供我軍屯兵之用。」蕭撻懶領命後與大將韓延壽、耶律斜軫帶二萬人馬從瓜州出發南下，一路上只見旌旗閃閃，遮天蔽日。

遼軍在胡燕原安營紮寨。消息傳到汴京，大臣們奏明太宗，太宗大怒，說：「遼兵屢次侵犯我邊境，朕這次要御駕親征以雪邠陽被圍困的恥辱。」寇準上奏說：「陛下剛剛回到汴京，怎麼能再輕易出去？這件事只需安排將士們去做就行了，他們一定能將遼軍擊退。」太宗問道：「誰可以代替朕出征？」寇準說：「太師潘仁美對邊境非常熟悉，可以擔此重任。」於是太宗下旨，封潘仁美為招討使，率兵去前線作戰。

潘仁美領旨後回到府中，一臉不高興，他的兒子潘章問：「大人今天為什麼不高興？」潘仁美說：「聖上派我去邊境作戰，聖旨不可違抗，只是軍中沒有先鋒，我正在為這件事發愁。」潘章說：「先鋒就在眼前，大人為什麼不推薦呢？」潘仁美問道：「你指的是誰？」潘章說：「鎮守雄州的楊業父子可以擔任先鋒。」潘仁美說：「你要是不說我還差點兒忘了。」第二天一早，潘仁美入朝見太宗，上奏說：「這次出兵缺少先鋒，必須去雄州召楊業父子回來，有他們在，擊退遼軍就不成問題了。」太宗准奏，派人去雄州召回楊業父子。

楊業領命，立即帶兵回到汴京，入朝見太宗，太宗封他為行營都統先鋒。楊業領命後退下，回到家中正碰到令婆與太郡柴夫人在堂中閒聊。令婆問他說：「老將軍為什麼又回來了？」楊業說：「北邊遼軍侵犯邊境，陛下下詔召我回來，安排我為先鋒出兵征討。現在特意回來見夫人一面。」令婆說：「這次出征的主帥是誰？」楊令公回答說：「是潘仁美。」令婆一下子變得不高興，說：「這個人當初在河東被你羞辱過，所以總想著加害你們父子，幸虧陛下英明沒有讓他的奸計得逞。如今他擔任主帥，對你們父子發號施令，況且五個兒子已經不在了，只有你們父子三人，很難說他不會再害你們，令公你難道不知道嗎？」楊業說：「我早就知道潘仁美想要害我，但這是聖上的命令，我怎麼敢違抗？」太郡說：「兒媳明天就親自去為公公奏明聖上，求他派一個大臣跟公公一起出兵，擔任保人，這樣潘仁美就不敢害你了。」令婆說：「明天我跟太郡一起去。」楊令公非常高興，讓人擺下酒宴，與各位飲酒聊天。

第二天，楊令婆與太郡夫人一起入朝見太宗，太宗親自出來相迎。太宗如此尊敬令婆是因為令婆手中有一根龍頭拐杖，拐杖上掛著一個小牌，上面有八個大字「雖無鑾駕，如朕親行」，這是當年先帝太祖皇帝親筆御書的。太宗問她們說：「朕沒有召見你們，令婆與郡夫人來朝中有什麼事嗎？」太郡站起身來，上奏說：「聽說陛下派兵征戰遼軍，主帥潘仁美與先鋒楊令公素來不和，恐怕這次出征潘仁美會暗害令公。念在楊令公父子對國家盡忠的份上，請陛下善待楊令公。」太宗說：「出兵作戰的事情，別人不可能代替，太郡有什麼好的建議嗎？」太郡說：「陛下若是一定要派楊令公打先鋒，可以挑選一位有名望的大臣隨他一起出征，擔任保人，這樣我們的顧慮就可以消除了。」太宗說：「這個辦法很好。」於是太宗下令，讓文武百官推薦一個人跟隨楊業出征。詔書剛下，八王上奏說：「臣舉薦一個人，一定能勝任。」太宗問他是誰。八王說：「行營都總管呼延贊，這個人一向盡職盡忠，可以擔任保官。」太宗高興地說：「此人的確很稱職。」太宗當即下令，命呼延贊跟隨楊業一起出征。令婆與太郡向太宗告辭後離去。

楊業聽說呼延贊擔任保官，喜出望外，重新回到雄州，調動人馬準備出征。

第十八回　李陵碑楊業殉國

潘仁美率領大軍離開汴京，浩浩蕩蕩向瓜州進發。到了黃龍隘，宋軍安營紮寨，分為東西兩個大營，呼延贊屯兵在東邊，潘仁美駐紮在西邊。潘仁美與部下劉君其、賀國舅、秦昭慶、米教練四人商議說：「我一直痛恨楊業父子，但一直沒有機會報仇，這一次本想除掉他們，沒想到來了個保官呼延贊，讓我無法下手。」米教練說：「太師不要擔心，小人有一計，能先除掉呼延贊，後除掉楊家父子。」潘仁美問他：「你有什麼妙計？」米教練說：「對面就是遼軍大營，他們知道我們到來肯定會來挑戰，那時太師下令說先鋒還沒來，保官應該代替他出戰。呼延贊雖然勇猛，但是如今年紀大了，不可能支撐太長時間。等他與遼軍交鋒的時候，我們不要出兵救他，他肯定被遼軍捉去。」

果然，遼軍得知宋軍到來，便集合人馬把宋軍陣營包圍起來。遼軍人馬雄壯，氣勢高漲，一副勢在必得的樣子。看到遼軍來圍攻，潘仁美派人請呼延贊到營中商議對策。潘仁美說：「如今遼軍來挑戰，先鋒軍還沒到，不知道你有什麼退敵的計策？」呼延贊說：「兵來

將擋，水來土掩，既然奉陛下的命令前來征戰，就應當盡職盡忠與遼兵作戰，這有什麼好猶豫的。」潘仁美說：「你先上陣殺敵，我率大軍在後面接應你。」

呼延贊披掛上陣，率領部下衝出大營，不巧正遇到遼將蕭撻懶。呼延贊厲聲罵道：「趕緊帶兵撤退免得被殺，不然讓你們片甲不留。」蕭撻懶大怒，罵道：「年老匹夫，竟敢來這裡賣弄！」說完揮舞大刀直奔呼延贊而來，呼延贊舉槍迎戰。兩人打鬥了八十多個回合，蕭撻懶體力不支調轉馬頭逃走，呼延贊緊追不捨。就在這時，剛剛散去的遼兵一下子又聚集起來，呼延贊回頭不見後面有人接應，他又怕深入敵境便打算勒馬回營。路過樹林的時候，突然殺出一隊人馬把呼延贊攔住，原來是遼軍大將耶律斜軫。耶律斜軫大喊：「宋將趕緊下馬束手就擒，饒你不死。」呼延贊大怒，帶領部下跟遼軍打了起來，怎奈遼軍人多勢眾，無論如何也不能突圍。此時呼延贊的部下已經損失大半，他想帶領部下從偏僻的小路突圍，騎校說：「小路上恐怕有埋伏，不如走大路安全。」於是，呼延贊帶領殘部向大路逃去。誰知蕭撻懶又帶兵趕了回來，此時呼延贊前後受敵，形勢十分危急。正在這時，突然東邊旌旗招招，鼓聲震天，一隊人馬殺了過來，原來是楊業的部隊。楊業策馬提刀，大聲叫道：「遼軍不要逃！」蕭撻懶部將賀雲龍上來迎戰，不出幾個回合就被楊業一刀斬於馬下，遼軍頓時大亂。楊業父子乘勢率軍衝入遼軍陣營救出呼延贊，楊延昭奮力作戰，擋住追來的敵軍，保護呼延贊回到營中。呼延贊卸下盔甲，對楊業說：「今天要不是楊將軍來救我，恐怕我已經丟了性命。」楊業說：「小將來遲，讓你受驚了，還望原諒。」呼延贊安排楊業在自己兵營裡屯兵。

第二天，有人上報潘仁美說：「楊業率領人馬從東邊趕來，把呼延贊救回了兵營。」潘仁美聽到這個消息之後又氣又恨。劉君其說：「楊業這次來遲已經違背了軍令，太師按照軍法判他死罪，他也沒話說。」話還沒說完，楊業就來參見。潘仁美問他：「帶兵出征這樣的大事，你怎麼會來晚了呢？」楊業說：「陛下命令在下回雄州調集軍馬，十三日才起程，故此耽擱了時間。」潘仁美勃然大怒，說：「前線的戰事這麼緊張，你是先鋒，不但拖延，還拿聖上來推脫責任。」說完之後喝令手下把楊業推出去斬首。楊業被綁在轅門外，大聲叫道：「我死了沒什麼好可惜的，只是大敵當前卻斬殺自己的將軍，這不是為國著想。」此時消息已傳到了呼延贊那裡，呼延贊騎馬趕來給楊業鬆綁，並帶著他來到潘仁美營中。見到潘仁美之後，呼延贊問：「如今你擔任招討使，昨天兩軍交戰，你不派一兵一卒來接應，反而在一邊看熱鬧，要不是楊將軍前來營救肯定要打敗仗。沒想到你今天竟然要擅自斬殺楊業。臨出發前，聖上親自賜給我一把金鐧，專門用來保護楊業父子的安全。要是再有這樣的事情發生，不要怪我翻臉不認人。」潘仁美羞愧得滿臉通紅，無言以對。說完之後，呼延贊帶著楊業憤怒地離開了潘仁美的營帳。

潘仁美被罵了一頓，半天說不出話來。米教練說：「大人不要擔憂，小人再出一計，把呼延贊支開，再除掉楊業就易如反掌了。」潘仁美說：「你又有什麼計策？」米教練說：「軍中的糧草已經不多了，大人可以命令呼延贊回去催運糧草，等他一離開再對付楊業，就沒人保護他了。」潘仁美同意了這個計畫，當即下令讓呼延贊回去催運糧草。

呼延贊收到命令後悶悶不樂，楊業對他說：「軍糧是大事，這件事非你去不可，別人不能擔當這個重任。」呼延贊說：「我不是不肯去，只是有一件事不放心。潘仁美狼子野心，常想著加害於你，我擔心自己一旦離開，他又要無中生有陷害將軍，到那時誰來保護你？」楊業說：「這次遼軍派出的都是很難對付的勁敵，我等你回來再出戰，即便潘仁美想要害我，他也找不到什麼藉口。」呼延贊說：「這次離開不知道什麼時候才回來，你們父子堅守在營中，等我回來再商議出兵的事。」不久之後，呼延贊便帶著五千人馬回汴京去催運糧草了。

潘仁美非常高興，召集部下商議出戰之事。米教練說：「可以派人到遼軍中去送戰書，約好交戰時間，然後再定計策。」潘仁美立即派人到遼軍大營中去遞交戰書。蕭撻懶收到戰書後非常生氣，說：「明天準時交戰。」隨後召集眾將商議，說：「潘仁美沒什麼好怕的，但是楊業父子驍勇善戰無人能敵。不過，聽說楊業父子與潘仁美之間將帥不合，不如乘這個機會把他消滅。附近有個叫陳家谷的地方，山勢險峻，可讓一個人帶兵去那裡埋伏好，等把敵人引到谷中，就把他們包圍起來，一定能取勝。」耶律斜軫站出來說：「小將願意擔此重任。」於是耶律斜軫帶領六千人馬去陳家谷埋伏。蕭撻懶又對耶律奚底說：「明天你帶一萬人馬擺開陣勢與宋軍作戰。楊業父子熟知兵法，你要假裝逃走，慢慢將他們引到埋伏圈裡。」耶律奚底領命後退下。蕭撻懶安排好眾人，又派騎兵到宋營打探消息。

潘仁美已經得到遼軍的回覆，知道明天開戰，就跟劉君其商議說：「明天應該讓誰先出戰？」劉君其說：「讓楊業先出戰，大人在後面帶兵接應。」潘仁美於是召楊業來到營帳，讓他明日出兵。楊業回覆說：「明天日子非常不吉利，肯定出兵不利，再說呼延贊去催運軍糧還沒回來，遼軍士氣正旺，還是等時機成熟再出兵，到時候一定能取勝。」潘仁美非常生氣，說：「如今兵臨城下，怎麼能不出兵抵抗呢？要是呼延贊一個月不回來，我們也要等一個月嗎？你要是再找藉口推脫，我一定上奏朝廷，到時候看你還怎麼逃脫。」楊業知道這件事已經推脫不掉，就說：「遼軍這次出兵非常詭異，要是在平坦的地方，倒也不必提防，但是這次選在陳家谷，那裡地勢險峻，恐怕會有埋伏。你若是派兵在外邊攔截敵軍，我帶兵進去作戰，或許還能取勝，不然的話，說不定會全軍覆沒。」潘仁美說：「你放心出兵，我在後面接應你。」

楊業離開之後，賀懷浦對潘仁美說：「明天楊業帶兵出戰，你可以派兵在陳家谷接應。」潘仁美說：「這樣的機會實在難得，明天我不派兵接應，看他自己怎麼應對。」賀懷浦說：「你這是公報私仇。」潘仁美不聽他的勸阻，起身離開了。賀懷浦歎息道：「小人誤國，我怎麼能坐視不管呢？」於是賀懷浦去見楊業，對楊業說：「明天一戰，恐怕出兵不利。」楊業說：「我並非怕死，只是擔心白白傷了將士還不能立下戰功。」賀懷浦說：「明天一戰，不要指望潘仁美出兵接應，小將願意跟將軍一起出戰相互接應。」楊業說：「我們兩軍分左右兩路一起進攻。」兩人商量好了明天的戰術。

第二天天亮，楊業率領兩個兒子和賀懷浦在狼牙村擺開陣勢。耶律奚底騎在馬上，手握大斧，厲聲喊道：「宋將快快投降，免得大動干戈，不然的話，殺你們個片甲不留。」楊業大怒，罵道：「蠢賊蠻人，死到臨頭了還敢帶人來打仗？」說完之後揮舞大刀，向耶律奚底殺去，耶律奚底提斧迎戰，頓時兩軍吶喊聲不斷。兩人打了幾個回合之後，耶律奚底調轉馬頭逃走，楊業在後面緊追不捨。楊延昭、賀懷浦乘勢指揮士兵殺向遼軍，遼軍丟盔棄甲向後逃去。耶律奚底看到楊業趕來，邊戰邊逃，楊業見這裡地勢平坦，料想不會有伏兵，於是盡力追趕。剛進陳家谷口，蕭撻懶在山坡上放炮。伴隨著一聲炮響，耶律斜軫帶領伏兵殺了出來，遼軍一下子把楊業圍住。

楊業回頭一看谷口不見宋兵的影子，不禁心裡一驚，趕緊率領部下殺回去，結果谷口已經被耶律斜軫堵住了。遼兵萬箭齊發，宋軍死者不計其數。楊延昭、楊延嗣看到父親被圍困在谷裡，拼死往裡衝，結果箭石齊下不能靠近。耶律奚底又帶兵抄了回來，正遇到賀懷浦。兩人交戰，不到兩回合賀懷浦就被耶律奚底一斧劈於馬下，他的部下也都被遼軍殺死。楊延昭對楊延嗣說：「你趕緊殺出重圍，回去向潘仁美求救，我殺進谷裡去救父親。」這時楊延昭聽到谷中殺聲連天，知道宋軍被圍困，不禁怒喊一聲殺進谷裡去了。剛進谷中，碰巧遇到遼將陳天壽，兩人只交戰一個回合楊延昭就把陳天壽刺落馬下。楊業見到楊延昭，急忙問他：「遼兵人多勢眾，你趕緊走，不然倆人都要被他們捉住。」楊延昭說：「孩兒殺出一條血路，保護爹爹出去。」隨即舉槍血戰衝出重圍，蕭撻懶從一邊攻擊他們，拖住了楊業。楊延昭回頭發現父親沒有跟著出來，想再次殺入谷中，怎奈部下已經全部戰死，他只好往南跑去，等待救兵。

楊業丟開金盔，連叫幾聲：「皇天！皇天！我心可鑒！」喊完一頭撞在碑上。

楊業已經與遼兵鏖戰多時，身上的戰袍都被血染透了。他站到高處，只見四下都是遼兵，不禁長歎道：「本想殺敵報國，沒想到竟然淪落到如此地步！現在還不知道生死，要是被遼人捉住，更是奇恥大辱！」他環視四周，發現部下還剩百十人，就對他們說：「你們都有父母妻子，不要跟我一起死，趕緊沿著山谷衝出去。」部下們說：「將軍在這裡，我們怎麼能苟且偷生！」於是他們保護著楊業一起走出胡原。楊業看到前面立著一塊石碑，上面刻著「李陵[1]碑」三個字。楊業心想：「當初漢朝的李陵對國不忠，沒想到自己今天會來到這裡。」他對部下說：「我不能保護你們了，今天我就在這裡報答聖上，你們自尋出路吧。」說完之後，他丟開金盔，連叫幾聲：「皇天！皇天！我心可鑒！」喊完一頭撞在碑上。可憐一代豪傑，如此命喪黃泉。

楊業撞碑死後，不一會兒遼兵就趕到了，宋軍殘兵竭力抵抗，最終全部犧牲。遼將上前割下了楊業的頭顱回去邀功，蕭撻懶收兵回營。

---

[1]【李陵】字少卿，隴西成紀人，西漢著名將領，祖父是著名大將李廣。李陵曾經率軍與匈奴作戰，結果因爲寡不敵眾，被匈奴俘虜，戰敗後李陵投降了匈奴。漢武帝知道後非常生氣，下令滅了李陵三族，徹底斷絕了他和漢朝的關係。

第十九回　瓜州城七郎遇害

楊延嗣奮力衝出重圍，回到軍營，對潘仁美說：「我父親被遼兵圍困在陳家谷，希望大人趕緊出兵援救。」潘仁美說：「你們父子不是號稱無敵嗎？怎麼剛一開戰就來求救？我的人馬有別的安排，不能出兵。」楊延嗣聽了這番話大吃一驚，說：「我們父子為國效力，你怎麼能眼看著不管呢？」潘仁美讓手下把楊延嗣推出帳外。

楊延嗣站在帳外大罵：「老匹夫！要是我能活著出去，就跟你勢不兩立！」潘仁美大怒，說：「乳臭未乾的小子，還談什麼報仇，如今你的生死就在我手裡，我看你是自尋死路。」潘仁美下令把他捆綁起來，並讓人向他箭射。結果所有人都無法射中楊延嗣，潘仁美大吃一驚，說：「真是神奇，為什麼這麼多人都射不中他？」楊延嗣聽後，心想反正今天難逃一死，就說：「大丈夫不怕死，只是牽掛父親和兄長的安危。」他告訴射箭的人說：「你們把我的眼睛蒙住才能射中我。」弓箭手依照他的說法去做，結果楊七郎被射得體無完膚，見到的人無不傷感。

潘仁美看到楊七郎被射死了，讓人把他的屍體扔進了黃河裡。這時忽然有人來報，說：「遼兵在陳家谷圍困楊業的部隊，楊業已經死了，還被割掉了頭顱，現在遼兵朝著這邊殺過來了。」潘仁美聽後大驚，說：「遼兵人多，我們不是對手，要不趕緊撤退，肯定會被捉住。」於是潘仁美下令立即撤軍。劉君其等人也都嚇得惶惶不安，連夜向汴京逃去。

看到宋軍逃走，遼兵乘勢追擊，大部分宋兵被殺死，他們丟棄的輜重、盔甲不計其數。蕭撻懶大獲全勝，屯兵蔚州，並派人向蕭太后傳捷報。

楊延昭的部下陳林、柴敢兩人，戰敗後躲進了蘆葦叢裡，等遼兵退去之後才沿著河岸出來。兩人在河邊突然發現上游漂下來一具屍體，仔細一看，吃驚地說：「這不小主楊七郎嗎，怎麼會被亂箭射死？」話剛說完，忽然有人騎馬趕到。陳林、柴敢正打算躲開，這人已經來到面前，二人一看原來是楊延昭。楊延昭看到他們便問：「你們為什麼在這裡？」陳林說：「我們戰敗後暫時在這裡躲避，正打算打探將軍的消息，河上漂來一具屍體，沒想到竟然是七郎。他滿身是箭，體無完膚，慘不忍睹，不知道是誰幹的。」楊六郎下馬，仰天長號，說：「我們父子為國效忠，為什麼會落得如此下場？肯定是七郎向潘仁美借兵求救，潘仁美不肯，把他殺死了。」於是楊延昭讓陳林、柴敢兩人把屍體撈上岸，並在岸邊就地掩埋。陳林說：「將軍下一步要去哪裡？」楊延昭說：「你們兩人先隨便找個地方安身，我從小路走，去打探一下父親的消息，要是還被困在谷中，我就連夜回汴京求救，要是已經被害，我就去報仇雪恨。」陳林、柴敢聽從楊延昭的安排，三個人灑淚告別。

楊延昭一個人來到陳家谷，半路上遇到兩位樵夫，問他們：「這裡是什麼地方？」樵夫告訴他：「轉過山谷的東邊，就是幽州的沙漠，前面是胡原。」楊延昭騎馬向前，只見到處屍骨累累，都是戰死的宋兵。楊延昭來到李陵碑旁，看到一位大將臥倒在地，頭顱被砍去。他下馬仔細查看，發現原來是自己的父親。他抱著屍體痛哭道：「上天不保佑我們父子，致使我們這次兵敗，真是不幸！」說完他擦乾眼淚，把父親的佩劍埋在沙土裡，並在上面插上斷戈❶做標記。等他騎馬走到谷口的時候，被遼將張黑嗒攔住，張黑嗒大聲喊道：「趕緊下馬投降，或許能饒你一命。」

楊延昭大怒，揮槍就向張黑嗒殺去。兩人交戰，打了不到幾個回合，四下裡的遼兵都圍了上來。楊延昭雖然英勇，但無奈寡不敵眾。就在這危急關頭，山後忽然殺出一位大將，手起斧落，就把張黑嗒砍死在馬下。殺退遼兵後，這位大將下馬來見楊延昭，原來是五郎楊延德。兄弟二人相認後抱頭痛哭。楊延德說：「這裡到處是賊兵，你先跟我到山裡去再作打算。」於是五郎帶著楊延昭去了五台山。

到了五台山，來到寺廟裡，楊延昭說：「當初與哥哥在幽州失散，一直不知道你的去向，今天為什麼會在這裡出現？」楊延德說：「當時爹爹保護聖上出了東門，我與幾個兄弟一起跟遼兵作戰，形勢非常危急，為了逃脫只好削髮為僧，來到五台山的廟裡。今天看到陳家谷中殺氣連天，有人說是宋軍和遼軍在交戰，我心裡放不下就下山去觀看，沒想到正碰上弟弟被圍困。」楊延昭把七郎和父親遇害的事情告訴了楊延德，楊延德不勝悲傷，說：「親人的仇不能不報。」楊延昭說：「小弟應該回汴京上奏聖上，為父親和弟弟申冤。」楊延昭當晚在寺廟裡過了一夜，第二天辭別楊延德回汴京去了。

消息傳回汴京，太宗得知楊業戰死沙場，宋軍大敗，於是趕緊召集文武官員商議，說：「楊業父子精忠報國，今天聽說他們戰死沙場，朕非常痛心。」八王上奏說：「最近呼延贊回汴京催運糧草，曾經對臣說主帥潘仁美與楊業之間有仇。當時臣就想潘仁美可能會壞事，沒想到果真是這樣。陛下應該追究潘仁美出師不利的原因，給後人以警示。」太宗同意他的建議，下令讓人調查潘仁美的罪過。

潘仁美聽到這個消息之後，坐立不安，與劉君其商議說：「如今朝廷要追究我打敗仗的責任，有人說楊六郎要回汴京告我的狀，要是讓聖上知道這件事，呼延贊肯定也會站出來為他作證，到那時恐怕我全家性命難保。」劉君其說：「如果等到楊六郎先告狀，那就百口莫辯了，不如趁著楊六郎還沒回來，先派人藏在黃河渡口邊把他殺掉，斬草除根以絕後患。」潘仁美聽了他的建議，立即派親信秘密前往黃河邊埋伏，等待楊六郎出現。

---

❶【戈】古代的一種兵器，橫刃，一般用青銅或鐵製成，裝有長柄。

楊延昭離開五台山後，向大路上走去，在經過一個山林的時候，突然聽到幾聲鼓響，林子裡衝出了二十多個人，攔住了他的去路。楊延昭抬頭一看，發現賊人的兩位首領很眼熟，就問：「兩位是不是陳林、柴敢？」這兩人聽到後趕緊上前來跪倒在地，說：「原來是大人。」於是他們把楊六郎請到了寨子裡。兩人對楊延昭說：「當初與大人分別之後從別人手裡奪了這個寨子，在這裡暫時安身，沒想到會遇到大人。」楊延昭把父親被害的事情告訴了他們，並說要去汴京告御狀。陳林說：「潘仁美已經派了幾十個高手在黃河邊的渡口等著你過河，不過還有另外一條小路可以過河。小人送大人過河，保你平安。」楊延昭聽後說：「這個賊人害死我一家，現在又來害我。」在寨子裡過了一夜之後，第二天陳林安排手下秘密送楊六郎去了雄州。

蕭太后自從收到蕭撻懶傳來的捷報，便決心征討中原。當時遼國有位名叫王欽的官員，他原本是朔州人，從小便入宮服侍蕭太后，為人機巧狡詐。王欽秘密上奏說：「中原地區十分團結，並且有數不清的文臣武將，現在只不過打了一場勝仗，怎麼可能就這樣輕易攻佔中原？不過，臣有一計，不出一年就讓中原歸降陛下，讓宋人無可奈何。」蕭太后問他說：「你有什麼妙計？」王欽說：「臣裝扮成南方人，混到宋朝去爭取求得功名❷。如果成功的話，那宋朝有什麼動靜，有多少兵馬，有什麼國家計策我都會一清二楚，然後派人秘密回來報告給陛下。到那時，陛下趁著宋朝空虛舉兵南下，便可一舉成功，整個天下都是陛下的了。」蕭太后聽了王欽的計策非常高興，說：「如果這件事成了，我賜給你一個中原的重鎮。」

第二天，蕭太后與群臣商議此事，左相蕭天佑上奏說：「王欽的這個計策可行，希望陛下批准。」蕭太后准奏。王欽收拾好行李，來跟蕭太后告別。蕭太后看到他後笑著說：「你打扮成南方人真的很像，看不出和他們有什麼區別，不過千萬要保密。」王欽說：「臣自有辦法。」告辭後王欽離開幽州，趕往雄州。

楊延昭從雄州趕往汴京，當時正值五月，酷暑難耐，他來到路邊的亭子裡坐下歇息。不一會兒，一個人向他走來，這個人頭戴黑紗，身穿綠羅衣，腳穿麻鞋，一副儒家人的打扮。這人來到近前，楊延昭起身向他行禮，問他：「不知先生從哪裡來？」那人回答說：「小人朔州人氏，姓王名欽，字招吉。我從小讀書，就在這裡住，現在打算去中原考取功名，沒想到在這裡與你相遇，敢問閣下大名？」楊延昭把身分全部告訴了他，順便也把自己遭受的冤屈說了一遍。王欽聽後非常氣憤，就問他：「既然你們父子如此盡職盡忠，現在被人謀害，為什麼不到皇上面前去告御狀申訴冤屈，反而在這裡一個人悲傷？」楊延昭說：「小人正準備去汴京告御狀，只是沒有人會寫狀紙，所以才在這裡遲疑。」王欽說：「這件事不難，既然你遭受了天大的冤屈，那小人願意使出平生所學為你寫御狀。」楊延昭給他跪下，說：

❷【功名】功業和名聲，古時候也指科舉中榜。

「你要是肯幫我，真是萬幸啊！」

楊延昭把王欽請到驛館裡，並備好酒菜招待他。一邊吃飯，楊延昭一邊把自己的遭遇說給王欽。王欽聽後唏噓不已，問他：「你說的這些事誰是主謀？」楊延昭說：「潘仁美和他手下的劉君其、米教練等人是害死我父親和兄弟的主謀，這幾個人無論如何不可饒恕。」王欽聽後很快寫好了御狀，拿給楊延昭看。楊延昭看後，覺得寫得準確生動、淒婉悲憤，非常高興，說：「這份御狀保證能幫我報仇雪恨。」喝完酒之後，王欽與楊延昭告辭離去。楊延昭對他說：「以後與閣下在汴京相會。」王欽答應了他。

兩人告別後，楊延昭帶著御狀直奔汴京。有人把消息報告給潘仁美，潘仁美大吃一驚，召劉君其等人來商議如何應對。劉君其說：「先發者制人，後發者制於人❸。我們不如先告楊業父子一狀，就說他們貪功戀戰，結果導致戰敗，楊延昭還當了逃兵。聖上肯定會先怪罪於他，把他處斬。」潘仁美說：「這個計策很好。」於是，他立即依計上表奏知朝廷。

當天楊延昭來到汴京，正碰上七王元侃的車駕，楊延昭拿出御狀攔住車駕，要求七王主持公道。侍衛們不知道他是做什麼的，不由分說就把他捉住，正要捆綁，被七王喝（ㄏㄜˋ）止。七王說：「不要阻攔，讓他陳冤。」下人們從楊延昭手裡接過狀紙，七王下令把楊延昭帶回府裡。楊延昭跟隨車駕來到壽王府，跪在臺階下。七王先問了他有什麼冤屈，又看了一遍狀紙，發現寫得非常好，感歎道：「寫狀紙的人有治世之才。」於是問他：「這份狀子是誰寫的？」楊延昭不敢隱瞞，把王欽的來歷說了一遍。七王聽後非常高興，說：「本王正需要這樣的人才，既然他要考取功名，我錄用他就是了。」七王又問道：「這人現在在哪裡？」楊延昭說：「住在汴京東角門龍津驛站裡。」七王聽後，告訴他：「你這件事是國家大事，我處理不了，你趕緊去闕門❹外面擊鼓喊冤，讓聖上來為你作主。趕緊去，不要被別人發現。」楊延昭接過御狀，與七王告辭，趕往闕門去了。七王派人去驛站中把王欽請回了府中。

❸【先發者制人，後發者制於人】此句出自東漢　班固的《漢書　項籍傳》。原指在戰爭中的雙方，先採取行動的往往處於主動地位，可以制伏對方。後來泛指先下手採取主動。

❹【闕門】闕是指皇宮門前兩邊的望樓，闕門是指皇宮的大門。

第二十回　楊六郎汴京告御狀

楊延昭來到闕門前，擊鼓鳴冤，要求見聖上告御狀，結果被守軍捉住交給獄官。獄官問清楚了其中的緣由，把狀紙上交給了太宗。太宗看完之後，悲憤不已。正在此時，樞密院交上了潘仁美的奏摺，參奏楊業父子貪功戀戰導致兵敗。太宗沉默了半天，說：「潘仁美上奏說楊業父子有罪，楊延昭告狀說潘仁美陷害楊家，兩人各執一詞，到底誰對誰錯？」南臺御史黃玉上奏說：「將士在外，凡事要聽從元帥發號施令，不然的話如何行軍作戰？今天楊業父子只為貪功，違抗軍令，導致全軍覆沒，罪惡深重；楊業已經被敵人殺死，但他的兒子卻反過來誣告主帥，這實在是欺君罔上。死者也就不必再追究責任了，但是楊延昭應該拖出去斬首。」黃玉是潘仁美妻子的哥哥，所以竭力幫他說話。八王上奏說：「楊業父子對朝廷有功，當初先帝對他們都十分敬重。如今他們被人陷害，陛下怎麼能不為他們作主呢？這件事我很早就知道了，希望陛下能把潘仁美交給衙門審理，查個水落石出。」太宗准奏，安排參知政事傅鼎臣來審理潘仁美一案。

傅鼎臣領旨後回到衙門，把潘仁美、劉君其、秦昭慶、米教練等人抓進大牢。傅鼎臣對潘仁美說：「我們曾經一起為官，但是現在皇命難違，如果你真犯了法，就請你自己如實招來，免得動刑。」潘仁美說：「小人奉皇上之命帶兵抵禦遼軍，他們父子自己打了敗仗，全軍覆沒，反而來誣陷我。如果朝廷不查明這件案子，冤枉了將帥，以後誰還敢帶兵打仗，為國出征？希望大人明察。」傅鼎臣聽完這番話後一時不知道該如何是好，暫時讓部下先把這些人帶回大牢。

就在這時，忽然有人上報：「潘仁美府上黃夫人派使女來，說有要緊事要告訴大人。」傅鼎臣讓人帶她來到後堂。使女跪在臺階下，說：「夫人讓我帶來黃金一百兩，玉帶一條，希望大人多行方便，以後還有重謝。」傅鼎臣本來就是個好利的小人，看到這些財物不勝歡喜。他讓下人把這些財物收起來，對使女說：「你回去跟你家夫人說，這件事不要擔心，肯定沒問題。」使女告辭後離去。

八王知道傅鼎臣是貪財的小人，擔心潘仁美會讓家人去賄賂他，就秘密派人在衙門口監視。當監視之人看到潘仁美家的使女進入府門，就派人通知了八王。八王很快就趕到了，恰好在府門外碰到了來賄賂的使女。八王手提金鐧來到後堂，傅鼎臣見了嚇得面如土色，連忙上前迎接。八王厲聲問道：「你是朝廷重臣，為什麼要收潘仁美的賄賂，陷害楊家？」傅鼎臣說：「小人沒有收賄賂，殿下何出此言？」八王讓人把潘府來的使女帶上來嚴加拷問，最後這個使女無法抵賴，只好如實招供。八王生氣地說：「你還想狡辯嗎？」傅鼎臣啞口無言，自己脫去朝服官帽，跪下請罪。

八王讓人備馬，立即入朝見太宗，向他奏明這件事。太宗聽後非常吃驚，說：「要不是你有先見之明，朕險些被這些奸臣蒙蔽。」太宗又問道：「傅鼎臣該如何治罪？」八王說：「私受賄賂，應該削去官職，罷為平民。」太宗同意，於是立即下旨，罷去傅鼎臣官職，將他貶為庶民。八王又上奏：「西臺御史李濟忠誠又公正，可以讓他來審判潘仁美一案。」太宗准許，下令任命李濟為此案的審判官。李濟領旨後，開堂審案，大堂之上左右軍尉威風凜凜，刑具一字擺開，見到的人沒有心裡不害怕的。

不一會兒，獄官把潘仁美、楊延昭等人帶上堂來進行審問。潘仁美竭力推脫責任，說：「楊業是自己打仗戰死的，和我沒關係。」李濟非常生氣地問他：「你是宋軍的主帥，打了敗仗回來，還用部下的死來推脫責任。我再問你，楊七郎犯了什麼罪，竟然被你亂箭射死？傅鼎臣已經因為你斷送了前程，今天你要是如實交代，免得我動刑；不然的話，不要怪本官無情。」潘仁美低著頭不回應。李濟下令讓軍校把劉君其、秦昭慶、米教練等人一起帶上堂來嚴加拷問。這三人受不了酷刑全都招供。他們把如何陷害楊業和射死楊七郎的事情和盤托出。李濟把審判的結果上奏給太宗，並將潘仁美等人繼續關押，等候發落。

太宗看過案宗後大怒，說：「朕念在潘仁美是先帝功臣的份上屢次饒恕他，這次他如此

八王上奏說：「潘仁美該罷去官職，降為平民；劉君其、秦昭慶、米教練等人，發邊充軍。楊延昭戰敗也有過失，發配到地方。」太宗同意。

蔑視王法，如果不治罪，無法警示守邊的將士。」太宗問八王：「該如何處置潘仁美？」八王上奏說：「潘仁美罪該處斬，但念及他曾經為朝廷立功，寬恕他一次，罷去官職，降為平民；劉君其、秦昭慶、米教練等人犯通謀之罪，按理說應該處死也都寬恕一次，發邊充軍。楊延昭戰敗也有過失，發配到地方；至於其餘犯人，請陛下決定如何發落。」太宗同意了八王的提議。李濟按照處罰擬定文案，罷黜潘仁美為平民，發配劉君其到淄（ㄗ）州充軍，發配秦昭慶到來州充軍，發配米教練到密州充軍，發配楊延昭到鄭州。

第二天，太宗對大臣們說：「以前楊業父子屢立奇功，沒想到都死在了戰場上，朕心中不忍，想要封賞他的後人，你們認為如何？」直學士[1]寇準上奏說：「陛下心中牽掛著有功之臣，慰問他們的後代，這是在為社稷[2]著想，有什麼不可以呢？況且楊業父子精忠愛國，是難得的忠臣。如今楊家父子只剩楊延昭一人還在世，朕應當重重撫恤他，以讓邊疆的將士們安心。」太宗同意了他的說法，派人前往鄭州召楊延昭回京。

當時宋太宗在位時間很久了，但一直沒有確立太子。馮拯等人上奏，建議早日立太子。太宗大怒，把他貶職到嶺南去了。從此之後，沒有人敢再提這件事。七王知道這件事後，秘密與自己的心腹王欽商議說：「陛下已經年邁，但是不肯立皇太子，有大臣為這件事上奏，結果遭到貶黜。難道父王是想將王位傳給八王嗎？如果真是這樣的話，我太失望了。」王欽說：「殿下想的跟小人一樣。如果聖上退位，肯定會將天下讓給八王。如果不早做謀劃，到時候恐怕後悔莫及。」七王問他：「你有什麼計策嗎？」王欽說：「如果能剷除八王，則大事可成。」七王說：「陛下非常喜愛八王，如何才能除掉他呢？」王欽說：「臣有一計，不知道殿下會不會照做？」七王說：「你先說說看。」王欽說：「可以召一個能工巧匠來府中，讓他打造一把鴛鴦壺，這種壺能同時裝兩種酒。現在正值春天，百花盛開，景色優美，殿下趁這個機會請八王來府中後苑賞景，並讓廚師獻上美食，讓使者斟上美酒。到時候將毒酒裝在壺的外面，好酒裝在裡面，給八王斟上毒酒讓其飲下必死無疑。」七王聽後非常高興，說：「真是妙計，事不宜遲，需要抓緊進行。」於是七王派軍尉去城西召胡銀匠到府中，打造鴛鴦壺。

沒用幾天鴛鴦壺就打造好了，銀匠把壺獻給七王。七王仔細查看了一番，果然精巧，一般人看不出其中的奧妙。七王對王欽說：「鴛鴦壺打造好了，現在應該做什麼？」王欽說：「殿下應先殺掉這個銀匠，免得洩密。」七王照他說的去做，賜酒給胡銀匠。胡銀匠飲後

---

❶【直學士】唐朝時設立的官職名稱，主要負責在弘文館和中書省書院裡校對、整理書籍。這個官職任用標準很寬，上至三品大員，下至九品小官，都有人出任。

❷【社稷】社是指土地之神，也是指祭祀的場所；稷是穀物之神。古時候皇帝每年都要祭祀土神和穀神，後來社稷演變成了國家的代稱。

倒地而亡。七王下令將銀匠的屍體拋入後苑井中。王欽說：「殿下明日就可以邀請八王來賞景。」七王於是寫好邀請信，派人送到八王府上。

八王收到七王的邀請，讓送信的人回覆明天一定赴約。七王得到消息後立刻下令讓廚師準備明天的筵席。

第二天，七王親自到府門迎接八王。用過茶後，兩人來到後苑，只聽女樂人在彈奏，絲竹聲十分悅耳。八王與七王分主賓入座。七王笑著說：「難得今天春光明媚，何不飲酒助興？」八王說：「既然你有如此雅興，我怎會推辭，只是這幾天感染風寒，體內臟腑都覺得不舒服，為了兄弟情義來此賞景，但是酒實在是不能喝。」七王說：「如果不能喝酒，那就少飲幾杯吧。」不一會兒，廚師端上了美味佳餚。七王安排下人斟酒。下人拿來鴛鴦壺，先斟滿一盅端到八王面前。八王身體不適，聞到酒氣趕忙掩住鼻子。此時忽然一陣狂風吹過，吹倒了酒盅，酒灑到地上。八王見此情形就吩咐下人備車，與七王告辭後打道回府了。

計畫失敗後，七王懊悔不已。王欽說：「殿下不要擔心，八王並不知道其中的事情，也沒有怪罪你，以後再想辦法對付他。」七王聽後悶悶不樂。

第二十一回　太宗傳位

太宗病重，臥床不起，召寇準、八王等人到床前交代後事。太宗說：「先帝把天下交付給我，至今已經有二十二年了。現在我應該把皇位傳給八王。」八王上奏說：「陛下的皇子已長大成人，傳位給他們是眾望所歸，沒人敢有異議。現在最重要的是陛下保重身體。我不願出任國君，還是傳位給七王吧。」太宗沉默了很久，問寇準說：「你認為該立誰為新君？」寇準回答說：「陛下選擇繼承人，這種事不能問後宮，也不能問大臣，只能自己來決定，選出一位不負天下人所望的君主。」於是太宗說：「既然八王不願為君，那就讓七王元侃來繼承江山社稷。」寇準說：「知子莫若父❶，既然陛下認為他可以擔此重任，那就這樣決定吧。」太宗對八王說：「朕這次生病恐怕是好不了了，拜託你好好輔佐七王。先帝曾經說過『代代有奸臣』，今天我賜你鐵券❷和十二道免死牌，如果遇到奸臣誤國，你就用免死

❶【知子莫若父】此句出自《管子・大匡》，意思是父親最了解自己的兒子。

牌來制止。還有，楊業的兒子楊延昭武藝高超，有勇有謀，將來一定能建功立業，需要重用，不要置之不理。」八王一一答應了太宗的要求。沒過多久，太宗就駕崩了，八王照著太宗生前的安排一一去辦。

太宗駕崩之後，七王繼位，史稱真宗皇帝。真宗尊母親李氏為皇太后，下令將太宗靈柩安葬於偃陵。真宗還封王欽為東廳樞密使，封謝金吾為樞密副使，封八王為誠意王，其餘文武官員，各有升遷。

第二天，參知政事宋琪上奏說：「臣蒙先帝之恩，一直擔任此職，也沒做出什麼貢獻，還希望陛下允許臣解職歸鄉，不勝感激。」真宗說：「朕剛剛繼位，還需要愛卿的扶持，為何要捨朕而去呢？」宋琪說：「朝中人才濟濟，區區微臣，不足為念。」真宗見他心意已

太宗病重，臥床不起，召寇準、八王等人到床前交代後事。

決，也不再挽留。宋琪辭職之後不久，呂蒙正、張齊賢等人也都上奏要求辭去官職，真宗全都應允。如此一來，朝廷裡的大事都由樞密使王欽來處理。

這天退朝之後，八王走出宮外，忽然一個人上來攔住車駕，喊冤告狀。八王問他：「你是何人？」那人哭著說：「小人是胡銀匠的兒子，前段時間我父親被七王召到府裡打造鴛鴦壺用來謀害殿下。一連幾天，我父親從未走出府門，後來王欽怕此事敗露就殺人滅口。如今小人有冤無處申訴，只能求殿下為我作主。」八王聽後生氣地說：「當初飲酒之際我已猜到幾分，那時王欽也在一旁，不想他如此心狠手辣。」八王於是讓下人接過狀紙，並拿了十兩黃金給告狀的人。

八王命令車駕返回宮中，入朝去見真宗，結果正遇到王欽和真宗在商量事情。八王上前說：「臣在午門接到一紙冤狀，狀告王欽謀害胡銀匠。臣已經準備受理，特意來奏明陛下。」真宗聽後大吃一驚，說：「王欽常在朕身邊，怎麼會做這種事情，王兄不要聽信奸人的讒言。」八王笑著說：「他謀殺胡銀匠是為了謀殺本臣。臣以忠心輔佐陛下，陛下為什麼要聽信王欽的讒言陷害自家人？若不是太祖皇帝顯靈，庇護大宋，江山社稷豈不將毀於一

---

❷【鐵券】中國封建王朝皇帝賜給功臣、重臣帶有獎賞和盟約性質的一種憑證（類似於現代普遍流行的勳章），是允其世代享有優厚待遇及豁免死罪權利的一種特別證件，也叫免死券。

旦？當初若是我願意做皇帝的話，恐怕活不到今天了。」王欽趕忙上前對真宗說：「八王仗勢欺人，想要謀害本臣。要是我真的謀害了誰，為何以前不說，偏等陛下繼位的時候說？」真宗沉默不語。八王聽了王欽這番話勃然大怒，抽出金鐧就向他頭上打去，王欽躲閃不及被打中鼻梁，血流滿面，逃出了大殿。八王在後面追趕。真宗勸八王說：「看在朕的顏面上，暫且饒了他這一次吧。」聽到這話後八王停下腳步，指著王欽罵道：「你要是再敢作惡，我一定打死你，這次就饒你一命！」說完之後，氣呼呼地離開了。八王走後，王欽跪在真宗面前請罪。真宗說：「八王是先帝的愛臣，我都要讓他三分，何況是你了，今後有什麼事躲著他就是了。」

王欽回到府中，對八王懷恨在心，琢磨著如何報復。他寫了一封密信，派身邊的人連夜送到幽州蕭太后手中。信中寫道：「宋太宗已死，新帝剛剛登基，朝中缺乏良將，如果此時派兵攻打中原，一定能成功。」蕭太后看了這封信之後，與大臣們商議。蕭天佑上奏說：「耶律休哥在雲州屯兵，他屢次上奏要求出兵征討大宋。既然現在宋朝皇帝剛剛去世，不如趁其不備，出兵攻打，一舉獲勝。」蕭天佑話剛說完，捲簾將軍土金秀就站出來說：「宋朝皇帝善於用人，邊境上守關的將帥都很厲害，不可小覷。王欽的話也不能全信，如果現在盲目起兵南下勝負難料。臣有一計，不用一兵一卒就能讓宋朝獻出江山。」蕭太后問他：「愛卿有什麼計策？」土金秀說：「陛下可以派人傳信給宋朝皇帝，告訴他：臣以及麻哩招吉、麻哩慶吉將帶著五千人馬在河東擺下擂臺，邀請他們派人來比武。臣的箭法天下無雙，麻哩招吉擅長用槍，麻哩慶吉擅長用刀。宋朝看到書信後，肯定會選出武藝出眾的人來較量。要是這些人的武藝在臣之上，那我們就把出征的計畫再推遲幾年；要是這些人的武藝不如臣等人，那就說明宋朝確實沒有能人了，這時陛下可以起駕親征攻打汴京，一舉拿下中原。」蕭太后聽了這個建議非常滿意，立即派使臣趕赴汴京。

真宗收到信後，與群臣商議如何應對。寇準上奏說：「蕭太后這封信的語氣傲慢，肯定是認為我大宋朝中無人。陛下應該下旨，挑選文才武將前去比試。」真宗說：「先輩良將都已年邁體衰，楊家軍也只剩了一個楊延昭，先帝曾經下旨把他從鄭州調回汴京，但至今都沒有他的消息。這件事其他將帥恐怕不能勝任。」寇準又上奏說：「陛下再派人去鄭州找一找吧。」真宗准奏，立即派人帶著聖旨前往鄭州尋找楊延昭，但依舊毫無線索。鄭州太守說當初先帝將他赦免，他就回京去了。

使者回來報告真宗說找不到楊延昭。八王上奏說：「臣前往無佞府中看看有什麼消息。」真宗說：「事關重大，你想辦法找到楊延昭。」八王當天便來到無佞府，見到令婆與太郡夫人。八王問有沒有楊延昭的消息。令婆說：「六郎被發配到鄭州之後再也沒有回來過，我也不知道他在哪裡。」八王說：「陛下剛剛登基，需要有人為國家出力，何必躲藏呢？」太郡說：「殿下多給幾天時間，我們派人到鄭州去找他，找到後讓他回來見殿下。」

八王明白了其中的意思，於是跟令婆告辭，然後入朝見真宗，說：「還是沒有楊延昭的下落。」

就在真宗為找不到楊延昭而煩惱的時候，邊境上來人上奏，說：「遼兵在晉陽燒殺搶劫，人民苦不堪言，希望陛下能快點決斷。」真宗問道：「誰能勝任這次比武的重任？」寇準上奏說：「禁軍教練使賈能文武雙全，可以勝任。」真宗准奏，任命賈能為親軍使，帶領騎兵一萬，跟寇準一起前往晉陽比武。賈能帶兵離開汴京，向河東地區進發。同時，無佞府派人秘密打聽到了消息，得知官軍已經出兵前往晉陽。令婆對楊六郎說：「賈能不是遼軍的對手，國君剛剛登基，看來還需要你親自去一趟。」楊六郎說：「不用母親說，兒子也是這樣想的。要是再有個人跟我一起去就好了。」話沒說完，八娘、九妹說：「我二人願意跟哥哥一同前往。」楊六郎說：「你們一介女流，怎麼能上戰場？」八娘說：「我們喬裝打扮，跟隨大軍一起行動，沒有人能察覺。」楊六郎同意了她的說法，當天就與令婆告辭，帶著兩個妹妹向晉陽趕去。

土金秀率領遼軍在河東地區安營紮寨，整天搶掠邊境上的居民，飲酒作樂。忽熱有人來報，說宋軍到了。土金秀得知後，立即召集麻哩招吉等人商議說：「宋軍中少了楊家父子沒什麼好擔心的，比武的時候一定要用心，別讓陛下失望。」麻哩招吉說：「小將一定使出平生所學打敗宋軍，不打勝仗不回來見將軍。」

第二天，土金秀讓人在平坦的曠野裡立起箭靶，並安排部下整齊排開。宋軍旌旗閃閃，殺氣連天，來到遼軍陣前擺開了陣勢。兩軍對陣，土金秀一身盔甲站在門旗下面，左邊是麻哩招吉，右邊是麻哩慶吉，三匹馬一字擺開。宋軍陣營中寇準上前一步，一身戎裝的賈能緊隨其後。寇準說：「自從幽州自立為王之後，為什麼屢屢侵犯我大宋邊境，騷擾我邊境居民？」土金秀回答說：「我們聖上聽說大宋新君剛即位，邀請他來晉陽比武，並趁這個機會商談停戰的事情，結為友好聯盟。大宋君主為什麼不親自前來？」寇準厲聲說道：「大宋天子剛剛登基，四海之內無不仰望，陛下整天和文武官員討論治理國家的大事，怎麼會有時間來跟你比武？」土金秀一時語塞，無以應對。

第二十二回　宋遼晉陽比武

麻哩招吉挺槍躍馬衝到陣前，大叫：「宋軍中有沒有人敢出來比試一下，不要光耍嘴皮子。」話沒說完，寇準背後的賈能應聲而出。賈能揮舞長槍繞到陣前，大喝道：「就讓我來跟你比試比試。」此時金鼓齊鳴，兩軍吶喊聲不斷。麻哩招吉和賈能在場上打了十幾個回合不分勝負，麻哩招吉的槍法精煉嫺熟，賈能有些膽怯。麻哩招吉假裝逃跑引賈能來追趕，結果還沒追到轅門，麻哩招吉一記回馬槍把賈能刺落馬下。遼軍士氣大振，宋軍士兵大驚失色，人心惶惶。

麻哩招吉正準備衝進宋軍陣營，忽然宋軍中走出一位女將，正是八娘。八娘跳上青驄（ㄘㄨㄥ）馬❶與麻哩招吉打在一起。幾個回合之後，八娘拋出紅絛，絆倒了麻哩招吉的馬，宋兵趁機上前把麻哩招吉捉住。寇準非常高興，就問：「這位女將是誰？」八娘下馬回答說：「小女是楊令公的長女八娘。」寇準感歎道：「原來是出自將門，怪不得這麼厲害！」說完寇準下令讓人把八娘的名字記到功勞簿上。

土金秀看到麻哩招吉被捉住，勃然大怒，準備出馬作戰，沒想到麻哩慶吉早他一步，掄起大刀衝出陣營，大聲喊道：「快放了我兄弟！」宋軍中的牙將❷趙彥舞著大刀來到陣前，兩人打在一起。趙彥發現自己不是麻哩慶吉的對手，轉頭就跑，麻哩慶吉在後面緊追不捨。就在這時，宋軍中又衝出一位女將，正是九妹。九妹揮舞大刀攔住了麻哩慶吉，兩人打在了一起。兩人打了二十多個回合，九妹大喝一聲，一刀把麻哩慶吉劈死在馬下。

九妹斬殺了麻哩慶吉，下馬來見寇準。寇準知道她的名字之後，說道：「楊家還有你們在，實在是朝廷的幸運。」寇準下令讓人把九妹的名字也記到功勞簿上。

土金秀親自出戰，大聲喊道：「誰敢來比試射箭？」宋將楊文虎站出來說：「我來跟你比一比。」土金秀騎在馬上彎弓搭箭，連射三箭都射中箭靶上的紅心，遼軍中喝采聲一片。楊文虎也連射三箭，只有一箭射中靶心。土金秀說：「你輸了我兩箭，快點兒把捉走的人放了！」楊文虎說：「比射箭我輸給了你，你敢來比武嗎？」土金秀說：「那就等我殺了你，好給麻哩慶吉報仇！」說完土金秀手持方天畫戟騎馬來戰，楊文武提斧迎戰，兩人打在一

❶【青驄馬】青白雜色的馬。

❷【牙將】古代的一種軍銜。古時候軍隊裡面，五個人設一名伍長，二十人設一名什長，五百人設一名小都統，一千人設一名大都統，三千人設正副偏將，五千人設正副牙將，一萬人設正副將軍。

起。結果沒出幾個回合，楊文虎就被土金秀刺傷了左臂。楊文虎調轉馬頭逃走，土金秀在後面緊追不捨。就在這時，楊六郎提槍上陣，擋住了土金秀。

土金秀知道自己不是楊延昭的對手，便說：「我們不比打鬥，先跟我比射箭！」楊六郎按住槍笑著說：「你射箭有什麼高明之處，竟然敢在我面前炫耀？」說完之後，楊延昭讓手下人拿來自己的硬弓，連射三箭，每一箭都正中靶心，一邊圍觀的人都讚不絕口。楊六郎又對土金秀說：「你不要說射箭，先試試看能不能拉得開這張弓！」硬弓傳到土金秀手上，他咬牙瞪眼，使盡力氣，結果硬弓絲毫不動。土金秀很是吃驚，感歎說：「誰要是能拉得開這張弓，那真是神人！」

宋軍接連取勝，士氣旺盛，遼兵則垂頭喪氣，準備撤退。這時寇準走到陣前，說：「我

楊延昭讓手下人拿來自己的硬弓，連射三箭，每一箭都正中靶心，

把今天捉住的遼將還給你們，回去告訴蕭太后不要妄想侵犯我大宋邊境，否則等大軍到了，讓你們片甲不留。」寇準說完之後讓人把麻哩招吉放了回去。土金秀非常慚愧，無地自容，帶著遼軍回大遼去了。

宋軍回到兵營，寇準把楊延昭召到帳中，對他說：「今天多虧了將軍相助，不然的話，肯定會被遼兵羞辱一番。你跟我回朝，我向聖上稟明你的戰功，聖上肯定會給你加官封爵。」楊延昭謝過之後退下。

第二天，寇準下令班師回朝。到了汴京，寇準上奏真宗說：「這次能戰勝遼兵，多虧了楊家兄妹出戰。」真宗聽後非常高興，召楊延昭上殿，對他說：「你們楊家父子忠君愛國，當初先帝在時就常常讚賞不已；如今有你在，邊境就有保障了。」真宗問寇準該封楊延昭什麼職位，寇準說：「高州正好缺一個節度使，可以讓楊延昭來擔任。」真宗准奏，隨即頒旨封楊延昭為高州節度使。

楊六郎領旨後推辭說：「臣父子當初戰敗有罪，蒙陛下寬恕，已經是感恩戴德了，怎麼敢加官受爵呢？」真宗說：「先帝在時，都要表彰你們父子，更何況如今你們又有了擊退遼兵的戰功，理應賞賜你們，何必推辭？」楊六郎堅決不肯，說：「節度使這個官職實在是太高，臣情願擔任佳山寨巡檢❸一職，節度使實在是不敢當。」真宗說：「巡檢官職太低，你怎麼會願意出任？」楊延昭上奏說：「臣有兩個考慮：一來我聽說那裡有幾位良將，我想把他們招入軍中；二來佳山是三關的咽喉要地，與幽州相鄰，我想守住那裡，讓遼國不敢南下。」真宗聽後非常高興，於是答應了楊延昭的請求，命令王欽派兵給楊延昭，讓他帶兵前往佳山寨鎮守。楊延昭謝恩後退去。

王欽奉旨給楊延昭派三千兵馬，結果都是些老弱體衰之人。楊延昭非常生氣，罵道：「朝廷因為佳山寨靠近遼國，所以派我去鎮守，為什麼淨給我派些沒用的人？」當時軍中有個人叫岳勝，是齊州人，曾經中過武舉❹。此人使一柄大刀，有萬夫難敵之勇，在軍中有「花刀岳勝」的美稱。他見楊六郎對老弱士卒不滿意，就來到軍前，說：「將軍出身將門就認為自己天下無敵了嗎？今天敢跟我比試比試麼？」楊六郎說：「我先跟你鬥武，再跟你比刀。」說完之後，六郎提槍上馬來到轅門外面，岳勝也披掛齊全提刀縱馬趕來，兩人打了七十多個回合不分勝負。楊六郎感歎說：「這人刀法純熟，力氣過人，是個真漢子。」岳勝越打越來勁，楊六郎假裝逃跑引岳勝來追趕。岳勝在後面邊追邊喊：「等我把你捉住，看你還敢不敢誇下海口。」沒想到，楊六郎的馬一時慌亂，馬失前蹄，把楊六郎掀翻在地。岳勝趕到後，揮起鋼刀就要劈。恰在此時，楊六郎頭上出現了一個白額虎，金睛火尾。岳勝大吃一驚，趕緊下馬扶起楊六郎，對他說：「小將不識神人，還請將軍恕罪。」楊六郎說：「你可以跟我一起去佳山寨建功立業。」岳勝說：「小將願意傾盡所能輔佐將軍。」

楊六郎得到岳勝這員猛將，非常高興，他回到無佞府與令婆、太郡告辭。令婆問他：

「當初你父親官至代州刺史，而你今天卻只做了個佳山巡檢，有沒有覺得對不起先人？」楊六郎說：「並非我願意做這個小官，只是如今國家邊境動盪，佳山寨又靠近遼國邊境。要是我在這裡打了勝仗，照樣可以建功立業，何必要一個高高在上的職位呢？」令婆同意他的看法，讓人準備酒宴為他餞行。第二天楊六郎率軍向佳山進發。當時正值二月，一路上風和日麗，春暖花開。

楊六郎帶著部下沒多久就到了佳山寨，這裡原有的官軍都出來迎接。來到帳中，楊六郎下令：「如今朝廷因為遼兵屢屢侵犯邊境，特派我們來鎮守。這裡是控制幽州的咽喉地帶，你們回去好好整頓隊伍嚴守邊關，不要讓敵人窺探。盡忠效國的人有賞，臨陣退縮的人軍法處置。」眾人領命後退下。

第二天，岳勝到寨子外面閒逛，發現對面有一座高山，山上長滿了樹木，一片翠綠。他問當地人：「前面那座山是什麼地方？」當地人回答說：「將軍不要打聽那裡，說起來就讓人心驚膽戰。」岳勝說：「難道那裡有什麼猛獸？」當地人說：「比猛獸還要可怕百倍。」當地人指著前面說：「那座山上有個可樂洞，洞裡有位寨主，姓孟名良，鄧州人士，使一柄大鎖斧，

---

❸【巡檢】古代官職巡檢使的簡稱，主要負責訓練士兵、地區巡邏，官位很低，一般受縣令管轄。

❹【武舉】古時候科舉分文科和武科，武科鄉試中榜就會被稱爲武舉人，朝廷任命後可以成爲武將。

沒人打得過他。他在那裡聚集了幾百人，專門打官劫舍，沒人敢到他的地盤上去。」岳勝聽後，回去見楊六郎，把這些事跟他說了一遍。楊六郎說：「我很早就聽說這裡有位勇士，名叫孟良，要是能讓他歸順我們，我們寨子可就更威風了。」岳勝說：「小將願意前去打探消息，回來再慢慢商議如何捉住他。」楊六郎同意了他的請求，派他去可樂洞打探。

當時孟良手下的劉超、張蓋等人正在山洞裡賭博。岳勝在外面拴好馬，帶著短刀來到洞中，大喝一聲。劉超、張蓋等人以為是官軍來了，嚇得四散而逃。岳勝追上前去，一連砍死十幾個嘍囉兵，頓時山洞裡遍地橫屍，血流了一地。岳勝說：「不如在這裡留下我的名字，讓他知道我來過，好去找我。」於是他蘸血在牆上寫下了佳山寨楊六郎的名字。寫完之後，岳勝上馬回佳山寨去了。

孟良回到洞中，發現自己手下十幾個人被殺，大吃一驚，問道：「是誰幹的？」嘍囉兵們對他說：「剛才來了一位少年將軍，大家都以為他是官軍，不敢跟他打鬥，結果被他乘虛殺死十幾個人。這人臨走的時候還在牆上留下了血字，大王看一看就知道了。」孟良看了牆上的字，說：「聽說楊家將個個威猛，我一定要跟他鬥一鬥，為兄弟們報仇。」

岳勝回到佳山寨來見楊六郎，把自己殺死孟良部下和在牆上題字的事情都說了一遍。楊六郎聽後說：「要是孟良知道了這件事，肯定來這裡鬧事，你們要有所防備。」話剛說完，有人來報：「孟良在寨子外面挑戰。」楊六郎立即帶了兩千兵馬，與岳勝一起出寨迎敵。

楊六郎遠遠看到孟良長得濃眉大眼，身材魁梧，心想果真是個漢子。楊六郎對他說：「閣下相貌堂堂，何不歸降？我們一起鎮守邊關，為朝廷效力，為後代立名，豈不比當土強盜要好的多？」孟良大怒，說：「你們父子當初背叛河東，投靠中原，最終都做了無頭之鬼。我在這裡跟你們無冤無仇，為什麼要殺死我的手下？要是能贏得了我手裡這把斧子，我就向你投降；不然的話，我把你捉回洞裡，拿你的心肝下酒，為我的人報仇。」六郎生氣地說：「真是欺人太甚！」說完便挺槍殺向孟良，孟良舞斧迎戰。

兩人打了四十多個回合不分勝負，楊六郎假裝失敗騎馬逃跑，孟良在後面緊追不捨。就在這時，岳勝從宋軍陣營裡衝了出來，跟孟良打鬥在一起。楊六郎按住槍，彎弓搭箭，一箭射中了孟良的坐騎，孟良被掀翻在地，宋兵一擁而上將其活捉押回山寨。楊六郎說：「如今你已經被捉住了，快快投降吧。」孟良說：「你暗箭射傷了我的坐騎，我才被你捉住，我如何肯服你？」楊六郎笑著說：「如果不服的話，我把你放了如何？」孟良說：「你要是放我回去，我肯定整頓部下再來跟你決戰。到那時你要是再能捉到我，我就服你。」楊六郎說：「今天就放了你，就算到天涯海角我也能再把你捉回來。」說完便讓人給孟良鬆綁。

第二十三回　楊六郎喜獲三良將

孟良被放走之後，岳勝對楊六郎說：「孟良是草寇的頭目，今天好不容易才把他捉住，為什麼要把他放了？」楊六郎說：「我跟他打了幾十個回合，發現他武藝很好，心裡憐愛，想將他收為部下。你等著看，不久之後我還會再把他捉住。」岳勝說：「現在他已經走了，等他整頓好手下再來作戰，我該用什麼計策捉住他？」楊六郎說：「孟良雖然勇猛有餘，但是謀略不足。佳山南面五里有個地方地勢險峻，無路可退。你帶兩千人馬到那裡去埋伏，等敵人進去之後，你就出來截斷他們的退路。」岳勝領命，帶兵去埋伏了。楊六郎又喊了五個身強力壯的士兵，吩咐他們說：「你們幾個人先到山谷裡去打扮成樵夫，等敵人路過的時候就按我說的去做。」這幾個人聽完交代一起退下。

一切安排妥當之後，有人來報，孟良帶著人馬在寨前挑戰。楊六郎隨即披掛上陣，來到寨前，大聲喊道：「今天你可要好好打了，要是再被我捉住就不會那麼輕易放你了。」孟良說：「我這次來就是為了報昨天的仇。」說完之後舞斧縱馬殺向楊六郎，楊六郎舉槍迎戰，兩人打在了一起。不出幾個回合，楊六郎調撥馬頭向山路上逃去。孟良說：「這次你還能再用箭射我嗎？」說完，在後面緊緊追趕。楊六郎邊戰邊退，引著孟良來到了山谷中。楊六郎故意裝出一副驚慌失措的樣子，頭盔都丟到了地上，最後下馬沿著山路逃跑。孟良也下了馬在後面追趕，等他轉過山頭，發現楊六郎不見了蹤影。孟良心想肯定又中計了，連忙往回跑。就在這時，石頭後面一聲鼓響，岳勝率領埋伏在這裡的士兵殺出來，把山谷出口擋住。孟良看到有伏兵，趕緊跑回山谷，從小路向西逃去。路上孟良遇到四五個樵夫，就問他們：「這裡還有沒有別的路能出山谷？」樵夫說：「山上還有條小路，通往胡材澗。」孟良說：「你們要是能救我一命，我肯定用金銀珠寶來報答。」樵夫說：「我們倒是有一個辦法能救將軍，但只怕將軍不答應。」孟良說：「能救我的命我為什麼不答應？」樵夫拿出一根麻繩，說：「將軍把這根繩子繫在腰上，等我們一起使勁把你拉上去，將軍就能脫險了。」孟良心想：「事情到了這種地步，也只能這樣了。」他拿起繩子，繫到自己腰上。幾個樵夫一起使勁，把他拉到半空中正好不上不下的位置，停下不動了。孟良大叫：「為什麼停在半空不動了？再往上拉啊！」樵夫說：「將軍不要急，我們這就去喊人來。」孟良不知道出了什麼事，心急如焚。

不一會兒，楊六郎帶著岳勝等人來到這裡，對孟良說：「這次我在半空裡把你捉住，你服不服啊？」孟良說：「你用詭計暗算我，不是戰敗被捉，要殺要剮隨你，但我還是不服。」

除非咱倆大戰一場，等你在戰場上捉住我，我才服你。」楊六郎說：「這次把你放了，下次肯定會在地上把你捉住，到時候你不要再反悔。」於是六郎下令把孟良放了。

回到寨中，楊六郎與岳勝商議，說：「孟良已經連著被我捉住兩次了，他不敢正面來打，肯定會夜裡來劫寨。這回把他捉住，看他有什麼好說的？」岳勝說：「將軍足智多謀，一般人不能比，但恐怕今天夜裡孟良不會來。」楊六郎說：「今天夜裡他肯定會來。」六郎下令讓人在自己營帳前挖了一個五六尺深的坑，上面鋪上樹枝，並讓士兵們在遠處埋伏好，只留下八九個人藏在營帳前，等敵人一中計就出來把他捉住。

當天夜裡，楊六郎坐在營帳裡看書。大約二更的時候，孟良果然帶著手下來偷襲。他先派人悄悄打探消息，結果回報說軍營裡的人都歇息了。孟良很高興，心想這次終於能報仇了。他來到寨子邊上，讓手下在外面等待，自己一個人騎馬殺入營帳。他看到楊六郎在那裡看書，沒有別人，便提著斧子，用力向前一步，大聲喊道：「楊六郎不要走！」孟良剛舉起斧子，只聽一聲巨響，連人帶馬落到了坑裡面。營帳前埋伏的士兵們一下子衝出來，把孟良捉住。孟良帶來的兩千人馬也被宋軍團團圍住，一個也沒能逃脫。大家把孟良押到堂上，楊六郎對他說：「你的計謀不出我所料，我這次再放你回去，讓你召集人馬來跟我作戰。」楊六郎下令把孟良放了。孟良說：「我雖然是賊，也懂得禮義廉恥。將軍真是神人，我怎麼敢不投降，我甘願為將軍效力，不會再有別的念頭。」楊六郎大喜，說：「你要是肯歸順，日後肯定會立功揚名。」

第二天一早，孟良見過楊六郎後便回到寨子，召集劉超、張蓋、管泊、關鈞、王滇、孟得、林鐵槍、宋鐵棒、丘珍、丘謙、陳雄、謝勇、姚鐵旗、董鐵鼓、郎千、郎萬共十六位頭目一起來歸順。楊六郎在寨子裡設宴犒勞眾將士，與岳勝等人開懷暢飲。

酒至半酣，孟良說：「六十里外有一座芭蕉山，地勢險惡，那裡聚集著一夥強盜，專門搶劫放火，官軍也拿他們沒辦法。其中為首的是鴉州三元縣人，姓焦名贊，紅臉大眼，四肢強壯，青筋突起，一身肌肉，使一柄渾鐵錘，英勇無敵。要是能讓這個人來歸順，那我們寨子的實力就會更強了。」孟良說：「此人非常厲害，不可大意，需要多帶幾個人去。」楊六郎說：「我以誠信待人，用不著多少士兵。」

第二天早上，楊六郎讓岳勝等人守著寨子，自己帶了三個人，騎馬來到芭蕉山。快到山口的時候，只見那裡坐著一個人，長相古怪，一副樵夫打扮。楊六郎問他：「這裡是芭蕉山嗎？」那人站起身子，回答說：「你是什麼人，為什麼一個人來這裡？」楊六郎說：「小人姓楊，名延昭，是楊令公的六兒子，最近來佳山寨出任巡檢一職。聽說這裡有位能人名叫焦贊，所以特意來招他歸順。」那人說：「閣下要找焦贊，我正好認識他，可以給你帶路，為你引見。」楊六郎喜出望外，跟隨他來到山裡，只見到處山勢險峻，樹木叢生。來到洞口外，那人說：「你在這裡等著，我進去幫你通報一聲。」楊六郎就等在外面，那人進入洞中。不一會兒，洞裡出來了幾十個嘍囉兵把楊六郎捆住，帶進了洞裡。

來到洞中，楊六郎看到上面坐著一個人，正是剛才給他引路的那個人。那人笑著說：「還沒等我焦贊來請你，你就自己送上門來了，你還有什麼好說的？」楊六郎面色不改，厲聲回答說：「大丈夫視死如歸，隨便你如何處置。」焦贊說：「我不知道吃了多少好漢的心肝，還在乎你一個？」說完就讓人把楊六郎吊起來，他準備親自動手。焦贊剛要舉刀，忽然看到楊六郎頭頂上冒出一道黑氣，氣中顯現出一隻白額老虎，一邊咆哮一邊擺尾。焦贊大吃一驚，說：「此人原來是位神將。」焦贊趕緊派人把楊六郎放下來，親自給他鬆綁，跪在地上邊磕頭邊說：「小人有眼不識神人，我願意歸順。」楊六郎說：「你要是肯歸

寨子裡群雄聚集，兵強馬壯，楊家的金字旗號也打了出來，遼國人不敢來侵襲，邊境上一片安寧。

降，我保你加官進爵，比當強盜好多了。」

焦贊很高興，讓手下都來拜見楊六郎，並安排人準備宴席款待楊六郎。楊六郎剛要飲酒，就聽到洞外面喊聲大震，鑼鼓聲不斷。楊六郎走到洞外一看，原來是岳勝、孟良等人。大家看到楊六郎安然無事，都下馬來相見。原來有人回報說楊六郎被賊人捉走了，大家特意趕來救援。楊六郎把焦贊歸順的事情告訴了大家，眾人皆大歡喜，到洞中依照次序入座，開懷暢飲。第二天，楊六郎率領大家離開芭蕉山，並將洞穴付之一炬。

楊六郎招納了三員大將，派人到朝廷上奏，要求給他們封官，好安撫住手下的人。真宗得知後，與大臣們商議。寇準上奏說：「既然楊延昭能招安盜賊，陛下應該答應他的請求。」真宗准奏，派人去傳達旨意，加封楊延昭為鎮撫三關都指揮正使，封岳勝、孟良、焦贊等人為指揮副使。楊六郎率領眾人領旨，等使者離開之後，他又派人去勝山寨把陳林、柴敢招來。此時，寨子裡群雄聚集，兵強馬壯，楊家的金字旗號也打了出來，遼國人不敢來侵襲，邊境上一片安寧。

八月十五這天，正值中秋佳節，楊六郎與眾人在寨子裡一邊飲酒一邊賞月。酒至半酣，楊六郎對岳勝等人說：「我們父子八人，自從歸順大宋之後與遼國為敵。我父親楊令公在瓜州之戰中命喪胡原谷，當時我把他的屍骨埋在了李陵碑下。後來多次想派人將他的遺骨取回來埋在祖墳裡以盡孝道，但是找不到一個心腹之人能代我去辦這件事。每當想起這件事，我心裡就十分難受。也不知道哪一天才能了了這個心願。」岳勝說：「將軍這樣孝順，真是感人。但是到胡原谷一路上都有遼兵阻攔，四處都是敵人，實在是太難了。等再過幾年，可能會容易一些。」楊六郎大哭不止，於是下令撤掉宴席，大家也都散去了。

孟良聽了楊六郎在宴席上的一番話，心想：「楊六郎三次捉住我都沒有殺我，對我有恩。今天他有事需要幫助，但是沒有人敢站出來答應。不如我趁著天黑悄悄出營，秘密前往胡原谷，把楊令公的屍骨取回來，以報答將軍的恩德。」拿定主意之後，孟良沒有跟別人說，一個人悄悄離開寨子，前往胡原谷去了。

第二天一早，人們發現孟良不在寨子裡，就報告了楊六郎。楊六郎大吃一驚，說：「昨天晚上喝酒的時候還好好的，今天怎麼就不見了？」岳勝等人說：「孟良終究賊性難改，大概是私自逃跑了，不想讓將軍知道。」楊六郎說：「孟良這個人雖然性格粗暴，但有情有義，既然歸降了，怎麼會私自逃跑呢？」眾人胡亂猜測，沒有定論，楊六郎悶悶不已。

第二十四回　孟良智盜驌驦馬

孟良裝扮成樵夫，來到胡原谷尋找楊令公的遺骨，但是找了很久都沒有找到。恰好一位遼國老人經過這裡，孟良就上前問他：「當初楊令公的遺骨埋在了這裡，今天怎麼不見了？」那位老人回答他說：「一個月之前，幽州的蕭太后下令讓人把楊令公的遺骨挖走，埋到紅羊洞去了。」孟良聽後，心想：「既然我就是為了這件事來的，要是拿不到遺骨，回去也沒法交代，不如潛入幽州再作打算。」於是他假扮成遼國人，前往幽州。

沒用幾天，孟良就來到幽州城外，恰好遇到一位漁夫。孟良問他：「你是不是要入城？」漁夫說：「是要入城，趕著明天給太后獻魚。」孟良問他：「獻什麼魚？」漁夫說：「八月二十四日是蕭太后生日，按照慣例每年都要給她進獻鮮魚以示祝賀。今天是二十三日，明天一早就要進城去獻魚。」孟良聽後，心中暗自高興，心想：「這真是千載難逢的好機會。」於是他對漁夫說：「我是給將軍餵馬的也要入城，咱們一起吧。」於是，孟良緊跟在漁夫後面，沒出幾步，孟良就抽出匕首把漁夫殺死了。孟良換上漁夫的衣服，還拿了漁夫的牙牌❶，提著魚進城去了。守城的遼兵聽孟良說要給蕭太后祝壽，檢查了他的牙牌也沒問題，就放他進城了。

第二天早上，蕭太后入朝，文武百官向她賀壽。宮門守衛上奏說：「黃河漁夫來進獻鮮魚，在門外等候。」蕭太后下旨把他召入大殿。孟良上前獻上帶來的魚。蕭太后說：「今年的魚比往年的要小，看魚鱗也不新鮮，這樣的魚也敢拿來進獻？」孟良上奏說：「小人往年進獻的魚雖然大，但味道不夠好，而這條魚非常難得，先是在河裡網住，又在池子裡養了好幾天。因為天氣太熱的原因，所以看上去有些不新鮮了，但是味道實在不是一般魚能比的，太后嘗過之後就知道了。」蕭太后聽完很高興，笑著說：「說的有道理，你先退下，等生日過後跟別的下人一起受賞。」孟良非常高興，告辭後退下。蕭太后下令讓人擺下宴席，與朝中的文武官員一起慶祝。當天，宮裡樂聲不斷，君臣都開懷暢飲，直到夜裡才盡興而歸。

第二天，大臣們紛紛謝過蕭太后的宴請。忽然有大臣來報，說：「西涼國進貢給宋朝一匹驌驦（ㄙㄨˋㄕㄨㄤ）馬，在路過幽州地界時被守官截獲，特意進獻給太后。」蕭太后命人把馬牽過來，一看果真是寶馬，便說：「這匹馬是難得的寶馬，一定要用心餵養，以備出入之用。」下人答應後牽著馬出去了。

孟良聽到這個消息之後，偷偷到馬廄裡去察看，發現果真是匹好馬，心想：「先等我拿到楊令公的遺骨，再來偷這匹寶馬。」孟良來到紅羊洞，只見一片曠野上有一個土墩，邊上有塊很小的石碑，上面寫著「令公塚」三個字。孟良等到天黑才動手，先是挖開墳墓，裡面有一具石棺，然後打開石棺，取出遺骨包好。等孟良走出洞口的時候，正被一群遼兵撞見。遼國人要搜查他的包裹，還問他：「你是哪裡人？為什麼來這個地方？肯定是宋朝的奸細。」孟良回答說：「小人不是奸細，是來給太后獻魚的漁夫。前天給太后獻魚，太后留我們父子吃飯。我父親因為太后賜酒就多喝了幾杯，沒想到醉死過去，這裡離家路途遙遠，只能先將屍體焚燒帶遺骨回去，怎麼可能是奸細呢？奸細來這裡豈不是自尋死路嗎？」說完之後，孟良大哭起來。遼兵信了他的話把他放了，讓他趕緊離開。

孟良趕緊回到驛站，把遺骨藏好。第二天，他帶了一些毒藥來到馬廄。見人正在煮豆子準備餵馬，孟良偷偷在食槽邊上灑下毒藥然後離開。馬中毒之後不進食，養馬的人趕緊稟報蕭太后。蕭太后說：「馬為什麼不進食？肯定是你們沒有好好調養。」養馬的人說：「這樣的寶馬本來就很難伺候，不進食肯定是得病了。希望陛下下旨招募懂得給馬治病的人，如果能治好重金賞賜、加官晉爵。要是碰到懂得這匹馬性情的人，可以留下來重用。」蕭太后同意了，立即貼出榜文，招募能給馬治病的人。

---

❶【牙牌】古代一種證明官員身分的牌子，因爲多用象牙、獸骨製作，所以稱爲牙牌。牙牌上一般寫著官員的官職和履歷，上朝的時候需要亮出牙牌，否則不能進入宮門。

孟良聽到消息後心想：「要是這個計畫成了，我帶著這匹馬回去獻給將軍，肯定能立下大功。」榜文剛剛貼出，孟良就上前揭了下來。守軍帶著孟良去見蕭太后。蕭太后問他：「你懂得給馬治病嗎？」孟良說：「小人就是前幾天來進獻鮮魚的那個人，也懂得給馬治病。不出一兩天，肯定治好這匹馬。」蕭太后說：「你要是真能治好，我封你做官。」孟良拜謝後退下，來到馬廄察看寶馬的病情。孟良仔細查看了一番之後，對旁邊的人說：「這匹馬中毒很深，應該先治標後治本。」原來當初孟良下的毒藥是一種麻藥，馬吃了之後不能開口，所以不進食，看上去像是病了，等麻藥的藥效過去之後，馬就能進食了。過了兩天，寶馬就恢復了原先的樣子。

蕭太后聽說馬的病已經被治好了，非常高興，立即宣孟良上殿，對他說：「治好了寶馬都是你的功勞。現在燕州正好缺一位總管，就任命你來擔任吧。」孟良心想：「我費了這麼多心思，都是為了這匹寶馬，而不是什麼總管。」於是他想出了一個辦法，上奏說：「多謝陛下賞賜小人官職，只是這匹馬的病剛剛治好，血脈還不平穩，小人擔心自己上任之後，若是再犯了病就麻煩了。不如小人帶著寶馬去赴任，等寶馬病痊癒了，萬無一失之後再送回來。」蕭太后說：「你說的也有道理。」於是蕭太后下令讓孟良帶著寶馬去燕州上任。孟良領旨後告辭退下。回到驛站，孟良取出楊令公遺骨，騎上寶馬衝出幽州城，連夜向佳山寨趕去。

巡邏的遼兵發現之後，回幽州報告給蕭太后。蕭太后得知這個消息，大吃一驚，說：「被奸人暗算了！」蕭太后立即派蕭天佑率五千輕騎兵追趕。蕭天佑領旨，帶兵衝出幽州去追趕孟良。

孟良已經離開幽州城二百里了，眼看著邊關就在眼前。可這時後面塵土遮天，旌旗蔽日，他知道是遼兵追來了，於是急忙趕到關口。守關的士兵認得孟良，連忙回寨子裡通報。

楊六郎聽到這個消息，立即下令，派岳勝、焦贊等人出兵接應孟良。岳勝率兵來到關前，恰好遇到孟良匆匆趕回，累得滿臉大汗。孟良說：「後面有遼兵在緊追，你要小心。」岳勝說：「你先回關，

回到驛站，孟良取出楊令公遺骨，騎上寶馬衝出幽州城，連夜向佳山寨趕去。

我來擋住遼兵。」孟良騎馬跑回了寨子裡。

岳勝擺開陣勢，不一會兒蕭天佑就趕來了。蕭天佑衝著岳勝破口大罵：「賊人竟然偷我大遼的寶馬，立刻還回來的話，饒你們不死；不然的話，衝破邊關，寸草不留。」岳勝大怒，說：「蠻人竟敢來挑釁！」隨即舞刀躍馬衝殺過去，蕭天佑舉槍迎戰。二人打了四十個回合，突然焦贊大喝一聲，率兵從一旁襲擊。遼軍前後受敵，四散逃走。焦贊又乘勢率兵一番追殺，最終遼軍大敗。

楊六郎看到孟良回來了，又聽說大敗遼兵，非常高興。他問孟良為什麼私自前往幽州，孟良將前後經過說了一遍。楊六郎拜謝孟良，說：「多謝你的恩德，現在快把父親的遺骨取出來給我，我立即把這件事告訴母親，讓她安葬在祖墳；這匹寶馬我會派人獻給聖上，替你請功。」楊六郎派人帶著寶馬回汴京，去見真宗。

真宗得到寶馬後非常高興，對群臣說：「楊延昭剛剛去鎮守三關，先是收服了三員大將，如今又奪了這匹寶馬進獻，功勞不小，朕應該重賞。」八王上奏說：「楊延昭忠君愛國，陛下確實應該重賞。」真宗派使臣帶著綢緞、牛羊和美酒前往佳山寨，賞賜楊延昭。

這天忽然有人向真宗彙報說：「遼兵正在攻打澶（ㄔㄢˊ）州，邊關形勢危急，希望朝廷定奪。」真宗問大臣：「遼兵侵犯邊境，應該派誰去作戰？」八王說：「澶州離三關比較近，如果派楊延昭去救援，肯定能擊退遼軍。」真宗准奏，於是下令派楊延昭帶兵出征。楊六郎領旨後召集部下商議對策。楊六郎說：「如今遼軍在澶州外屯兵，侵擾我大宋邊境，朝廷派我等出兵禦敵，大家一定要奮勇殺敵。」孟良說：「這次遼兵進犯是小人招惹來的，小人應當率先帶兵出戰。」楊六郎說：「蕭天佑是遼國名將，你帶兵在前，我們在後面接應你。」孟良帶兵出發後，楊六郎又把岳勝叫到身邊，對他說：「你帶一千騎兵出關，等到遼兵打得筋疲力盡時再衝出去，可以攻破敵人陣勢。」岳勝也帶兵出發了。安排完畢之後，楊六郎自己率領兩千人馬，在後面接應。

消息傳到遼軍大營，蕭天佑與耶律第商議說：「太后降旨，派我帶兵來追那盜馬賊，如今他已經逃進關內去了。此人名叫孟良，今天來打頭陣的正是他，大家要齊心合力奪回寶馬，太后必有重賞。」耶律第說：「主帥不要擔心，憑藉我們的力量，一定能取得成功，凱旋而歸。」

第二天天剛亮，兩軍就在開闊地帶擺開陣勢。宋兵搖旗吶喊，鼓聲不斷。孟良披掛上陣來到陣前，大喊道：「蠻賊還不趕緊退去，否則性命不保。」蕭天佑怒罵道：「你個盜馬賊還敢來戰？」隨即舉槍衝孟良殺了過來，孟良舞斧迎戰，兩人打了三十多個回合不分勝負。遼將耶律第見兩人打得難解難分，便提刀縱馬，衝出來助戰。就在這時，忽然山後一聲鼓響，岳勝率軍衝了出來。蕭天佑跟孟良作戰，岳勝與耶律第作戰，四人打在一起。蕭天佑假裝逃走，孟良緊追不捨，掄起斧子砍向蕭天佑。突然，蕭天佑身上金光閃過，斧子根本傷不了他。孟良大吃一驚，調轉馬頭向後逃去。此時遼軍重新殺了回來，宋軍四散逃走。岳勝的部下潰敗，跟孟良一起逃進關去。蕭天佑看到前面殺氣連天，知道有伏兵，於是收兵回營。

孟良回到寨子，把蕭天佑被金光籠罩的事情告訴了楊六郎。楊六郎說：「世上還有這樣的怪事？明天我親自上陣一探究竟。」於是楊六郎派陳林、柴敢守寨；岳勝率劉超、張蓋先出戰；孟良、焦贊率王琪、孟得等人分左右兩翼助戰。眾將領命後退下，各自為明天交鋒做準備。

蕭天佑在軍營裡召集部下商議，說：「孟良、岳勝驍勇善戰，他們原先都是山寨裡擅長作戰的強盜，跟他們交戰不能強攻，只能智取。離這裡三十里外有一個雙龍谷，山谷兩側山勢險峻，只有一條小路通向雁嶺，嶺下是幽州外的曠野。我們先派兵在那裡埋伏，然後引敵人進入山谷，再出兵將他們圍住，不出半個月就把他們全餓死在谷裡。」耶律第說：「小將願意帶兵前去埋伏。」蕭天佑說：「這件事你去最好了。」隨即派兩千步兵給他，讓他出發。蕭天佑對黃威顯說：「你率領一千騎兵，多打些旗幟守在雁嶺下面，等敵人進入山谷就阻斷他們的去路。」黃威顯領命後退下。

第二十五回　五台山孟良借兵

蕭天佑安排好部下之後，忽然有人來報宋軍在外面挑戰。蕭天佑披掛上馬，領兵出戰。兩軍擺開陣勢，宋軍中岳勝率先出戰，他來到陣前，舞著大刀說：「蠻將快快退下，免得傷了和氣，不然的話，讓你有來無回。」蕭天佑大怒，挺槍殺向岳勝，岳勝掄刀迎戰。不出幾個回合，孟良、焦贊從左右兩側衝出來與遼軍大戰。蕭天佑打鬥了一會兒，假裝逃走。楊六郎從旁追趕，一槍刺去，結果蕭天佑被金光罩住刀槍不入，楊六郎非常吃驚。

岳勝、孟良等人帶兵追擊，被蕭天佑引到谷口。楊六郎看這山谷地勢險峻，便勒馬停下，說：「大家不要追趕，別中了敵人的埋伏。」孟良說：「這裡的地形我很熟，裡面只有一條小路可以通向雁嶺。遼軍不知情況進入山谷，我們正好趁機把他們圍在裡面一舉殲滅。」楊六郎同意了他的建議率軍殺進谷中，結果不見遼軍人馬。楊六郎心裡大驚，說：「敵人早有埋伏，趕緊退出谷去，不然肯定被困住。」話還沒說完，就聽谷口金鼓齊鳴，喊聲震天。耶律第率領伏兵殺了出來，將宋軍圍困在谷裡。孟良、岳勝等人拼死力戰，山上箭石齊下，宋兵死傷無數也沒能衝出去。宋軍只好掉頭殺向雁嶺，結果發現路已經被遼軍堵死，並且山後旌旗翻滾，像是埋伏了大隊人馬，宋軍也不敢前進。

楊六郎與部下被圍困在谷中，無計可施。焦贊說：「小將願意帶手下衝開谷口，救將軍出去。」楊六郎說：「遼兵實在太多，你如何抵擋？不能讓將士們白白送死，還是稍等一下，有機會再說。」岳勝說：「寨子裡的人不知道我們在這裡被困，要是沒有人來援救，又沒有糧草，遼兵乘虛而入，我們就只能坐以待斃了。不如趁著現在兵馬強壯，按照焦贊說的衝殺出去。」楊六郎說：「外援倒是有，就是沒有人能去報信。這裡離五台山不遠，要是有人能去五台山告知我兄長楊五郎，他一定會來救援。到那時，我們內外夾攻就可以脫險。」孟良說：「將軍與大家先在這裡忍一忍，等我打扮成遼兵偷偷混出山谷去五台山搬救兵。」楊六郎說：「你要小心，見了我兄長求他快點來救援。」

孟良脫下盔甲打扮成遼兵，與楊六郎告辭，趁夜裡偷偷出了雁嶺。剛出雁嶺，就遇到一位巡邏的遼兵，孟良一刀將他殺死，還拿走了巡邏兵的鐵鈴，在遼軍營地裡邊走邊喊：「守好寨子，不要讓楊六郎跑了。」沒有遼兵懷疑孟良的身分，任他在營地裡往來。等到了夜裡三更，孟良離開雁嶺向五台山大步走去。

用了不到一天時間，孟良就到了五台山下。來到廟中，孟良看到一位侍者，就問他：「你們師父在寺裡嗎？」侍者問他：「你是什麼人？」孟良說：「楊將軍派我來見楊禪師，有要緊事通知。」侍者得知他是楊家派來的人，立即帶他去見師父。楊五郎問孟良：「你來寺裡找我，有什麼事嗎？」孟良回答說：「小人姓孟名良，最近歸順了楊將軍，跟他一起鎮守三關。遼兵來侵犯邊境，宋軍竭力阻攔，沒想到中了敵人的奸計被困在雙龍谷。現在谷裡沒有援兵也沒有糧草，所以楊將軍特派小人來向師父求救，希望師父出兵救援。」楊五郎說：「我現在是出家人，怎麼能再回戰場上打打殺殺呢？再說，我很久不帶兵，武藝都荒廢了，就是去了也幫不上什麼忙。你可以回到汴京向朝廷求救，趕緊出發吧，不要誤事！」孟良說：「這裡去汴京路途太遠，不知道幾時才能出兵？還是希望師父念在手足之情的份上，親自出兵救援，請不要再推辭了。」

楊五郎想了一會兒，說：「出兵可以，只是我的戰馬已經死了，沒有好馬騎很難上路。」孟良說：「師父若是肯去救援，小人立刻回寨子裡牽馬來。」楊五郎說：「我對馬非常挑剔。八王有兩匹寶馬，名叫千里風和萬里雲，你把其中一匹帶來，我才能出戰。」孟良說：「沒有別的辦法了，小人只能連夜趕到汴京，去問八王借馬。」楊五郎說：「要是有了這匹馬，就能戰勝遼軍。」

孟良立即辭別了楊五郎，趕往汴京。等到了汴京，孟良來到八王府中拜見，把借馬的事情說了一遍。八王說：「別的事情都好說，唯獨這兩匹馬不能借。它們還沒吃飽，怎麼能上戰場呢？不要再說了，這件事實在難以答應。」孟良悶悶不樂地走出八王府。他趕到了楊家無佞府求見楊令婆。楊令婆知道六郎被困在山谷之後，哭著說：「當初我丈夫率領兒子們歸順朝廷，如今只剩了六郎一人繼承父業，現在卻被遼兵圍困，要是有什麼不測讓我去依靠誰啊？」九妹說：「母親不必擔憂，既然哥哥有難，女兒跟孟良一起去營救。」令婆說：「你去再好不過了，上了戰場凡事多加小心。」孟良對九妹說：「請小姐先到汴京外面二十里的地方等候，小人今天夜裡去八王府中偷馬，得手後跟你會合。」九妹答應了他，然後告辭退下，回去收拾行李。

孟良來到八王府中的後花園，把御書樓放火點著了，頓時濃煙滾滾、火光沖天。下人趕緊通報八王，八王大吃一驚，立刻帶人趕去救火。孟良趁著慌亂來到馬廄，偷著牽走了千里風，從後門逃走。等火被救得差不多的時候，有人說一位壯士騎著千里風從東門走了。八王大怒，說：「肯定是孟良使的調虎離山計。」八王立即下令牽出萬里雲，飛身上馬追了出去。

孟良騎馬出了汴京城，心裡非常高興，但不一會兒八王就追了上來。八王在後大喊：「逆賊把馬還給我，饒你一死。」孟良大吃一驚，心想：「怎麼這麼快就追上來了？」他突然心生一計，把千里風推入泥潭裡，自己躲在樹林後面。八王趕到跟前，看到馬陷入泥潭，笑著說：「這逆賊肯定是害怕了把馬推到泥潭裡，待會兒下人來了再去救馬。」八王下馬上前查看，孟良就在這時一下子竄出來騎上萬里雲，叫道：「八王不要怪我，這匹馬借我用一用，等擊退了遼兵就來還給你。」說完之後，疾馳而去。八王正在懊悔的時候，下人們趕到了。得知萬里雲被孟良用計偷走，他們勸八王說：「殿下不要擔心，等他們救出楊六郎，肯定會把馬還回來的。」八王只好讓人把千里風拖出泥潭，一群人回了汴京。

天快亮的時候，孟良與九妹會合，告訴他自己偷來了八王的萬里雲。九妹高興地說：「既然有了這匹馬，你趕緊去五台山求五哥下山救援，我去三關整頓將士。」兩人分手後，孟良趕到了五台山去見楊五郎，告訴他：「馬已經借到了，你妹妹也一起趕去救援。」楊五郎說：「看在你盡忠盡職的份上，我也該下山去救援。」他帶領五六百僧兵，打起楊家旗號離開了五台山，到三關與九妹等人會合。九妹說：「六哥已經被困了很多天，不如今天就殺進山谷去營救。」楊五郎說：「遼兵太多，等我先派人去打探消息，然後再出兵營救。」大家都收拾好衣甲，等待出兵。

消息傳到蕭天佑那裡，他召集諸將商議對策，說：「楊五郎的救兵已經趕來，他們個個英勇無敵。不過我有一計，可以讓援兵不戰而退，把楊六郎困死在谷中。」耶律第說：「元帥有何妙計？」蕭天佑說：「今天捉到一位邊境居民，相貌酷似楊六郎，可以把他殺了，將其頭顱高掛在杆子上，就說楊六郎昨天已經被我們捉住殺了，他的部下也已經全軍覆沒。援兵見了之後，肯定不會懷疑。既然楊六郎已經死了，他們自然不戰而退。」耶律第說：「果然是妙計。」蕭天佑立即派人把那人殺了，砍下頭顱，讓遼兵掛到陣前，並傳言說楊六郎已經被殺了。

楊五郎打起楊家
旗號，離開五台
山，·到三關與九
妹等人會合。

打探消息的人回到關中，報告了楊六郎被害的消息。楊五郎聽後大吃一驚，說：「我弟弟被遼兵圍困，他們趁機將他殺死也是可能的。」隨即楊五郎派九妹下關去辨認屍體，九妹趕緊披掛上馬到關下去察看。出發之前，她下令讓人傳話，就說如果楊六郎果真死了，援軍就會退兵。這句話傳到了蕭天佑那裡，他下令放九妹進入遼軍大營辨認屍體。九妹來到遼軍轅門外，看到掛著的人頭和楊六郎非常相像，於是大哭起來，指著遼兵罵道：「殺兄之仇，一定來報！」九妹騎馬回到關中，把消息報告給了楊五郎。楊五郎歎息說：「本想來救弟弟，誰想早已被害，真是楊家的不幸！」此時，只有孟良不信，他說：「五將軍，這件事很可疑。當天小人離開雙龍谷的時候，將軍手下還有很多人馬，就算是遭遇不幸，總不能一個人也不剩吧？但是一個人都沒回來過，這說明此事可疑。」楊五郎聽後也有些猶豫。

當天夜裡，秋風習習，月明如晝。楊五郎披著衣服來到帳外觀望星斗，看到將星明朗，正照在雙龍谷上。他心想：「楊六郎肯定還活著。」第二天他告訴妹妹和其他人說：「昨天我夜觀星象，知道你哥哥還活著，要是能有個人進去通風報信就好了。」孟良說：「小人願意再到谷裡去打探消息。」楊五郎說：「你去最好了。」孟良告辭離去。九妹說：「孟良去打探消息，我也去附近打探一下。」楊五郎說：「你要秘密行事，不要被敵人察覺。」九妹說：「我自有辦法。」九妹與楊五郎告辭後，打扮成了打獵的小軍士，來到天馬山。路上雜草叢生，她不知不覺進了樹林，結果看到一大群遼兵。九妹發現附近有個小茅庵，就躲了進去。

庵主發現九妹之後，問她：「你是什麼人？怎麼一個人在山裡？」九妹回答說：「實不相瞞，小女是楊家人，因為哥哥楊六郎被遼兵圍困在谷中，所以特意來打探消息，沒想到迷路之後又遇到遼兵，只好來這裡躲避。」庵主說：「這裡是遼國的地方，你怎麼可以輕易進入呢？趕緊卸下弓箭，換上一身僧服。」不一會兒，遼兵就來到了庵中，捉住了九妹。庵主說：「這是我的弟子，在這裡出家，你們為什麼要捉她？」遼兵說：「既然是出家人，為什麼隨身帶著弓箭？」庵主笑著說：「你們不知道，這山裡經常有猛獸出來傷人，剛才弟子出去打獵了，所以身上帶著弓箭，這沒什麼好奇怪的。」於是遼兵放開九妹，說：「你既然懂得射箭肯定有力氣，要是能打得過我們這群人，就放了你；不然的話，帶你回去見蕭太后。」庵主說：「為什麼這樣說？」遼兵說：「最近宋朝的孟良偷偷潛入幽州，偷走了蕭太后的驌驦寶馬，所以才下令讓我們各處巡邏預防宋軍入境。我們現在懷疑他是奸細，所以要比武。」九妹說：「師父不要擔心，就讓我跟他們比一比。」說完之後，來到草坪中與遼兵比試武功，結果遼兵都不是對手，這群遼兵見打不過她就回營去了。庵主說：「你先在這住幾天，我讓人打探一下你哥哥的消息，到時候再走也不遲。」於是九妹留在了庵裡。

第二十六回　楊五郎大鬧幽州城

巡邏的遼兵回到幽州後見到丞相張華，告訴他說：「天馬山的庵中有一位壯士在那裡修行，那人騎馬射箭都很熟練，武藝超群，我們十幾個人都不能靠近他。」張華聽後非常高興，說：「如果真有此人，應該召來為遼國效力。」使者領命，前往天馬山庵把這件事告訴了庵主。庵主與九妹商議說：「幽州的張丞相來召你去幽州，你肯不肯去？」九妹說：「既然來召我，怎麼敢拒絕？」庵主大吃一驚，帶著九妹來到庵後，對她說：「你是一介女流，要是被他們識破了身分恐怕性命難保，怎麼能去呢？」九妹說：「庵主待我這麼好，足見庵主的好心。這次去幽州或許有機會救出哥哥。」庵主說：「那你可要處處小心。」

九妹辭別了庵主，跟著使者一起回到幽州，來到張丞相府上拜謝。參見完畢之後，張華問道：「壯士是哪裡人？先報上姓名來，才能錄用。」九妹回答說：「小人晉陽人氏，姓胡名元，年少的時候曾經想考武舉人，但是考了很多次都沒考中，後來離家到庵中修行。昨天得到大人命令前來覆命。」張華聽他說話言語清晰，人又長得出眾，非常高興，於是派家人

收拾了一間乾淨的房子讓他休息，九妹謝過之後告辭退下。張華來到後堂，與夫人商議，想要把他們的女兒月英小姐許配給他，招胡元為女婿，夫人同意了。

第二天，張華派人把這件事通知胡元。九妹說：「這的確是件大好事，多謝丞相抬愛。但是如今宋兵未退，戰事正緊，小人想憑藉平生所學上戰場去建立一些功勞，再回來成親。」張丞相聽到這些話之後說：「這樣也好，先看看他武藝如何。」隨即，張華整理好朝服，入朝見蕭太后，上奏說：「臣招募了一位壯士，長相英俊、武藝非凡，想要為陛下立功。希望陛下能加以重用，擊退宋兵。」蕭后准奏，下令封胡元為幽州團練使，並給他五千人馬，去幫助蕭天佑對付宋軍。九妹領旨後辭別了張丞相，帶兵來到澶州與蕭天佑部下會合。當時恰逢楊五郎在營外挑戰，九妹披掛上馬來到陣前，大叫：「宋將快快退下，饒你一命。」楊五郎一下子認出了九妹，大吃一驚，說：「妹妹怎麼會在敵軍陣中？」九妹打暗號，說：「五哥詐敗，我自有計策。」楊五郎領會了她的意思，兩人交戰幾回合後便假裝失敗逃走，九妹跟在後面追了幾里，然後回到營中。

有人報告蕭天佑，說：「新來的將軍大勝宋軍。」蕭天佑非常高興，立即派人把他請到帳中，與他商議對付宋軍的策略。遼軍營中有人認出九妹，秘密報告給蕭天佑，說：「這人就是前幾天來察看楊六郎首級的那個人，元帥多加提防。」蕭天佑大吃一驚，派人把九妹捉住。九妹不知什麼情況，說：「我殺退宋軍有功勞，元帥為什麼要捉拿我？」蕭天佑說：「你本就是宋朝楊家的人，還敢來欺騙我？」然後下令把她關進囚車，押回幽州見蕭太后。蕭太后得知這件事後，宣張丞相入朝，問他怎麼回事。張華上奏說：「臣是被她騙了，希望太后把她關進大牢，等捉住楊家其他的人之後一起問斬。」太后允奏，下令把九妹關入大牢。

消息傳到三關，楊五郎聽說妹妹被捉走，趕緊召集部下商議，說：「六郎最近沒什麼危險，現在九妹被抓進大牢，應該先想辦法救她。」陳林說：「將軍有沒有什麼辦法？」楊五郎說：「幽州右邊和西番[1]接壤，兩國是脣亡齒寒的關係。我假扮為西番人，假裝出兵幫助遼國，蕭太后一定不會懷疑。到那時再想辦法救出九妹。」陳林說：「真是妙計，將軍先去，我帶領大軍在後面接應。」楊五郎安排好部下，打起西番人的旗號，率軍來到幽州，並派人去通報蕭太后。蕭太后下令召見西番國統兵的主帥，楊五郎來到大殿，向蕭太后施禮。蕭太后說：「有勞諸位將軍，跋山涉水趕來。」楊五郎說：「西番國王聽說遼國與宋國交戰勝負未分，特意派臣帶兵來援助。」蕭太后非常高興，立即下令設宴招待。楊五郎說：「軍情緊急，臣明天就帶兵上前線，攻打宋軍。」太后說：「你們遠道而來，人馬疲憊，多休息幾天再出發。」楊五郎謝過太后，在城南安營紮寨，他下令趁遼兵沒有防備，連夜殺進皇

---

❶【西番】西羌族，內部分支很多，遍布陝西、四川、雲南、青海等地，是古代中原地區非常頭疼的敵人，朝廷曾經多次招安，但總是隔一段時間就會發生叛亂。

城。眾人領命後各自整頓，等待命令。

九妹在獄中，獄官章奴是宋朝人，得知她也是宋朝人，對她十分客氣，幾次想要放她走，都沒有碰到好的機會。九妹對章奴說：「承蒙大人厚待，我剛才占卜，算到今天能從這裡逃出去，不如你跟我一起回宋朝，我肯定好好報答你。」章奴說：「我早就想這樣了，只是沒有人提攜。將軍要是肯帶小人回去，今夜我們就越獄逃跑。」於是九妹開始做準備。將近黃昏的時候，城外幾聲炮響，楊五郎帶著七百多人殺進城中，所到之處如入無人之境。跟在他後面的大軍一擁而入，喊殺聲不斷。有人上奏蕭太后，說西番國的人造反了。蕭太后大驚，趕緊下令關緊城門。楊五郎率先殺進大牢裡，恰巧碰到九妹從裡面殺出來。遼軍的官兵各自逃命，沒人敢上來阻攔，宋軍殺死遼兵無數。

楊五郎與九妹左衝右突大鬧幽州城，放火燒了南門之後，帶軍殺回澶州。蕭天佑不知道這是哪裡來的軍馬，遼兵陣腳大亂。耶律第率先出陣正好遇到楊五郎，兩人打在一起。結果不出兩回合，耶律第被楊五郎一斧劈落馬下。陳林、柴敢帶兵左右夾攻，蕭天佑不敢戀戰，帶著部下逃走。楊五郎緊追不捨，蕭天佑邊戰邊逃，兩人打了二十多個回合。楊五郎掄起斧頭當面劈下，忽然一道金光將蕭天佑罩住，刀槍不入，誰也傷不了他。楊五郎心想：「師父曾經說遼國蕭天佑是銅身鐵骨，刀槍不入，特意傳授給我一篇降龍咒，囑咐我交鋒的時候念誦。等我念誦這首降龍咒，看他怎麼辦？」楊五郎剛剛念誦降龍咒，就見狂風忽起、飛沙走石，從天上下來一位身披金甲的神人，手持降魔棒，大聲叫道：「妖孽好好回去，免得千刀萬剮。」蕭天佑滾落馬下，楊五郎趁機上前一斧劈下，只見火光滿地，不見了蕭天佑的蹤影。不一會兒，風停了、天晴了。楊五郎又帶兵殺進雙龍谷去救楊六郎。

孟良在谷裡聽到外面殺聲震天，就帶領部下向外殺去，結果正遇到遼將黃威顯，孟良一斧把他砍落馬下。楊六郎等人也都乘勢突圍，與楊五郎的兵馬會合，殺得遼兵四分五落，屍首堆積如山，還搶了無數牛羊。四更天的時候，楊五郎收兵回到佳山寨。

第二天早上，大家聚到一起。楊六郎說：「要不是五哥出兵救援，我們可能就死在谷裡了。」楊五郎說：「要不是九妹被抓進大牢，我也不會用這個計，不然也不會救你出

耶律第率先出陣，正好遇到楊五郎，兩人打在一起。結果不出兩回合，耶律第被楊五郎一斧劈落馬下。

來。」楊六郎聽後感歎不已。九妹說：「多虧了獄官章奴幫我殺出大牢，但他卻被遼兵殺害，這人的大恩大德我永世難忘。」楊五郎問九妹為什麼被關進大牢，九妹把自己在庵中和幽州的經歷從頭到尾說了一遍。楊五郎說：「沒想到深山幽谷裡竟然有這樣的好人，應該派人送些綢緞布匹去答謝。」當天楊六郎在寨子裡擺下酒席犒賞將士。酒至半酣，楊五郎對九妹說：「賢妹回去侍奉母親，我也帶人回五台山。六弟用心鎮守這裡，繼承父親遺志。」酒席結束後，楊六郎親自送兄妹離去，一直送出去好幾里才分別。

楊六郎回到寨子，派人把萬里雲帶回汴京還給八王。八王笑著說：「之前我不借馬並非吝嗇，只是想試試孟良的武藝罷了。今天既然打了勝仗，馬也完好無損，真是國家的大幸！可以讓楊將軍整頓部隊，鎮守三年，招募英雄，為進軍遼國做準備。」

真宗聽到前方傳來楊六郎大勝遼軍的捷報，非常高興，與八王商議說：「楊六郎又立大功，應該如何獎賞？」八王說：「陛下應該犒賞部隊，等他們立新功之後再一起晉升。」真宗同意，立即派人帶東西前往佳山寨，犒勞楊六郎部下的將士們。

當天退朝之後，王欽回到府中，心裡想：「楊家有這樣的英雄，我什麼時候才能實現自己的願望啊？」一時不知如何是好，於是請謝金吾來與他商議。兩人分主賓入座，喝完茶後，謝金吾站起來說：「不知樞密召見我，有什麼事情要交代？」王欽說：「因為聖上對我寵愛有加，所以八王對我懷恨在心。前天我外出辦事路過無佞府，在天波樓前沒有下馬，結果被楊家大大羞辱了一番。等我向聖上奏明這件事的時候，八王又出來跟我作對，我無可奈何，心想不如辭官回鄉不再出門，也就免得惹上這些麻煩了。」謝金吾笑著說：「王大人為什麼要滅自己的志氣呢？如今的朝廷裡，舊臣已經幾乎沒有了，只有我們幾個而已。八殿下雖然位高權重，但是他不理政事。楊家父子現在都成了無頭之鬼，家裡只剩下一堆寡婦。當初先帝在的時候，賞賜給楊家無佞府、天波樓是希望他們效忠朝廷。但當今的聖上還會那樣對待他們嗎？下官也從那樓前走一走、試一試，他們要是不加阻攔，那就算了；要是加以阻攔，就下令讓人把那樓給拆了。」王欽心中暗喜，心想：「中計了。」於是王欽又說了些刺激謝金吾的話：「你不要去惹事了，要是拆了這座樓，楊令婆肯定會來鬧，讓聖上給她作主。到那時，我們就是自取其辱。」謝金吾說：「就看我的好了，我自有辦法對付他們。」王欽假裝同意他的說法，並留謝金吾在府中喝酒。等到天色晚了，王欽親自送謝金吾出門，與他告別。

第二十七回　謝金吾拆毀天波樓

第二天，謝金吾列好隊伍，故意從無佞府門前經過。等到了天波樓邊上，他吩咐手下敲鑼打鼓、大喊大叫。謝金吾自己端坐在馬上從樓前走過。當時楊令婆與柴夫人正在大廳裡坐著，突然聽到外面樂聲響亮，就派人出去探個究竟。下人回來說：「謝副使騎著馬過去了。」令婆大怒，說：「滿朝官員都要讓我們楊家三分，他謝金吾算什麼，竟然來欺辱我們？」隨即下令備車，入朝去見真宗。令婆拄著龍頭拐杖入朝，真宗趕緊出門迎接。入座後，真宗問她：「朕並沒有宣你入朝，夫人前來造訪，是有什麼事嗎？」令婆起身回答說：「蒙先帝厚愛賞賜先夫無佞府、天波樓等宅第，我和兒子們也感到十分榮耀。無論什麼官員，經過天波樓都會下馬，這並非是在尊敬我，而是尊敬先帝。今天謝金吾經過天波樓，不僅敲鑼打鼓，還不下馬，直接就過去了，這分明是輕蔑先帝，欺侮老身。」

真宗聽後，當即宣謝金吾入朝，責備他說：「當初先帝留下的旨意，你竟敢違背？今天夫人來告你侮辱朝廷，你說該當何罪？」謝金吾上奏說：「臣不敢怠慢國法，請容臣奏明其

中的緣故。前些天陛下賞賜楊六郎的時候，臣經過天波樓也是下馬的。其實這天波樓阻礙交通，臣同其他官員準備上奏，但是不敢擅自行事。再說這天波樓離無佞府相距太近，都在南北要道上，遇到朝賀的節日總要繞道而行，非常不便。希望陛下能為民著想下令拆毀天波樓，方便人們出行。」聽了謝金吾的話，真宗陷入了沉思。這時候王欽在一邊添油加醋，說：「謝金吾說得非常對，無佞府和天波樓不在一起，拆了可以方便人們出行。」真宗說：「你們先都退下，等朕再和文武官員們商議一下。」令婆悶悶不樂地退了出去。

私下裡，王欽竭力在真宗面前上奏，要求拆毀天波樓。最後真宗下旨，命令謝金吾監督拆毀天波樓。聖旨下了之後，王欽、謝金吾非常得意。消息傳到楊府，令婆與郡夫人商議說：「當初謝金吾上奏要求拆毀天波樓，王欽也在一邊火上澆油，如今聖上降旨，他們一定會來報復。事情到了今天這種地步，真是有愧先夫。」郡主說：「等我去見八王跟他商議，再入朝奏明聖上，或許還有挽回的餘地。」楊令婆說：「事不宜遲，你趕緊去。」

柴太郡告辭了令婆，來到八王府中。柴太郡對八王說：「聖上聽信謝金吾讒言，要拆毀天波樓。這座樓是當初先帝下令修建的，希望殿下念楊家父子忠君愛國，奏明聖上要求不要拆了天波樓，楊家肯定會感恩戴德。」八王說：「既然聖上已經下旨，再上奏也沒什麼用。如今只有一個辦法，謝金吾是貪財的小人，你回去商議一下，多賄賂他些金銀，讓他寬限幾天再拆樓。這幾天我找機會向聖上奏明，或許還能挽救。」

柴太郡告辭後回到楊府，告訴令婆八王的計畫。令婆說：「只要能保住這座樓不拆，破費些錢財又算什麼？只是擔心謝金吾不肯收。」太郡說：「可以讓他身邊的心腹交給他，他肯定會收下。」令婆答應了，立即安排人將四十兩黃金，一根玉帶送到謝金吾府中。果不其然，謝金吾看到楊府送來的禮物動了心，但還是擺出一副傲慢的樣子，說：「他以為朝廷裡面就只有他們楊家嗎？今天也知道了還有我謝某人！」這時一邊的心腹劉憲說：「既然楊家已經服輸，不如做個人情慢點拆。如果朝廷決定不再拆除，令婆肯定還會孝敬更多的好處，豈不是兩全其美？」謝金吾說：「你說得有道理。」於是派人去楊府中回信。

令婆知道謝金吾收下了賄賂，高興地說：「謝金吾要是不再追究這件事，聖上也一定不再深究。」於是派人到八王府告訴他這個消息。沒想到，謝金吾被楊家賄賂的事情被王欽知道了，他極力勸說真宗快點拆掉天波樓。真宗再次下令，命謝金吾趕緊行動。謝金吾領旨，不得已只能親自帶人拆掉了天波樓的上層，留著中層沒拆。八王派人通知令婆：「聖上心意已決，很難說服，趕緊連夜派人去三關召回楊六郎與他商議，或許能有辦法。」令婆收到消息後憂悶不已。八娘說：「母親不要擔心，就按照殿下說的，讓六哥回來再作商議。照這個情況，恐怕有一天無佞府也保不住了。」令婆說：「你說得對，可誰去通知六郎？」九妹說：「女兒曾經去過三關，知道路怎麼走，我去吧。」令婆說：「你快去快回。」

九妹收拾好之後，與母親告辭，趕往三關去了。當時正值五月，天氣炎熱，九妹趁早出發，不到一天時間就到了三關寨。見到楊六郎之後，九妹把家裡的事情都告訴了他，說：「謝金吾上奏要求拆毀天波摟，母親讓哥哥趕緊回去商議對策。」楊六郎大吃一驚，說：「滿朝文武都沒有站出來說話的嗎？八王也坐視不管嗎？」九妹說：「八殿下向聖上上奏，但是沒有被接納，就是他讓我叫哥哥回去商議的。」楊六郎又擔憂又氣憤，他帶著妹妹來到寨子後面，悄悄跟她說：「我在這裡鎮守責任重大，這次朝廷沒有召我回去，我要是私自離開就是擅離職守，要是被人知道了會被怪罪。如今回也不是，不回也不是，這可該怎麼辦呢？」九妹說：「哥哥你只需要回去待幾天，等事情結束再趕緊回寨子，沒人會知道。」楊六郎把岳勝叫到一邊，對他說：「家母有大事要與我商量，派妹妹來通知，不得已只好私自離開幾天，等事情結束立刻回來。你與孟良等人一定要小心謹慎守好邊關。要是焦贊問我去哪了，就說我去眉山打獵沒有回來。這件事千萬不要走漏風聲。」岳勝領命退下。當天夜裡，楊六郎與岳勝、孟良告辭後，悄悄離開佳山寨，向汴京趕去。

兩人騎馬走到半夜來到烏鴉林，忽然從樹林跳出一個人攔住了去路，正是焦贊。焦贊說：「將軍說不要讓我知道，其實我早就知道了。」楊六郎大吃一驚，說：「你不好好守著寨子，來這裡幹什麼？」焦贊笑著說：「你不也是私自離開邊關嗎，怎麼還反過來說起我來了？小人聽說汴京風景最好，這輩子還沒見過，今天就特意跟將軍去看一看。」楊六郎說：「這次回京就怕被人知道，你性子急，到了汴京肯定會惹禍，到時候怎麼收場？你趕緊回寨

楊六郎帶著妹妹來到寨子後面，悄悄跟她說：「我要是私自離開，那就是擅離職守，這可該怎麼辦呢？」

子，等我回來肯定重賞你。」焦贊說：「你要是不讓我跟著去，我就先到汴京把你私自離開三關的事傳得沸沸揚揚。」九妹說：「就他自己一個人，哥哥就帶他去吧，囑咐他不要惹事就是了。」楊六郎只好同意九妹的話，帶著焦贊一起趕回了無佞府。

回到府中，見過令婆。令婆看著楊六郎，眼淚不禁流了下來，說：「當初你們父子八人投奔朝廷，如今物是人非，只剩了你一個。先帝敬重我們楊家，建造宅府賜給我們，如今卻被謝金吾等人欺負，他上奏要拆了天波樓，我們如果再商議不出對策，恐怕日後無佞府也不保了。」楊六郎說：「母親不要擔憂，我這就去八殿下府裡跟他商議。我們父子對朝廷有功，聖上不可能不顧及。」令婆讓柴太郡出來與六郎相見。太郡說：「八王要是肯為這件事情作主，肯定能保住天波樓。」楊六郎也這麼認為。

楊六郎把焦贊安頓在偏房裡住，並派府裡的軍校看著他，不要讓他出去惹禍。剛到的那幾天裡，焦贊還忍得住。過了幾天之後便耐不住了，與看著他的軍校商議，說：「我跟著將軍來到這裡，就是想看看汴京的風景，沒想到來了還被人監視著，早知道還不如不來。你要是肯帶我出去遊玩，我多買些酒肉感謝你。」軍校說：「出去玩倒也沒什麼，就怕這件事被別人知道了我跟著受連累。」焦贊說：「我自有辦法，肯定不會被人發現。」軍校於是背著楊六郎，偷偷打開後門帶著焦贊出了無佞府。

汴京城裡商鋪林立，街上熙熙攘攘、人頭攢動，路上不斷有來往的馬車經過。焦贊看到眼前的風景，不禁說道：「要不是將軍帶我來這裡，怎麼會看到這樣的風景？」軍校對他說：「這裡是京城，到處是守衛，要是鬧出什麼亂子，誰能救你？」焦贊笑著說：「隨便說說而已。」他們來到一條巷子裡，看到有一家桌椅擺列整齊的酒館。焦贊說：「進去一起喝幾杯再走。」軍校說：「我們不在這裡喝酒，到城東去，在那裡一邊欣賞高樓一邊喝酒，豈不更好？」兩人玩了一天，天色將暗，軍校催促焦贊趕緊回去。焦贊說：「難得來一趟，在城裡找家店住一晚，明天再回去也不遲。」軍校知道他性格急躁、勸不得，只能聽他的。

夜裡很晚了，焦贊還沒有休息，乘著月色跟軍校一起閒走。他們偶然經過謝金吾家門口，聽到裡面樂聲不斷，歌聲不歇。焦贊問道：「這是誰家？半夜裡還在奏樂。」軍校笑著說：「趕緊走，不要問這是哪裡。我們將軍就是因為這個人要拆毀天波樓，不得已才回來的。這家主人正是朝廷裡的寵臣謝金吾。這半夜裡還樂聲不斷，肯定是在喝酒。」焦贊原先不知道這是謝金吾的家也就沒什麼，現在聽說這家主人是楊六郎的死對頭，一下子火冒三丈，對軍校說：「你在外面等我，我到他府中去打探一下消息。」軍校嚇得渾身無力，求他說：「你要是惹了什麼禍，我也跟著受連累。我們趕緊回店去，明天一早回楊府，不然的話，我這就回去稟告將軍。」焦贊大怒，說：「隨便你去哪兒，我不管。」說完與軍校告辭，進了謝金吾府中。軍校慌張地跑回了楊府。

第二十八回　汴京城焦贊闖禍

焦贊從東牆爬上去，跳進後花園，又悄悄溜進了廚房。當時府上的下人們都在堂上服侍謝金吾，只有一個女下人在灶前燒火。焦贊從皮靴裡拿出匕首，先把使女殺了，然後提著她人頭走進大堂。謝金吾正坐著喝酒，一邊有人在奏樂，焦贊直接把人頭朝他扔了過去。謝金吾滿臉是血，立刻大叫：「有賊！快來抓賊！」焦贊走到他面前，罵道：「奸臣，你認不認識我焦贊？」說完之後，一刀下去，謝金吾人頭落地。眾人看到這場景，嚇得四散逃走。焦贊殺得興起，到房間裡把謝金吾一家老幼全部殺了。

當時已經將近三更，焦贊坐下吃了些宴席上的東西。臨走前他想：「謝金吾是朝廷重臣，如今他們一家被我殺死，要是這件事傳了出去，豈不連累他人？不如留下筆跡，讓他們知道人是我殺的，免得連累無辜。」於是他蘸著鮮血，在牆上留下了自己的名字。題完字後，他從後牆翻出去。此時軍校早就跑了，焦贊不識路不知道該往哪裡走，就在城裡躲了一夜，第二天一早回到楊府。

夜裡巡邏的人知道謝金吾府上被劫，趕緊通報王欽。王欽帶著人來到謝金吾府中，只見一家老幼十三口全被殺死，橫屍遍地，到處是血。有人把牆上的題字報告給王欽。這件事轟動了汴京城，真宗聽後大吃一驚，下令讓王欽查辦這個案子。王欽上奏說：「臣已經查出殺害謝金吾一家的凶手，正是楊六郎手下的焦贊。」真宗說：「楊六郎在三關鎮守，他的手下怎麼會到汴京來殺人呢？」王欽說：「楊六郎已經偷偷離開了三關，帶著焦贊來到汴京，擅離職守，犯了國法，請陛下嚴查。」真宗下令，派禁軍到楊府中去抓捕楊六郎和焦贊。

楊六郎正在府上跟令婆商量天波樓的事情，忽然下人來報，說：「昨天夜裡焦贊翻牆到謝金吾府中，殺死了謝金吾一家老幼十三口。今天朝廷派禁軍來了。」楊六郎大吃一驚，說：「這個奴才壞我的大事！」話沒說完，禁軍衝了進來把楊六郎捉住。當時焦贊就在門外，聽到裡面的動靜之後，手拿匕首衝了進來，禁軍見他十分凶猛沒人敢上前。楊六郎大聲喝道：「你惹出這麼大的禍來，朝廷來抓還敢反抗？趕緊綁了自己，跟我去請罪。」焦贊說：「我這輩子不知道殺了多少人，多殺這十三個又怎麼樣？我與將軍回到佳山寨，看他們拿我們如何？」楊六郎更加生氣，說：「要不按照我說的去做，我先把你的頭砍下來！」於是焦贊放下匕首，退下等禁軍來抓。楊六郎對禁軍說：「不要動手，我們自己去見聖上，到時候自有說法。」楊六郎跟隨禁軍入朝去見真宗。

真宗問他：「朕沒有下旨召你回京，你竟敢私自出關擅離職守，還帶著手下殺死了謝金吾一家，你說該判你什麼罪？」楊六郎上奏說：「臣罪該萬死！希望陛下暫時不要生氣，讓我陳述冤情。臣父子有幸，蒙朝廷厚恩，就算死也要報答朝廷。最近陛下下令拆毀天波樓，母親日夜擔憂，最終病倒，臣不得不回家探視；原本想探望母親之後立刻回去，沒想到部下焦贊太過暴躁，殺死了謝金吾一家，這怎麼會是臣指使的呢？希望陛下明察。如果確實是臣指使的，臣願以死謝罪以正國法，毫無怨言。」真宗聽後，半天沒說話。王欽上奏說：「殺人者就是焦贊，確鑿無疑，當天謝金吾家

謝金吾正坐著喝酒，焦贊走到他面前，一刀下去，謝金吾人頭落地。

裡的下人和樂工親眼看到了，而且他臨走的時候還在牆上留下了筆跡。希望陛下下旨，把楊六郎和焦贊押到街上去斬首示眾，警示後人。」真宗聽後猶豫不決。八王上奏說：「楊六郎確實有罪，但是情有可原，況且殺人的是他的手下。念在他鎮守三關有功，希望能從輕發落。」真宗允奏，讓法司衙門為楊六郎定罪。王欽秘密派人到法司官那裡，囑咐他把楊六郎發配到最險惡的地方去。當時負責定罪的人黃玉與王欽交好，便按照他說的去做。最後，楊六郎因為私自下三關，被發配到汝州為官家做酒，每年進貢官酒二百甕，三年後才准回來。焦贊因為當初守關有功免除死罪，發配到鄧州充軍。真宗批准了對二人的判決，並下令收殮謝金吾一家的屍首埋葬。

楊六郎得知朝廷對自己的判決後，既覺得悲傷，又覺得幸運。令婆說：「這真是我們楊家的不幸，這讓我以後依靠誰啊！」楊六郎說：「母親不用擔憂，頂多兩三年就回來了，到時候母子就可以重聚。再說，兒子被發配之後，八殿下肯定會幫忙保住天波樓。焦贊雖然殺了謝金吾，但也算是為民除害。這次要不是八殿下力保，說不定我就沒命了。」焦贊在一邊說：「聽說朝廷要把將軍發配到汝州，將我發配到鄧州，不如我們逃回三關寨去，誰又能把我們怎麼樣？」楊六郎說：「既然聖旨已經下了，你就老老實實到鄧州去充軍，等赦免之後再去三關。要是違抗軍令，肯定會再給你判罪。」

不一會兒，王欽派四十個押解的軍人來催促楊六郎和焦贊上路。楊六郎讓焦贊先走，然後起身與令婆、太郡告辭，離開了楊府。八娘、九妹一直將他送到十里之外才回去。焦贊等人早就在這裡等候楊六郎了，焦贊對楊六郎說：「要不我逃回寨子，通知岳勝哥哥，然後回來救將軍？」楊六郎說：「不要胡說！我罪不至死，你也先忍個一年半載，到時候我們就會再相聚。」焦贊大笑著與楊六郎告辭，與押解的人一起去了鄧州。楊六郎跟隨差役一起上路前往汝州。當時正值夏末秋初，涼風透骨，天上雁聲不斷，一片淒涼。

沒用多久，一群人便來到了汝州。差役見到汝州太守張濟，把楊六郎的批文交到他手上就走了。張濟看完公文之後，邀請楊六郎到後堂，對他說：「聽說將軍鎮守三關，遼軍聞風喪膽，怎麼會被發配到這裡來？」楊六郎說：「一言難盡啊！」於是把焦贊如何殺死謝金吾，以及背後的緣由都告訴了他。張濟聽後唏噓不已，對楊六郎說：「將軍先在這裡忍耐一下。城西有個萬安驛站是兵家要地，那裡可以監造官酒。要是進貢及時，不出一年半載，將軍就可以回朝了。」楊六郎謝過之後，就去做工了。

王欽知道楊六郎已經被發配到汝州，但還不死心，一心想要謀害他。王欽把黃玉請到府裡商議如何陷害楊六郎。黃玉說：「這件事不難，如今聖上重視稅收，楊六郎在汝州負責造酒，樞使可以參奏楊六郎就說他私賣官酒，皇上肯定會判他死罪。」王欽非常高興，說：「真是妙計！」王欽立即安排下人擺宴，與黃玉兩人喝酒到很晚。

第二天上朝的時候王欽果然參奏楊六郎，說：「楊六郎輕視國法，到汝州還不出一個月就私賣官酒，為逃走做準備。希望陛下早日將他正法，免得後患無窮。」真宗聽後大怒，說：「當初他讓部下殺了謝金吾一家人，朕念他們楊家對國家有功饒他一命。沒想到，他今天竟然私賣官酒，確實難以寬恕。」於是太宗下令派團練正使呼延贊帶著聖旨去汝州，取楊六郎首級回來。聖旨一下，滿朝文武都驚呆了，不知該說什麼好。八王上奏說：「楊六郎是忠臣，怎麼會做出這種事？請陛下不要只聽小人的一面之詞，錯殺忠良。」真宗說：「愛卿屢次為楊六郎求情，單是他前些天殺死朕的愛臣謝金吾一家就該判他死刑了。」八王一時語塞，無以應對。

退朝後，寇準說：「幸虧是派呼延贊去，可以讓汝州太守找一個長得像楊六郎的犯人殺掉，然後割下首級拿回來交差；同時把楊六郎放了，等到日後國家有難時，再保舉他出來。」八王同意他的話，叫來呼延贊，告訴他該怎麼做。呼延贊說：「這件事我自有辦法。」

呼延贊帶著聖旨來到汝州，見到太守張濟，把聖上要斬殺楊六郎的事情說了一遍。張濟大驚，說：「他才到汝州不久，怎麼會私賣官酒呢？聖上為什麼要聽信讒言，錯殺豪傑？」呼延贊說：「這都是奸臣王欽在背後搗鬼，聖上被他欺騙，如今八王也保不住楊六郎了。」呼延贊將商量好的計策告訴了張濟。張濟高興地說：「和我想到一塊去了。如今北邊的遼國日漸強盛，要是沒有楊將軍邊境怎麼會安寧呢？」於是張濟把楊六郎請來，將事情的前後和朝廷的決定一併告訴了他。楊六郎說：「小人沒有犯什麼錯，不過既然皇上下旨要殺我，那我只有一死。」張濟說：「你不要擔心，我們自有辦法救你。」楊六郎說：「如果太守能救小人一命，來日一定以死回報。」張濟說：「肯定保你無事。」然後下令，讓獄官伍榮來見。

伍榮說：「牢裡面有個犯人叫蔡權，犯的是死罪，快到問斬的時候了。這人的相貌與楊將軍非常像，可以拿他來冒充楊將軍，皇上看過人頭肯定會相信。」張濟讓人把蔡權帶上來，發現他長得確實很像楊六郎。張濟吩咐伍榮，多給這人準備一些酒菜。蔡權喝醉後，伍榮割掉了他的腦袋，提著來見張太守。張濟說：「事不宜遲。」把首級交給了呼延贊。呼延贊拿著首級連夜趕回汴京去了。張太守安排楊六郎打扮成商人，逃到偏遠的地方躲避。楊六郎拜謝後來到府外，換上一身輕快的衣服，秘密離開了汝州，回到了無佞府。

呼延贊騎馬趕回汴京，正好真宗在上早朝，就入朝獻上了首級。真宗親自檢驗，認為確實是楊六郎，大臣們無不歎息。八王恐怕真宗將首級掛出去後被別人識破，就上奏說：「既然楊延昭已經伏罪被殺，希望陛下趕緊將他的首級交給無佞府，好讓他們埋葬，也算是陛下對昔日功臣的敬意。」太宗准奏，派禁軍把「楊六郎」的首級送到了楊府。令婆並不知道這是假的，還以為楊六郎真的死了，楊府上下無不悲傷，並將首級厚葬。

第二十九回　宋太宗兵困魏府

楊六郎被斬的消息傳到佳山寨，岳勝、孟良等人知道後號啕大哭。孟良說：「既然將軍已經不幸被殺，我們也很難再守住這個寨子，不如趁早散夥，大家自謀生路。」岳勝說：「我也是這樣想的。劉超、張蓋，你們兩人在山下給將軍建一座廟，塑上十八個指揮使，每年我們都來祭拜。」安排好之後，岳勝又把寨子裡的積蓄拿出來大家均分了，最後把三關寨拆毀，大家各自離開。陳林、柴敢率領手下依舊回到勝山寨。岳勝邀請孟良等人去了太行山落草為寇，自稱為「草頭天子」，打官劫舍。當時焦贊在鄧州，聽到楊六郎被害的消息之後，越獄逃走了。

王欽看到楊六郎已經死了，非常高興，心想：「朝廷中沒有了這個人，我的志向終於可以實現了。」於是他寫了一封密信，派人連夜送到幽州交給蕭太后。蕭太后拆開信，見上面寫道：「臣自從辭別了陛下來到宋朝，已經有好幾年了。常想著報答陛下，但每次都不能如願。臣知道如今宋朝的強項和弱點，唯一擔心的便是楊延昭，不過現在楊延昭已經被我除掉，陛下可以乘機出兵攻打宋朝。邊境上少了楊六郎，肯定脆弱不堪，一擊即碎。等朝中震驚之後，臣還會再製造混亂，到那時再書信彙報。希望陛下跟文武大臣商議，不要錯過了眼下這個千載難逢的好機會。」

蕭太后看完這封信後非常高興，並把信展示給大臣們看。蕭天佐上奏說：「王欽已經在信中說得很詳細了，希望陛下盡早下令，起兵征討大宋，佔領中原。」蕭太后准奏。就在這時，忽然一人出列上奏說：「陛下的想法雖然很好，但卻難以戰勝宋軍。」大家一看，原來是大將軍師蓋。蕭太后問他：「我準備起兵征討大宋，愛卿為什麼說難以取勝？」師蓋說：「楊家將雖然都被消滅了，但是中原依舊強盛，邊境上的宋軍也不下十萬。若是輕易出兵，勝負實在難說。臣以為應該用計，讓宋兵首尾不能接應，這樣一來中原唾手可得。」蕭太后說：「你有什麼妙計，快說來聽聽。」師蓋說：「魏府銅臺是晉代皇帝的陵墓所在地，那裡守衛薄弱，人員不整。陛下可以派人去那裡修整園林，開鑿玉池，多植些奇花異果，然後派人傳謠，就說那裡天降祥瑞❶，池子裡的水都成了美酒，樹葉裡淌出來的也都是佳釀。

---

❶【祥瑞】一些被認爲是吉祥徵兆的自然現象，也被稱爲福瑞。古人認爲祥瑞在上天對人間治理感到滿意時才會出現，比如風調雨順，天上出現彩雲，穀子長出兩個穗子，地上突然出現甘泉，出現奇珍異獸等。

等這件事在中原傳開之後，再派王欽哄騙宋朝皇帝來這裡遊玩；到那時候，出兵把魏府緊緊包圍。同時，陛下親自率領精兵殺向汴京。國君不在京中，估計沒有人敢出來阻攔。這樣一來宋朝的天下自然就落到了太后手裡。」蕭太后聽後非常高興，便寫信給王欽，告訴他這件事；然後蕭太后下令尋找能工巧匠，去魏府銅臺修建陵寢；同時命令蕭天佐整頓人馬，隨時聽令。

不出一個月，消息傳到汴京，有大臣上奏真宗，說：「魏府天降祥瑞，池水變成了美酒，樹葉裡都藏著佳釀，附近居住的人都去那裡品嘗。」真宗聽後，問大臣們：「魏府竟然發生這樣的奇事，真的是天降祥瑞嗎？」大臣們聽後紛紛祝賀真宗。眾人中唯有寇準起了疑心，上奏說：「魏府是晉朝皇帝的陵寢所在地，怎麼會突然天降祥瑞呢？陛下不要隨便聽信外人的傳言。」真宗沒有回應。王欽趕忙出來說：「要是哪裡都出現，就不叫祥瑞了。如今唯獨魏府出現，正好說明天下太平、國泰民安。陛下應該親自前往那裡看一看，一是安撫邊境人民，同時還能震懾一下遼國，讓他們不敢來侵犯。」真宗高興地說：「這才是忠言。」於是真宗立即下詔，起駕前往魏府巡視。八王上奏說：「魏府離遼國太近，又地處荒郊野嶺，最近那裡正在換防，守軍太少。再說，陛下離開京城，難保遼軍不會趁機攻打汴京，到時候誰來守衛？希望陛下以社稷為重，不要輕信那些胡編亂造的傳言。」真宗說：「朕命柴駙馬、寇準率領禁軍守衛京城，肯定不會出事。」八王看到皇上不聽自己勸告，氣呼呼地離開了。第二天早上，真宗下旨，命呼延贊為保駕大將軍，光州節度使王全節、鄭州節度使李明為前後隨從。呼延贊等人領命，準備啟程。

幾天之後，真宗的車駕離開汴京，除了八王之外，別的隨行大臣都是步行。沒用多久，他們就來到了魏府。當時正值冬季，北風陣陣，十分寒冷。真宗在魏府裡住下。第二天，真宗與群臣一起登上晉朝的陵寢觀賞景色，果然發現樹葉裡面包裹著東西，池子裡的水也非常紅潤。真宗派人從池子裡取水，嘗了一口是酒的味道。軍校摘下樹葉，打開發現裡面都是粟漿。八王上奏說：「陛下前來察看祥瑞，一路上需要邊境的居民提供補給，勞民傷財。如今來到這裡，哪有什麼祥瑞？這肯定是遼國人的計謀，想要把我們騙到這裡，若不趕緊撤退，恐怕會落入他們的圈套。」真宗也起了疑心，於是下令撤退。

遼國大軍早就得知真宗到來的消息，蕭天佐、土金秀等人率領十萬大軍趕來，把魏府團團圍住了。消息傳來，真宗大驚，說：「不聽從諸位勸告，現在果然被圍困，如何才能脫身？」八王說：「遼軍早就計畫好了，他們現在氣勢正盛不可以正面交鋒。陛下下令讓各位將軍嚴守城門，再派人連夜趕往汴京求援。等援兵一到，內外夾擊可以擊退遼兵。」真宗按照他說的去做，命令呼延贊等人分別把守好各城門。

宋軍在城樓上望見遼兵聲勢浩大，都被嚇得面無血色。呼延贊說：「兩國交戰，勝負不在於士兵多少，而在於將領。雖然遼兵人數眾多，但我們明天出戰，盡力而為，挫敗他們的

王全節來見真宗，上奏說：「遼兵人數太多，臣戰敗回來。」真宗又擔憂又生氣。

銳氣，肯定能取勝。」眾人都贊同。第二天，呼延贊得到真宗批准，與光州節度使王全節一起分前後出城作戰。鼓聲大震，旌旗飄揚，兩軍擺開陣勢。遼將土金秀率先出戰，他騎在馬上，指著呼延贊說：「你們已經中計了，早早投降，免你們一死！」呼延贊怒罵道：「狗奴才趕緊退去，饒你們一命；要是敢阻攔聖駕，我等殺進幽州城寸草不留。」土金秀大怒，躍馬舞刀殺了過來，呼延贊舉槍迎戰，兩人打在一起。兩人鏖戰了四十多個回合，土金秀漸漸體力不支掉頭逃走。呼延贊帶領大軍乘勢掩殺。

遼將看到呼延贊殺了過來，彎弓搭箭，射中了他胯下的馬，呼延贊被掀翻在地。王全節趕緊上前去救呼延贊，結果被幾個遼將圍住，呼延贊被捉走。王全節不敢戀戰，騎馬跑回城中。蕭天佐從一側襲擊，宋兵大敗，死者不計其數。王全節來見真宗，上奏說：「遼兵人數太多，把呼延贊捉走了，臣戰敗回來。」真宗聽後，又擔憂又生氣。八王說：「事情緊急，陛下可以再派人讓邊境上的將帥來救援。」於是真宗派使節出去傳信。

遼軍捉住呼延贊之後，派人用囚車把他押解回幽州。蕭天佐與土金秀、耶律慶各自率領人馬分幾路來進攻城門，宋軍士兵無不心慌。八王說：「遼軍就怕楊家軍，陛下可以效仿當年漢高祖被困在白登❷的故事，讓軍中長相魁梧的人假扮成楊六郎以及他部下的十八員指揮使，在城牆上打出楊家軍的旗號，並安排人馬不停來回走動。遼軍見了之後，肯定會嚇得逃走。我們乘勢殺出城去便可以脫身。」真宗准奏，下令找人假扮楊六郎，並穿上鎮守三關時的衣甲。

第二天一早，城上打出了楊家將救駕的旗號。遼兵看到這個旗號，趕緊回去稟報。土金秀大吃一驚，說：「楊六郎不是已經死了嗎，怎麼可能會來救駕？」於是率領部下出營查看。不一會兒，城上鑼鼓齊鳴、炮響震天。假扮成岳勝、孟良、焦贊等人的士兵在城上騎著馬來回走動。遼兵見了信以為真，大叫道：「快走！不然就沒命了！」蕭天佐得知後，也趕緊拆了營地率兵逃跑。宋軍打開城門，王全節與李明率軍衝出來追殺遼軍。遼軍光是自相踐踏而死的士兵就不計其數。宋軍一直追出幾里地才收兵。王欽大罵道：「遼國人真是膽小，竟然這麼怕楊家軍。」於是趕緊寫了封信，派人秘密送到蕭天佐手中。蕭天佐看完信後，感歎說：「假的都這樣讓人膽戰，要是真的肯定不戰自敗。」於是又帶軍殺了回來。

有人報告真宗，說遼軍又殺了回來。真宗說：「看來這計謀被他們識破了，還有什麼計策可以退敵？」八王上奏說：「汴京那邊還沒有消息，沒人敢出去跟遼軍作戰。現在沒有了楊家將，臣也無計可施。」真宗說：「朕也是後悔莫及！朕親自率兵殺出去與遼軍作戰。」八王說：「遼軍兵強馬壯，陛下出戰只會損了我軍威風，千萬不可以。只能死守住這座城，等著援兵來救。」

遼軍已經圍城二十多天，真宗親自登上城樓察看形勢，只見遼軍將城池圍得水洩不通。八王說：「陛下要想從這裡脫險，除非請楊六郎來救駕。」真宗說：「如今再去哪兒找一個楊六郎？」八王說：「陛下可以下詔書，尋遍天下，說不定就能找到另外一個楊六郎。」真宗沒有說話，回到府中，自己心想：「八王說的話很可疑，估計他知道什麼事情瞞著我。」於是召過身邊的侍官來問。侍官說：「八王可能知道楊六郎的下落，陛下可以下一道聖旨，讓人帶著去汝州追查。」真宗說：「誰為朕跑一趟？」王全節說：「臣願意前往。」於是真宗將聖旨交給他。

第二天，開了城門，李明先殺出去，正遇到遼將耶律慶，李明戰敗。王全節趁著這陣騷亂殺出重圍，向汝州疾馳而去。李明退回城裡堅守。

---

❷【白登之圍】西元前二〇〇年冬天，漢高祖劉邦親自率領大軍出征匈奴，順便鎮壓韓王信叛亂。起初漢軍接連獲勝，後來匈奴設下埋伏，把不聽部下勸阻的劉邦圍困在白登山。當時漢軍沒有糧草，又正值寒冬，劉邦幾次率領部下突圍都沒有成功。被圍困七天七夜之後，劉邦採取陳平的建議，賄賂匈奴的皇后，讓她勸說匈奴單于退兵。後來匈奴大軍打開包圍圈的一角，放漢軍撤退，劉邦這才脫險。

第三十回　八王奉旨求六郎

王全節帶著聖旨，連夜趕往汝州去見太守張濟，對他說：「聖上被圍困在魏府，官軍戰敗，大臣們都替楊六郎求情，聖上已經赦免了他的前罪，現在特派我帶著聖旨來找他，讓他帶兵救援。」張濟說：「楊六郎的首級早就獻給朝廷了，哪裡還有什麼楊六郎？你來問我要人，我去哪裡找給你？你趕快回去通報，別耽誤了大事。」王全節拼命趕來，沒想到會是這種結果，非常鬱悶。他對張濟說：「要是找不到楊六郎，恐怕聖上沒法脫身，回去也沒法交差。」張濟說：「聖上有難，做臣子的也寢食難安。如果你一定要找到楊六郎，那就去無佞府打探一下，或許會有什麼消息。反正汝州是沒有這個人。」

王全節很無奈，只好離開汝州前往無佞府。見到令婆後，他把皇上赦免楊六郎，請他帶兵救駕的事情說了一遍。令婆說：「小兒的首級已經埋葬多時，哪裡還有這個人？這肯定是那些大臣們想不出辦法才會這樣說來安慰聖上。你趕緊回去，不要耽誤軍情。」王全節聽後悶悶不樂。第二天，王全節回到魏州，殺出一條血路趕到城下，到了東門，大叫：「快開城門！」李明聽到是王全節的聲音，立即帶人開城門殺出去把他救回城中。

王全節見到真宗，上奏說：「汝州沒有楊六郎的消息。臣又去楊府打探，都說他已經死了很久。」真宗聽後，一聲長歎：「堂堂天朝，朕遇難的時候竟然沒有一個人能帶兵來救。」真宗與群臣商議，大臣們都說：「現在這樣的形勢，就算是姜子牙再生也無計可施了。」真宗非常鬱悶，寢食難安。八王說：「事情緊急，臣親自去一趟楊家查找楊六郎。要是找不到，再召集人馬來救援。陛下和大臣們好好堅守。」真宗說：「形勢危急，王兄要小心謹慎。」八王答應。真宗派王全節、李明先殺開重圍保護八王出城，然後兩人再殺回城中。

八王帶著聖旨，趕到無佞府去見楊令婆，告訴她現在聖上身陷囹圄❶，可以讓楊六郎出來商議如何救駕。令婆說：「前天王節使來找他，我隱瞞他說不知道。既然殿下親自找來，就讓他出來相見。」於是命令手下去後花園的地窖中通知楊六郎，讓他出來見八王。八王感慨道：「要不是當初想辦法保住楊六郎，現在去哪裡找這樣一個人。」楊六郎見到八王後說：「多得殿下相救，無以為報。」八王說：「如今聖上被圍困在魏府形勢緊急，我特意帶著聖旨來這裡召你去救應。」楊六郎說：「我聽說三關的人都已經散了，各奔東西，怎麼可能立即去救援？等我先去寨子把人馬重新召集起來，再商議如何救駕。」八王說：「事不宜

❶【身陷囹圄】囹圄是指監獄，身陷囹圄用來比喻身處困境，不能逃脫。

焦贊聽到這聲音大吃一驚，上前抱住楊六郎，跪在地上行禮。

遲，我去朝中調兵遣將，你去邊關召集人馬，等人馬齊了一起出兵救駕。」八王走後，楊六郎也與令婆告辭，奔赴三關。

楊六郎一個人上路，先是趕往鄧州打探焦贊的消息，結果沒找到。他路過錦江口的時候，看到一夥僧人嘟嘟囔囔。楊六郎上前問他們：「你們這是要去哪裡？為什麼看上去一臉苦悶？」僧人們說：「你不知道這地方有個瘋子，一發病就打人，官府也拿他沒辦法。他還說有個什麼忠臣被朝廷給殺了，見到僧人道士就讓他們去念經超渡，沒人敢說不。昨天他來到我們寺裡，讓我們去超渡他的主人，我們只好答應。」楊六郎聽後，心想：「這人肯定是焦贊。」於是問僧人：「這人現在在哪兒？」僧人說：「那人現住在鄧州城西的泗州堂。」楊六郎說：「我跟你們一起去見見他。」

僧人們帶著楊六郎來到泗州堂，只見焦贊正在睡覺，鼾聲如雷。楊六郎上前一看，果然是焦贊，於是把他晃醒。焦贊正在睡夢中，突然被搖醒心裡不爽，雙眼惺忪開口便罵：「哪個不怕死的，敢來打擾老爺我睡覺？」楊六郎喝道：「焦贊不得無禮！你看我是誰？」焦贊聽到這聲音大吃一驚，上前抱住楊六郎，問他：「你是人還是鬼？」楊六郎笑著說：「大白天的哪來的鬼？這裡不是說話的地方，你跟我來。」焦贊放開手，跪在地上行禮。僧人們都笑著散去了。楊六郎帶著焦贊出了城西橋，對他說：「現在皇上被圍困在魏府，八殿下帶聖旨來召我們前去救駕，我們趕緊去三關重新召集弟兄們。」焦贊聽後非常高興，說：「我還說將軍被朝廷害了，讓大家沒了主子。現在大家又能聚在一起，真是大快人心！」

第二天，楊六郎路過汝州到府裡去見太守，把八王帶聖旨來赦免，以及出兵救駕的事情都告訴了張濟。張濟聽後非常高興，也把王全節來找他的事情告訴了六郎。楊六郎說：「軍情緊急，我先前往三關召集兵馬。」張濟把他們送出城外。楊六郎帶著焦贊趕赴三關，路上兩人把自己的經歷都說了一遍。中午的時候，兩人來到楊家渡只見水勢茫茫，河裡一條船都沒有。等了很長時間，還是沒有渡船，楊六郎派焦贊去打聽一下。

焦贊往河的上游走，見到一位船夫，說：「勞駕把我們帶到對面，一定多給你渡河的錢。」船夫說：「這裡渡河都是楊太保管收錢，沒人敢私自渡河。你要渡河，先去前面亭子裡見見他們的人。」焦贊聽後直接來到亭子裡，正好一夥人在那裡賭錢。焦贊上前說道：「借用一下渡船，送我們到對岸，一定多給渡河的錢。」這群人抬頭看焦贊，見他長得怪異都不理他。焦贊又小心翼翼地問了一遍，那夥人開口就罵：「臭奴才，渡什麼河！」焦贊大怒，三兩下就把這群人打得七零八落。他正要去打那個太保，結果太保轉身逃走了。

焦贊回來見楊六郎，怒氣還沒有消。楊六郎問他：「你又去惹是生非了？」焦贊說：「今天被那群人氣死了，明明有船卻不渡我們過河，還張口就罵人。我實在氣不過，就打了他們一頓。」正在楊六郎無可奈何的時候，突然來了一群人，手裡都提著短棍。焦贊說：「等我打死這群賊人，為民除害。」說完就提著刀殺到人群中。那夥人被焦贊殺得七零八落，後面的楊太保來到前面與焦贊打鬥，幾個回合下來不分勝負。楊六郎大叫：「大家住手！敢問壯士姓名？」楊太保收回手裡的刀，焦贊也住了手。楊太保說：「我是鄧州人，姓楊名繼宗，小號太保。敢問你是什麼人？為什麼要過河？還讓手下來強逼？」楊六郎說：「小人是晉陽楊令公的兒子楊六郎。如今聖上有難，我趕著去三關召集部下出兵救駕。來到這河邊，結果沒有渡船，所以向壯士借渡船一用，壯士為什麼不借呢？」楊太保聽後放下手裡的刀，上前參拜，說：「久聞大名，今天有幸得見，真是太好了。」楊六郎把他扶了起來。太保邀請楊六郎到莊上並設宴款待。宴席上太保說：「將軍若是不嫌棄，小人願意帶著部下跟隨你，一起去魏府救駕。」楊六郎聽後很高興，說：「太保要是肯一起作戰，那真是一樁美事，有什麼不可以呢？等我召集好人馬就來約你。」太保答應。當天晚上楊六郎和焦贊在莊上留宿。第二天，楊太保親自撐船渡楊六郎和焦贊過河。上岸之後，楊六郎和焦贊繼續趕往三關。

當時正值酷暑難耐。二人趕了半天路，在樹蔭下坐著休息。焦贊說：「將軍在這裡稍等，我到前面打探一下有沒有酒館，買一壺酒回來解渴。」楊六郎說好。焦贊來到前面，但是沒找到酒館。正在煩惱的時候，忽然一夥人挑著酒肉路過。焦贊問他們：「你們挑的酒肉賣不賣？」其中一個人說：「這些酒肉是祭祀用的，怎麼能賣？」焦贊問道：「什麼祭祀？」那夥人告訴他：「前面有一座楊六郎的神廟，非常靈驗，村裡的安定都靠它來保佑。

凡是來祭祀許願的人，後來都如願了。今天我們特意準備了酒肉到廟裡去酬謝。」焦贊聽後大笑起來，回去見到楊六郎，把這些話都說給他聽。楊六郎笑著問：「廟在哪裡？」焦贊說：「那些人說就在不遠處，我們一起去看看吧。」

楊六郎跟焦贊一起來到前面，果然看到一座廟。楊六郎來到廟裡，看到供奉著與自己一模一樣的神像。此外，兩邊還有十八位指揮使的塑像。廟裡的香火十分旺盛。楊六郎指著一尊神像對焦贊說：「這尊神像實在是跟你太像了。」焦贊笑著說：「將軍的神像更逼真。沒想到我在鄧州耍賴打人，這裡還供奉著我。等我先去把我那尊塑像推倒，再把將軍的神像推了。」說完之後，一拳下去就把自己的神像打掉了，然後走上殿去使勁推楊六郎的神像，結果紋絲不動，最後使出全身力氣才把神像推倒。神像轟隆倒地的聲音把上香的人都嚇跑了，廟裡的人看到這一幕嚇得趕緊敲鑼。不一會兒，劉超、張蓋帶著三百多人趕到廟前。楊六郎認出了他們，大聲喝道：「看看你們幹的好事！」劉超、張蓋大吃一驚，趕緊跪下施禮，說：「大家都說將軍已經被害，今天怎麼會在這裡相見？」楊六郎先說了自己如何裝死，然後又說了聖上被困的事，最後說：「我現在要重新召集人馬，趕去魏州救駕。」劉超、張蓋聽後非常高興，說：「既然是這樣，先到寨子裡休息。」楊六郎讓人把廟拆了、把神像推倒，然後與大家一起來到虎山寨。劉超、張蓋讓人設宴款待楊六郎，楊六郎問他們：「岳勝現在在哪裡？」劉超回答：「岳勝與孟良帶著人上了太行山，還自稱是草頭天子。」楊六郎歎息道：「我不出山，處處不得安寧！」於是吩咐劉超、張蓋等人：「整頓好刀槍盔甲在這裡等候，我去招岳勝、孟良來一起出兵。」

楊六郎帶著焦贊來到太行山，趕了一天路，夕陽西下，天色漸晚。楊六郎說：「前面都是山路，應該沒什麼客棧，你到前面打探一下，看有沒有村子可以歇腳。」焦贊到前面去查看了一番，沒見到有什麼人家，又轉到山後，發現有個小村莊。焦贊來到一戶人家，看到一個員外坐在燈下。焦贊上前施禮，說：「我們是外地來的客商，到這裡天已經晚了，不知道能不能在莊上借宿一晚。」那人回答說：「要是在平時，這裡隨便你歇息，但是今天不行，你還是到別處去投宿吧。」焦贊說：「現在天已經黑了，還希望能方便一下。」那人問他：「你還有同伴？」焦贊說：「我主子在莊外等著，就我們倆人。」那人說：「兩個人的話沒什麼大礙，你們就在外房歇息吧。」焦贊回去把楊六郎接了過來。

員外一看楊六郎相貌堂堂，就問他：「敢問來自哪裡？」楊六郎說：「小人從汴京來，要去太行山處理公務。」員外說：「你提起太行山，老朽真是有天大的冤枉無數申訴。」楊六郎問他：「有什麼冤情，可以跟小人說說。」員外說：「這裡離太行山有幾里遠，住的都是姓陳的人。山上有兩位強盜頭子，一個叫岳勝，一個叫孟良。他倆自稱是天子，召集了五六萬人打官劫舍，百姓苦不堪言。我活了半輩子只有一個女兒，結果被孟良相中，今天晚上就要來娶。我無可奈何只能答應他，不然的話，整個村的人都性命不保。這樣的冤情沒處說理。」楊六郎笑著說：「老人家不要擔心，這個孟良我認識，等他來了我自有辦法對付他。」員外說：「要是能保住我的女兒，你們就是我的再生父母。」

當天晚上，員外依舊安排家人準備宴席迎接孟良。夜裡二更左右，忽然聽到一陣鑼鼓聲，燈火通明，有人來報孟大王到了。員外來到莊外迎接。孟良來到大廳入座，手下的人在兩邊站好。員外對他施禮，說：「大王駕到有失遠迎，還望寬恕。」孟良說：「從今天起你就是我岳父了，不必拘禮。」員外吩咐家人擺出宴席，還特意讓人去請女兒出來陪酒。下人回報說小姐害羞不願意出來。員外說：「今天之後就是將軍夫人了，還害什麼羞？」孟良聽後，心裡十分高興。

楊六郎和焦贊躲在窗外，看到這一幕後兩人都笑了。楊六郎說：「真是沒有王法，今天要不是我剛好來到，恐怕這女子真就讓他搶走了。」焦贊說：「等我去打斷他一隻腿，看他還當不當新郎官？」楊六郎說：「你先去捉住他，我稍後就到。」焦贊忍了很久了，來到大廳上一腳踢倒桌子，酒菜灑了一地，然後雙手緊緊抱住孟良。孟良沒有防備，被緊緊抱住掙脫不掉，於是大喊：「來人啊！」一邊的嘍囉兵趕緊上前營救，就在這時楊六郎站出來大喝一聲：「不知禮義廉恥的傢伙，還敢這麼放肆！」焦贊把孟良拖出來，指著楊六郎說：「你看看這是誰？」孟良借著燈光認出來是楊六郎，趕緊下跪，說：「將軍怎麼會在這裡？還望恕罪。」楊六郎說：「趕緊備車馬回寨子，商議出兵救駕的事。」

第三十一回　楊六郎大破遼兵

楊六郎正準備回山寨，員外上前參拜，問他：「敢問將軍大名？」楊六郎扶老人家起來，告訴他自己的來歷。員外聽後非常高興，說：「久聞盛名，如雷貫耳，今天能相見真是緣分。」於是讓女兒出來拜謝。員外的女兒體態端莊，淡妝素雅，雖然比不上西施也勝過一般的姑娘。焦贊看到後，笑著對孟良說：「孟哥哥，你真是造化不好，碰到我們壞了你的好事。」孟良喝道：「將軍在這裡，不要胡說。」大家都笑了。員外親自給楊六郎斟酒，殷勤備至。當天夜裡，大家按輩分入座，開懷暢飲。第二天天剛亮，楊六郎向員外告辭。員外取出十兩白金，送給他表示感謝，被楊六郎拒絕。大家一起離開莊裡，往太行山走去。

楊六郎一行人來到山下，孟良派人回山寨通報，岳勝得知消息後帶著人到半山迎接。看到楊六郎之後，岳勝跪在路邊迎接。楊六郎來到山寨裡坐好，眾人一起參拜。岳勝說：「當初大家以為將軍被害，於是各自散去，現在重新聚首，真是幸運。」楊六郎說：「以前的事等有時間再慢慢說。如今聖上被圍困在魏府形勢緊急，我們要前去營救。」岳勝說：「當初

那皇帝不開眼，聽信小人讒言要害死將軍。幸虧蒼天保佑將軍完好無損，不如就留在這裡自己稱王逍遙快活，不去管那個什麼皇帝。」楊六郎說：「我們要是盡忠報國，還能留下美名傳於後世；要是霸佔一方自己稱王，只能留下罵名，也不過是個強盜罷了。」岳勝不敢再說什麼，派人設宴款待楊六郎。當天，寨子裡樂聲不斷，大家都非常盡興。

第二天，楊六郎派人去把劉超、張蓋等人召來，只缺了陳林、柴敢。岳勝說：「他們倆又回了勝山寨，可以派人去通知。」楊六郎派劉超、張蓋前往勝山寨招陳林、柴敢前來。沒出幾天，陳林、柴敢就帶著部下趕來了。這時，楊六郎手下聚集了岳勝、焦贊、孟良、陳林、柴敢、劉超、張蓋、管伯、關鈞、王琪、孟得、林鐵槍、宋鐵棒、丘珍、丘謙、陳雄、謝勇、姚鐵旗、董鐵鼓、郎千、郎萬共二十二員指揮使，部下有八萬多精兵。楊六郎說：「這些人足夠了。」於是楊六郎趕緊派人回汴京通知八王，約好一起出兵的時間，然後又派人去楊家渡通知楊太保。安排好之後，第二天楊六郎點齊兵馬，並立起一杆大旗，上面寫著七個大字：「楊六郎魏府救駕」。

楊六郎帶領部隊向魏府進發。剛行軍沒多久，忽然有人來報前面來了一隊人馬。楊六郎派人去探視，結果發現是楊太保帶著部下來投靠，會合之後繼續行軍。

大軍來到澶州邊界的時候，八王也帶著四萬人馬趕來，見到楊六郎非常高興。楊六郎說：「這次出兵不但能救駕，還可以踏平幽州。」八王說：「沒錯。」兩軍會合，在澶州城中駐紮下來。楊六郎對岳勝說：「聖上被圍困已經很長時間了，你帶兵打先鋒先去衝殺一陣，挫一挫敵人的銳氣。」岳勝領命後出發了。楊六郎又對孟良和焦贊說：「你們二人率領劉超、張蓋、陳林、柴敢等人各帶兵兩萬，分左右兩翼攻擊敵人的中軍。我帶大軍在後面做接應。」孟良等人也帶兵出發了。安排完之後，楊六郎與八王商議，說：「臣與殿下率領精兵在後面接應，這次一定能大獲全勝。」八王說：「多虧了你來指揮作戰，不然後果不堪設想。」楊六郎謙虛地說：「小人不敢當。」

遼軍正押送犯人回幽州，突然發現北方塵土遮天有一隊人馬殺來。岳勝一馬當先揮舞著大刀殺進遼軍陣營，遼將劉河抵擋不住帶著殘部逃走了。宋軍奪下了囚車，帶回軍營給楊六郎過目。楊六郎發現囚車裡關押的竟是保駕將軍呼延贊。楊六郎趕緊打開囚車放出呼延贊，向他參拜，說：「沒想到將軍竟然被遼軍俘虜，真是老天開眼，讓我們相遇。」呼延贊說：「我被捉住的時候，多次想傳信給聖上讓他找到你，可是敵軍守衛太嚴，消息沒有傳出去。今天要不是你出兵救我，恐怕我的命就沒了。」楊六郎非常高興，又帶著呼延贊去見八王。八王說：「將軍被救，這真是聖上的洪福。」楊六郎下令，部隊日夜兼程趕赴魏府。

真宗被圍困在魏府已經很長時間了，他與大臣們一直盼著援軍快點到來，無奈音信不通不知道外面的消息。此時城裡的糧草已經耗費殆盡，士兵們只能把馬殺了來吃。而城外的遼兵攻勢越來越猛，形勢十分危急。

劉河被岳勝打敗後，回來見蕭天佐，告訴他說宋朝的救兵到了，還搶走了呼延贊。蕭天佐大吃一驚，立即派人去打聽宋軍的救兵由誰指揮。不久就有人回來報告，說：「援軍來勢洶洶，打著楊家軍的旗號。」蕭天佐下令各營整頓人馬準備迎戰。命令剛下，岳勝的人馬已經趕到遼軍陣營，宋軍漫山遍野，聲勢浩大。

遼將耶律慶率先出戰，岳勝大罵：「天兵已經到了，蠻賊還不趕緊退去，否則就是自尋死路！」耶律慶回擊說：「宋朝的君臣已經被困死一半了，你來救援也無濟於事。」岳勝拍馬舞刀殺向耶律慶，耶律慶舉槍迎戰，兩人打在一起。幾個回合之後，遼兵慢慢圍了上來。就在這時，孟良、焦贊分別帶著人馬從左右兩側夾擊。遼將麻哩喇虎舉著方天畫戟出陣迎戰正好遇到孟良，兩人打在一起。陳林、柴敢也帶兵從一旁殺出。一時間，鑼鼓齊鳴、殺聲震天，兩軍混戰。焦贊殺得興起，提著快刀左衝右突如入無人之境，恰好遇到遼將劉坷，焦贊只用一個回合就把他砍落馬下。這時宋軍發起進攻，萬箭齊發，遼軍漸漸亂了陣腳。

蕭天佐奮勇殺來，結果被楊太保一箭射落馬下。土金秀看到之後，趕緊殺過去把蕭天佐救出。耶律慶知道自己不是岳勝對手，想要從旁邊衝出去逃走，結果被岳勝追上一刀砍死。麻哩喇虎想要突圍逃走，結果被劉超、張蓋用絆索把馬絆倒被活捉。師蓋正要來救援，結果被趕來的郎千、郎萬在馬上活捉。孟良向東門衝去，早就在城樓上看到城下作戰的節度使李明、王全節打開城門，出兵夾擊遼軍。遼兵大敗，丟盔棄甲倉皇逃走。宋兵緊追不捨殺死遼兵無數，屍體堆積如山，血流成河。蕭天佐和土金秀帶著殘兵垂頭喪氣地連夜趕回幽州，宋兵奪了遼軍的營寨，得到牛馬輜重無數。

八王來到城中，見到真宗向他祝賀，說：「託陛下洪福，楊六郎已經帶著救兵來到，殺得遼軍大敗。」真宗說：「朕能夠躲過一劫，全都是他的功勞。」下令宣楊六郎來見。真宗對楊六郎說：「之前的罪朕已經給你赦免了。今天你救駕有功，朕一定要重賞。」楊六郎拜謝後上奏說：「現在機會難得，趁著陛下在此士氣大振，臣願意率領部下殺到幽州，讓蕭太后獻出城邦，邊境以後便會永遠太平，希望陛下恩准。」真宗說：「你說的很對，但是朕這次出城時間太長，將士們也都疲憊了，還是等回朝再商議吧。」楊六郎退出。遼軍被捉到的俘虜都被問斬，首級被掛在高處示眾。

第二天，真宗派代州節度使楊光美留守魏州，其餘人馬班師回朝。士兵們知道終於可以回朝了，一片歡騰。文武百官擁護著真宗的車駕離開魏州，回汴京去了。

沒用多久，大軍就回到汴京，真宗的車駕駛進了皇城。第二天早朝，真宗賞賜了一同被圍困在魏府的文武大臣，並且宣楊六郎入殿親自慰問並重賞。真宗對楊六郎說：「三關因為有你鎮守，敵人不敢來侵犯，現在你統領部下仍舊鎮守三關，把敵人擋在關外。」楊六郎上奏說：「臣正準備再上佳山寨，招募英雄為征討遼國做準備。既然陛下也這樣說，那臣就快點去上任。」真宗非常高興，加封楊六郎為三關都巡節度使，並賜他先斬後奏的大權。楊六

真宗對楊六郎說：「之前的罪朕已經給你赦免了。今天你救駕有功，朕一定要重賞。」

郎領命後退下。當天真宗在殿上設宴犒賞救駕的將士，君臣盡興後散去。

楊六郎離開大殿，直接回到無佞府與令婆告辭，準備動身前往佳山寨。楊六郎的兒子楊宗保當時十三歲，也想跟隨父親一起前往三關。楊六郎說：「那佳山寨環境很苦，你去也沒用，不如在家好好侍奉令婆。等你長大之後，我自然會派人來叫你。」楊宗保聽了之後，不再糾纏，老老實實待在家裡。楊六郎辭別親人，與岳勝、孟良等人率軍馬向三關進發。

來到佳山寨之後，楊六郎到營中坐下，眾人參拜完畢。楊六郎下令修整軍營的柵欄，築造關隘，還任命岳勝等十二個人為團練，各自帶領部下訓練。從那以後，三關將士的士氣越來越高漲。楊六郎常常派人去遼軍中打探消息關注遼軍動態，並與眾將一起商議征討遼國的計策。

第三十二回　蕭太后出榜募英才

蕭天佐戰敗之後，蕭太后日夜擔心宋軍會來討伐。這天她與群臣商議，說：「前些日子我們吃了敗仗，最近又聽說宋軍在準備攻打我大遼。如今楊六郎手下兵強馬壯，他要是帶兵來征戰，誰可以帶兵去抵擋？」話剛說完，韓延壽上奏說：「如今我們遼國的將帥大多年老體衰，已經不堪重用。希望陛下下旨，貼出榜文招募各國英雄充實實力，防備宋軍入侵，這才是長久的辦法。」蕭太后准奏，命令文臣寫出榜文招募天下英雄。

蓬萊山住著兩位神仙，一位名叫漢鍾離❶，另一位名叫呂洞賓❷，漢鍾離是呂洞賓的師父。兩人在三島洞中一邊煉丹、一邊下圍棋。漢鍾離問呂洞賓說：「你可記得當年岳陽樓上的女子白牡丹❸？」呂洞賓回答說：「色欲之心，人皆有之。弟子我還沒有修煉到家，難免會被迷戀，世間的俗人就更不用說了。」漢鍾離說：「你說得有道理。」漢鍾離又問他：「你在黃鶴樓的酒館裡流連忘返半年，這又是為什麼？以你神仙的身分，這樣做合適嗎？」呂洞賓說：「弟子當時正在練氣，不能斷了酒。」漢鍾離笑著說：「大家都說你是個酒色神仙，果然名不虛傳。」呂洞賓覺得很慚愧，但對方是自己的師父也不敢反駁。就在這時，忽然一道殺氣沖破雲霄，紅光萬丈。呂洞賓看到後，吩咐仙童撥開雲霧察看。一會兒，仙童回來報告，說：「是大宋的龍祖和大遼的龍母在打鬥，才會有這麼強的殺氣。」漢鍾離說：「我以氣數❹算了一下，他們還要再打鬥兩年，只是可憐了百姓跟著受苦。」呂洞賓說：「既然師父已經知道他們的氣數，那到底是大宋的龍祖會勝，還是大遼的龍母會勝？」漢鍾離說：「龍母是逆賊，霸佔一方；而龍祖是正統的天子，是萬民之主，雖然現在被龍母困擾，但不用多久就能滅了龍母。」呂洞賓說：「二龍相爭百姓跟著遭殃，真是無辜。我們仙人慈悲為懷，師父為什麼不下凡把龍母收了，免得人們跟著受苦遭罪？」漢鍾離說：「世間的事紛紛擾擾自有定數，我們只管修行，不要被這些閒事擾亂了心境。」說完之後便起身離

---

❶【漢鍾離】漢朝咸陽人，傳說中的八仙之一（另外七位神仙是鐵拐李、張果老、藍采和、何仙姑、呂洞賓、韓湘子、曹國舅），被全眞教尊奉爲正陽祖師。

❷【呂洞賓】姓呂，名岩，唐朝末期著名的道人，號純陽子。呂洞賓是傳說中的八仙之一，受漢鍾離的點化而成仙，所以稱漢鍾離爲師父。

❸【白牡丹】傳說呂洞賓原本是酒色之徒，在下凡遊玩時與白牡丹一見鍾情便留在了人間享樂。後來他被帶回了天庭，白牡丹獨自留在了人間。這件事經常會被其他神仙拿來打趣呂洞賓。

❹【氣數】指一個人的命運。

呂洞賓對椿木精說：「現在遼國的蕭太后正在招募天下英雄，你下凡去，輔佐遼國。」

開了。

呂洞賓看到漢鍾離離開，心想：「神仙們都笑話我貪圖酒色，師父也這樣說，他還說龍祖肯定會取勝，我偏要幫著龍母取勝不可。要是我親自下凡幫助龍母，恐怕惹惱了師父。最近遼國碧蘿山上有一棵萬年椿木已經成精，不如讓他到世間幫我走一趟，幫助龍母取勝。」於是他讓仙童召喚椿木精來見自己。呂洞賓對椿木精說：「我今天給你三卷六甲兵書，上卷教人查看天文，中卷裡有許多計謀，但是這兩卷你都不必看，你只需要看下卷就行。下卷裡面都是用陰文寫成的迷魂陣陣法，人看不懂。現在遼國的蕭太后貼出榜文，正在招募天下英雄準備和大宋交戰。你下凡去，用下卷兵書輔佐遼國。等大宋被消滅後，我就收下你幫你成仙。」椿木精說：「小人下凡後只憑兵書恐怕不能有所作為。」呂洞賓說：「你先去揭榜，我跟著你到人間去，凡事由我幫你出主意。」

椿木精與呂洞賓告辭後，化身為一道金光，來到遼國。當他來到幽州城，看到很多壯士正圍在一處看榜。椿木精走上前去，大聲叫道：「看我來揭榜！」大家一看，只見這個人長得面如黑鐵，眼若金珠，身長一丈多，兩根胳膊上筋肉突起，相貌奇異。守軍看到有人揭榜，就帶著他上了大殿，來見蕭太后。蕭太后上下打量了他一番，非常吃驚，心想：「世上竟還有這樣相貌奇特的人！」問他說：「壯士是哪裡人？」椿木精回答說：「小臣世代居住在碧蘿山，姓椿名岩。」蕭太后說：「你有什麼武藝？」椿岩說：「兵法、計謀、十八般武藝，樣樣精通。」

蕭太后聽後非常高興，立即與文武官員商議封他什麼官職合適。蕭天佐上奏說：「這位壯士剛剛來到，還沒能看看他的本事到底如何，陛下可以先封他一個一般的職位，等他建功立業之後，再提拔也不遲。」蕭太后准奏，於是封椿岩為團營都總使。椿岩謝恩後退下。

宋真宗覺得被圍困在魏府是自己的恥辱，想報仇雪恨，於是召集大臣們商議對策。八王上奏說：「陛下統領天下，幽州不過是一個小城，攻下來並不難。但是現在人馬還沒有集結完畢，請陛下稍等一下再做決定。」還沒等真宗說話，忽然一個人出列說：「不趁這個時候進兵，還要等到什麼時候？」大家一看，說話的是光州節度使王全節。王全節上前一步，上奏說：「臣有一計，可以讓遼軍拱手投降。」真宗問他：「你有什麼妙計？」王全節說：「要是從中原出兵，恐怕很難在短時間內取勝。希望陛下下旨，從澶州起一路兵，從雄州起一路兵，從山後起一路兵，這三個地方是幽州的咽喉，運送糧草也方便；臣再率領一路兵，四路齊進。就算他遼國有再厲害的將領，難道能一下子擋住四路兵？」真宗准奏，下令澶州、雄州、山後各自出兵，並封王全節為南北招討使，李明為副使，帶兵五萬出發。王全節領旨，第二天就帶兵離開了汴京向幽州進發。當時正值春天，風和日麗，春暖花開，樹上杜鵑啼聲陣陣，讓人聽了忍不住動情。大軍來到九龍谷安營紮寨。

消息傳到幽州，有人上報蕭太后說：「宋朝起兵四路殺來了。」蕭太后大吃一驚，說：「沒想到這麼快就來了！」蕭太后又問：「誰帶兵出戰？」話沒說完，椿岩就站出來說：

「陛下不要擔心，臣保舉一人肯定能擊退宋兵，就算是拿下中原也易如反掌。」蕭太后問他：「愛卿保舉何人？」椿岩說：「是臣的師父，姓呂名客，現在就在宮門外等候召見。要是讓他來帶兵肯定百戰百勝。」蕭太后立即宣呂客進殿。等呂客來到大殿上，蕭太后上下打量了他一番，見他舉止怪異，心想：「這人肯定是個奇才。」於是問他：「你有什麼計策能戰勝宋軍？」呂客說：「宋軍中擅長作戰的人太多，所以不能硬拼，可以擺陣。小人覺得幽州的人馬太少不夠調遣，陛下需要向五個國家借兵才能成就大業。」蕭太后問他：「哪五個國家？」呂客說：「陛下可以寫一封信，派使臣帶著前往遼西鮮卑國見國王耶律慶，獻上金銀綢緞與他結好，然後向他借五萬精兵，他肯定不會拒絕；再寫信派人帶著去森羅國賞賜國王孟天能，讓他發兵五萬來助戰；再派使臣到黑水國❶，承諾事成之後割西羌一帶給他們作為答謝，讓他們派兵五萬來助戰，他們肯定會答應；再派使臣去西夏國見國王黃柯環，告訴他中原對他們的威脅，並向他借兵五萬；再派大臣去長沙國，見國王蕭霍王，借兵五萬。要是能從這五個國家借來兵，再加上我使出生平所學，排下南天七十二陣，肯定讓宋朝皇帝見了嚇破膽，拱手投降。」蕭太后聽後，非常高興，說：「愛卿真是姜子牙在世，諸葛亮重

❶【黑水國】西域一個非常小的國家，位於甘肅張掖以西十公里處，因爲黑河得名。至今黑水國遺址還存在，只是經過歲月洗禮，只剩一片殘垣斷壁。

生。」蕭太后立即封他為輔國軍師、北都內外兵馬正使。

蕭太后派出五路使臣，帶著書信和金銀財寶去五國交涉。五個使臣領旨後分頭出發，結果這五個國家知道消息後都願意借兵給遼國。鮮卑國派黑軛令公馬榮為帥，森羅國派金龍太子為帥，黑水國派鐵頭黑太歲為帥，西夏國派公主黃瓊女為帥，長沙國派駙馬蘇何慶與公主蕭霸貞為帥，各自帶著五萬精兵陸續趕到幽州。

只用了幾十天的時間，各路兵馬都集結在幽州，聽候指示。有人上奏蕭太后，說：「五國的兵馬都到齊了。」蕭太后問呂客說：「五國的兵馬都已經到齊，軍師如何安排？」呂客上奏說：「這次出征非同一般，陛下再把駐守雲州的耶律休哥，駐守蔚州的蕭撻懶等人召集回來，集合全國的兵力供臣調遣，一定能攻克中原。」蕭太后准奏，立即下旨從雲州、蔚州將部隊調回。蕭太后封韓延壽為監軍，土金秀等人聽候調遣，統率二十五萬精兵，再加上五國的二十五萬精兵，共五十萬大軍隨呂軍師出征。韓延壽領旨後來到教場準備出征。幾天之後，雲州、蔚州的人馬回來了。呂軍師與椿岩率領五國的部隊加上遼軍人馬離開幽州，浩浩蕩蕩向九龍谷進發。

遼軍來到九龍谷，在平坦的曠野中安營紮寨，對面便是宋軍的營地。第二天，呂軍師召集諸將，吩咐他們說：「我來擺陣，你們都要聽我發號施令，要是有人違抗先斬後奏。」韓延壽說：「軍師的指令怎麼有人敢違背呢？」

第三十三回　呂軍師布下南天陣

呂軍師取來一張陣圖，吩咐中營五千騎軍在離九龍谷不遠的地方築起七十二座將臺，每座將臺由五千士兵守衛。另外，設立五座壇，分別立起青、黃、赤、白、黑五種不同顏色的旗號；將臺與壇之間開通七十二條道路，相互連接。沒用幾天，一切都按照呂軍師的要求建造好了。呂軍師親自查看了一番，非常滿意，便定下日子排兵布陣。

到了這天，五國的人馬都擺列整齊等候調遣。呂軍師下令派鮮卑國黑靼令公馬榮率部下去九龍谷正南列隊，擺出鐵門金鎖陣：其中一萬士兵手持長槍扮作鐵門，把守七座將臺；一萬士兵手持鐵箭扮作鐵閂（ㄕㄨㄢ），把守七座將臺；一萬士兵手持利劍扮作金鎖，把守七座將臺。馬榮領命，帶著部下前去排陣。

呂軍師又下令，派黑水國鐵頭太歲率部下去九龍谷左側列隊，擺出青龍陣：其中一萬士兵手持黑旗扮作龍鬚，把守七座將臺；一萬士兵分成四隊，手持寶劍扮作龍爪，把守七座將臺；一萬士兵手持金槍扮作龍鱗，把守七座將臺。鐵頭太歲領命，帶著部下前去排陣。

呂軍師取來一張陣圖，看了一番便排兵布陣……

呂軍師又下令，派長沙國蘇何慶率部下去九龍谷右側列隊，擺出白虎陣：其中一萬士兵手持寶劍扮作虎牙，把守七座將臺；一萬士兵手持短槍扮作虎爪，把守七座將臺。蘇何慶領命，帶著部下前去排陣。

呂軍師又下令，派耶律休哥率領一萬人馬，在六座將臺前守衛，擺出朱雀陣；派耶律奚底率領一萬人馬在六座將臺後面守衛，擺出玄武陣。耶律休哥、耶律奚底領命，帶兵前去排陣。

呂軍師再派森羅國金龍太子率領部下守住將臺中座，如同玉皇大帝坐鎮通明殿❶；派董夫人扮作梨山老母❷；然後，繞著中將臺布置了一萬士兵，讓他們各自穿著青、黃、赤、白、黑五種顏色的衣服，扮作四斗星君；另外派二十八名士兵披頭散髮，圍繞在中將臺前後，扮作二十八宿❸；派土金牛扮作玄帝❹，土金秀手持黑旗，把守住大門北邊。金龍太子

---

❶【通明殿】傳說中玉皇大帝的宮殿。

❷【梨山老母】道教中尊崇的女神仙，來歷不詳。

❸【二十八宿】古人為了觀測日、月、星辰，把天空分成二十八個區域，將一些重要的星星分作二十八組，被稱為二十八宿。二十八宿分為東南西北四組，每組七宿：東方青龍七宿、西方白虎七宿、北方玄武七宿和南方朱雀七宿。二十八宿在古代被廣泛應用在天文、占卜等方面。

❹【玄帝】即顓頊，上古時期的五帝之一，黃帝之孫。五帝是指上古傳說中五位聖明的君主，被當作後世君主的典範，包括黃帝、顓頊、帝嚳、堯、舜。

等人領命，各自帶兵前去布置。

呂軍師又下令，派西夏國黃瓊女率部下女兵手執寶劍，扮作太陰星❺；蕭撻懶率部下士兵穿上紅袍，扮作太陽星；命令黃瓊女披掛整齊站在旗下，手拿骷髏骨，看到敵軍到來就大哭，扮作彗星；派耶律沙帶領部下巡視四方，按照東西南北斗擺出長蛇陣。黃瓊女、耶律沙等人領命，各自帶兵前去排陣。

呂軍師又派蕭太后的女兒單陽公主率領五千士兵，穿著無色袈裟擺出迷魂陣；陣中設置五百名遼國僧人作為迷魂陣長老；呂軍師又秘密找來七個懷孕的婦人藏在旗下，等兩軍交戰攝取敵人的精神。單陽公主領命，帶兵前去排陣。

呂軍師派耶律吶選出五千名僧人，手拿佛珠扮作西天雷音寺❻的佛祖；再派五百名和尚分列左右扮作鐵羅漢；這些僧人安置在七十二天門的最前面震懾敵人。耶律吶領命，帶部下前去布置。

呂軍師布好了陣，派椿岩和韓延壽為督戰，每個陣中都以紅旗為號指揮迎敵。第二天，椿岩與韓延壽商議，說：「如今師父的陣已經布好了，可以派人至對面的宋營去下戰書，看他怎麼破陣。」延壽然同意，立即派人去給宋軍的王全節送戰書。王全節收到戰書後回覆第二天應戰。

第二天，王全節帶領李明等人來到九龍谷外平坦的地方應戰，只見正北方布好了一座陣勢，陣勢之大讓他大吃一驚。王全節說：「遼軍中肯定有高人在，先不要急著出戰。」話還沒說完，遼將椿岩、韓延壽兩人從陣中衝了出來，高喊：「宋將要是鬥武，我們立刻開戰；要是鬥文，就請先破陣。」王全節對李明說：「遼軍士氣正旺，現在開戰對我們不利；我先去看一下他們的陣勢，然後回去再商議對策。」李明同意他的做法。王全節說：「鬥武不過是莽撞人比力氣罷了有什麼稀奇，等我回去整理陣圖來破了你的陣，到時候你們就知道我的厲害了。」椿岩笑著說：「隨便你回去布陣，我等著，絕不會暗算你。」兩軍各自收兵回營。

王全節回到軍中，對李明說：「我也算認識一些陣勢，但是今天遼軍的布陣我從未見過，應該奏明朝廷讓聖上派人來辨別。」李明說：「事不宜遲，趕緊派人上路。」王全節把自己繪製的遼軍陣勢圖，讓人帶著連夜趕回汴京通報真宗。

真宗看了這幅陣勢圖之後大吃一驚，讓滿朝文武都看了一遍，沒有一個人認識。寇準上奏說：「臣看遼軍的布陣變化多端，除非去三關把楊六郎召回來，不然沒人能看出其中的破綻。」真宗准奏，立即派人趕赴三關召楊六郎回朝。楊六郎收到聖旨，與部下諸將商議，

---

❺【太陰星】就是月亮，是算命用的術語。

❻【雷音寺】各地有很多寺院都叫雷音寺，這裡的西天雷音寺指的應該是傳說中西天極樂靈山上的雷音寺。在小說《西遊記》中曾經提到過這座寺廟。

說：「既然聖上召我回去，我只能回去。」走之前派陳林、柴敢等人守住寨子，自己率領岳勝、孟良等二十二員指揮使統領三軍，離開佳山寨趕赴汴京。

沒用多久，楊六郎就帶著部隊趕到汴京，軍隊駐紮在城外。第二天，楊六郎上朝見真宗。真宗對他說：「最近遼軍布下這樣一個陣勢，滿朝文武沒人認識。愛卿出自將門精通各種陣勢，你來看看這是什麼陣？」楊六郎領命，接過陣勢圖來看，然後上奏說：「臣看這陣勢，肯定是高人布下的，遼國沒有人能擺出這樣的陣勢。臣要親臨陣地才能知道其中的玄妙。」真宗准奏，賜楊六郎金杯御酒，然後下令出兵。楊六郎謝恩後退下，立即率兵離開汴京向九龍谷進發。

王全節得知楊六郎來到，喜出望外，與李明等人到兵營外面去迎接，楊六郎下馬與王全節一起來到帳中。王全節說：「最近小人帶兵北伐，沒想到遼軍布下了這樣一個怪陣，既然現在將軍來了，肯定能識破這個陣。」楊六郎說：「聖上已經把陣勢圖給我看了，我一時還沒有主意，需要親臨陣地看看它如何變幻。」王全節派人設宴迎接楊六郎，大家深夜才散去。

第二天，楊六郎下令出戰，岳勝、孟良等人跟隨。鼓聲陣陣，宋軍擺開陣勢。遼軍中韓延壽率兵出戰。楊六郎騎在馬上，大聲喊道：「遼軍不要放冷箭，等我過去看陣。」韓延壽認出這是楊六郎，心想：「這人是將門之後，肯定很熟悉排兵布陣。」於是下令讓各營依據紅旗的指揮行動。楊六郎在馬上看了很長時間，對部下諸將說：「我也曾布過幾次陣，但是這樣的陣我還從來沒見過。說是八門金鎖陣吧，又多了六十四道門；說是迷魂陣吧，又多了玉皇殿。這樣詭異的陣不能輕易闖入，還是回去商議一下再說吧。」宋軍收兵回營，遼軍也不追趕。

楊六郎回到營中與王全節商議，說：「這陣勢果真奇特，我看不出其中的奧妙。」王全節說：「要是連將軍都看不懂，別人就更看不懂了。」楊六郎說：「趕緊派人回汴京，請聖上御駕親征，然後再作商議。」王全節派人回汴京，奏明真宗。真宗知道消息後，與群臣商議，說：「連楊六郎都不認識這個陣，肯定非同小可，如今朕只有御駕親征了。」八王上奏說：「這次陛下親自督戰，肯定能旗開得勝。」真宗更加堅定了決心，降旨封寇準為監國，大將軍呼延贊為保駕將軍，八王為監軍，沿途的將帥隨時聽候調遣。

第二天，真宗車駕離開汴京向幽州進發。當時正值夏末秋初，一路上只見旌旗翻滾。沒多久大軍就到了九龍谷附近，楊六郎、王全節等人出來五十里迎接。真宗下令在正南安營紮寨。眾將朝見完畢後，真宗問楊六郎：「敵人的陣勢你怎麼看？」楊六郎上奏說：「遼軍布的陣勢非常詭異，臣看不出其中的玄機，等陛下親自去察看。」真宗點頭，下令明天親自看陣。楊六郎退下，安排各營準備明天出兵的事宜。

第三十四回　闖神廟宗保得兵書

遼軍聽說宋朝皇帝要親自督戰，韓延壽與椿岩商議，說：「宋朝皇帝親自來督戰，應當上奏蕭太后，讓陛下也來督戰。這樣，眾將士肯定會奮勇殺敵立下大功。」椿岩說：「我也是這樣想的。」韓延壽立即派人回幽州上奏，蕭太后得知後與群臣商議。蕭天佐上奏說：「陛下這次出征可以一舉攻下中原，希望不要拒絕。」蕭太后非常高興，派耶律韓王守在幽州，任命蕭天佐為保駕，耶律學古為監軍，即日起駕。大軍浩浩蕩蕩前往九龍谷，韓延壽等人出來接駕，並告知蕭太后宋軍沒有人認識這陣勢。蕭太后說：「眾愛卿都要用心建功，要是攻下中原肯定給諸位加官進爵，寡人不會吝嗇。」韓延壽退下。蕭太后命令大軍在正北方向安營紮寨，吩咐眾將第二天出戰。

第二天天剛亮，真宗的車駕來到營外，一排宋將整齊地排列在後面。蕭太后也在部下的簇擁下來到陣前，一眼就看到了正在看陣的真宗。蕭太后騎著寶馬立在旗下，大聲對真宗說道：「大宋已經統一天下還貪得無厭，幾次想要強佔我遼國。今天就讓我們一決雌雄，要

是你們能破了眼前這個陣，今後遼國都歸大宋；要是破不了的話，我們就平分天下，一人一半。」真宗聽後厲聲答覆說：「你們那野蠻的地方，就是白送給朕，朕也不要。這個陣還能難到哪裡去？」說完就轉身回營了，蕭太后也帶兵回營。

真宗回到帳中與諸將商議，說：「朕看這個陣勢變化多端，你們有什麼計策能破陣？」楊六郎上奏說：「當年父親在世的時候經常說，三卷六甲兵書中只有下卷難懂，裡面盡是陰謀詭計，想必這個陣是出自下卷。臣的母親或許懂得這個陣，希望陛下召我母親來，或許能有辦法。」真宗立即下旨，派人連夜帶著聖旨趕回汴京無佞府，請楊令婆到九龍谷來。

楊令婆接到聖旨後，先是款待了送旨的使者，然後問了他一些關於遼軍布陣的問題。使者說：「前天聖上與蕭太后對陣，話裡暗藏殺機，所以派人來請令婆前去助戰。」楊令婆說：「既然聖上有難，我們明天就出發。」第二天，令婆吩咐柴太郡說：「聖上派人來召我不得不去。這件事千萬不要讓宗保知道。」太郡答應了她。使者催促趕快上路，令婆便跟隨使者離開楊府向幽州方向趕去。

此時剛好楊宗保打獵回來，就問：「令婆這是要去哪兒？」太郡騙他說：「令婆入宮去見宋娘娘商議國事，幾天就回來了。」楊宗保不信，自己偷偷到城裡去打聽。路上遇到看守北門的軍校，楊宗保問他：「你是否看到令婆從這裡路過？」軍校回答說：「令婆一大早跟著使者趕往前線去見聖上了。」楊宗保聽後也沒有回府，而是騎馬隨後趕去。一邊趕路一邊打聽，眼看天色暗了，楊宗保不小心走錯了路來到一處荒野，這裡沒有一戶人家。楊宗保有些害怕，想要回去，但是夜裡太黑看不清路。

正在不知所措的時候，楊宗保忽然看到山谷裡有燈光閃爍，心想一定有人家，不如先找個地方借宿一晚，明天再去找令婆。他朝著光亮處走去，到了跟前發現是一所大房子，像是一座廟。楊宗保把馬拴在一旁，叩了幾下門。有人來開門，並帶著他來到大殿，只見那裡坐著一位婦人，樣子莊嚴肅穆，兩邊站著下人，楊宗保上前施禮。那婦人問他：「你是哪裡人？怎麼會深夜來到這裡？」楊宗保把自己的身世和為什麼會來到這裡都說了一遍。那婦人笑著說：「你令婆去前線看陣，她怎麼會認識呢？」那婦人命人準備飯菜招待楊宗保，楊宗保趕了一天路正好餓了，也沒有拒絕，一會兒就把飯菜吃了個乾淨。吃完之後，那婦人拿過來一本兵書，交給楊宗保，對他說：「我在這裡住了四百多年，還沒有人來過，今天你來了，說明我們之間有緣。你把這本兵法的下卷熟讀一遍，裡面有破陣的方法。你去輔佐宋朝皇帝打敗遼軍立下戰功，重振你們楊家的威風。」那婦人安排下人為楊宗保指路，帶他走出山谷，楊宗保拜謝後離去。等天快要亮的時候，幾個下人對他說：「從這裡一直向前就是大路了。」說完便離去了。楊宗保對自己昨夜的經歷既吃驚又懷疑，他問路邊的當地人：「這裡是什麼地方？」當地人回答他說：「這座大山名叫紅累山，山裡有一座擎天聖母廟已經荒廢了多年，不過遺址還在。」楊宗保心想：「真是奇遇。」他拿出兵書來，找到下卷認真鑽研。

楊宗保來到大殿，只見那裡坐著一位婦人，樣子莊嚴肅穆，兩邊站著下人，楊宗保上前施禮。

楊令婆跟隨使者來到軍營見到真宗，真宗先是一番安慰，然後把遼軍布陣的事情告訴了她。令婆說：「先夫曾經留下一本兵書，裡面不知道有沒有記載這個陣，等我跟六郎去查看一番再說。」真宗准奏，令婆告辭後退下。

第二天，令婆與楊六郎帶領眾將登上將臺，觀察遼軍陣勢。只見遼軍陣中處處暗藏殺機，變幻莫測。令婆仔細看了很長時間，拿出兵書來比對也不知道是哪個陣勢。最後令婆走下將臺，對楊六郎說：「這個陣勢不要說我不認識，就是你父親在世，也不一定認識。」楊六郎很鬱悶，問：「這該怎麼辦？」令婆說：「我們楊家要是不認識這個陣，別人就更不認識了。」

就在這時，楊宗保上前來報到。楊六郎大怒，說：「這是軍隊，你來幹什麼？」楊宗保看到父親怒氣不減，就說：「爹爹是不是為遼軍的布陣煩惱？」楊六郎對他說：「你不要胡說，趕緊回家去，免得挨鞭子！」楊宗保笑著說：「我回家倒也沒事，只是我走了誰來破陣？」令婆聽他這樣說就把他叫到跟前，問他：「你見過這個陣勢？」楊宗保說：「孫兒認識一些陣勢，我去看看就知道了。」令婆下令，派岳勝、孟良等人帶他去將臺察看遼軍的布陣。岳勝領命，帶著楊宗保上了將臺。

楊宗保來到將臺上，觀察遼軍的陣勢很長時間，對岳勝、孟良說：「這陣排得非常巧妙，只可惜有破綻，想要破掉很容易。」岳勝、孟良聽了這話非常吃驚，說：「皇上面前那麼多將帥，沒有一個人認識這個陣勢，小將軍怎麼會認識呢？」楊宗保說：「回營後再細說。」眾人一起下了將臺。岳勝去見楊六郎，說：「小將軍說破這個陣很容易。」楊六郎笑著說：「別聽他胡說。」於是岳勝就出去了。

楊宗保去見令婆，告訴她說這個陣可以破。令婆問他：「既然你說這陣能破，那你先說說這叫個什麼陣？」楊宗保說：「說起這個陣，非同一般。它從九龍谷正北開始布陣，一直布到西南邊，建造了七十二座將臺，並且相互連接，這陣名叫七十二座天門陣。靠右邊的黑旗下面，是迷惑敵人用的，在下面埋伏孕婦的話就更狠了，這個地方很難攻破。除了這裡，別的地方有很多破綻：中間將臺的玉皇殿前，缺少七七四十九盞天燈；青龍陣下面，少了黃河九曲水；白虎陣上，少了兩面虎眼金鑼、兩張虎耳黃旗；玄武陣上，缺了兩面珍珠日月皂旗。這幾個破綻，等開戰後重點攻擊，自然就可以化解這個陣勢，讓它頃刻間如風捲殘雲地崩潰，沒什麼難的。」令婆聽後非常驚訝，說：「孫兒從哪裡得來這樣的妙計？」楊宗保毫無隱瞞，把自己得到兵法的經歷說了一遍。楊六郎在一邊聽了之後用手拍著額頭，說道：「你有這樣的奇遇，真是聖上的洪福！」

第二天，楊六郎去見真宗，把遼軍的陣叫什麼名，有什麼缺陷，如何攻破等全都說了一遍。真宗非常高興，說：「既然你已經知道怎麼破陣，那什麼時候出兵？」楊六郎說：「等臣與兒子楊宗保商議後再出兵。」真宗准奏。楊六郎退出營帳，找來楊宗保商議對策。楊宗保說：「敵人布陣的那天恰逢干支❶相剋，那我們就選干支相生的日子破陣。」楊六郎同意他的說法，下令諸將聽候指示。

王欽知道了這個消息之後，偷偷派人夜裡到遼軍大營裡去送信，告知宋軍已經知道了陣勢的破綻。韓延壽知道後大吃一驚，趕緊去奏明蕭太后。蕭太后說：「這該怎麼辦？」韓延壽說：「陛下可以宣呂軍師來問他怎麼應對。」蕭太后立即宣呂軍師來見。不一會兒，呂軍師來到帳中。蕭太后問他：「愛卿布下的陣為什麼會有幾處破綻？」呂軍師心想：「看來宋軍中也有人會排兵布陣，認出了我布的這個陣。」於是上奏說：「確實有幾處破綻，臣這就補全，就算是神仙下凡也破不了這個陣。」蕭太后說：「愛卿快去補全，不要讓敵人有可乘之機。」呂軍師來到陣前，下令在玉皇陣上添加紅燈，在青龍陣上開起黃河，在白虎陣裡立起左右二面黃旗，當中立起兩面金鑼，在玄武陣中豎起日月旗。等他安排完畢，這個陣已經補全了。

楊六郎調兵遣將，按照楊宗保說的去調度。選好日子之後，楊六郎上奏真宗，要求出戰。真宗聽後，下令各營一起出兵。楊宗保帶著岳勝等人登上將臺觀望，發現遼軍的天門陣已經毫無破綻，大叫一聲，昏倒在地。岳勝大吃一驚，趕緊把他扶到營帳中，並派人報告楊六郎。楊六郎趕到，讓人把楊宗保救醒，問他發生什麼事了。楊宗保說：「不知誰洩露了天機讓遼軍知情，如今他們已經修補了天門陣，就算是神仙下凡也破不了這個陣了。」楊六郎聽後也一下子昏了過去。眾人急忙上前把他扶起，結果已經不省人事。令婆見到這一幕，不禁放聲大哭，眾將一片慌亂，都不知道該怎麼辦。楊宗保說：「令婆先不要哭，請八殿下來商議對策。」於是令婆止住眼淚，派人去把八殿下請來，把事情跟他說了一遍。八王說：「事已至此，等我奏明聖上，再商議如何應對。」八王辭別了令婆去見真宗，把楊六郎病倒的事情告訴了他。真宗很吃驚，說：「要是楊延昭病倒了，那朕的江山可能就保不住了。」八王說：「陛下應該張榜招募名醫，先救好延昭再商議出兵的事。」真宗准奏，立即派人在轅門外貼出榜文。

第二天，有人上報，說：「有一位老人揭榜。」真宗宣這位老人來見，問他：「你是哪裡人？」老人說：「小人一直住在蓬萊，姓鍾名漢，人稱鍾道士。最近聽說楊將軍為了破陣病倒，小人特意趕來為他治病，順便幫陛下破陣。」真宗見這位道士相貌不俗，心想：「這肯定是位高人。」於是真宗讓他去給楊六郎治病。鍾道士給楊六郎看完病之後，回奏真宗

---

❶【干支】天干地支的簡稱，在中國古代的曆法中，甲、乙、丙、丁、戊、己、庚、辛、壬、癸被稱爲「十天干」，子、丑、寅、卯、辰、巳、午、未、申、酉、戌、亥叫做「十二地支」。這十天干和十二地支依次配對，組成六十個基本單位，並且按照一定的順序排列，組成了干支紀法。天干地支產生於炎黃時期，除了被用於紀法外，還被應用到風水和占卜中。

說：「將軍的病小人能治。」真宗問他：「不知你是用藥，還是用針灸？」鍾道士回答說：「小人察看將軍的病癥，只需要用二味藥就能治好。」真宗問他：「什麼藥？」道士說：「龍母的頭髮和龍公的鬍鬚，只有這兩味藥才能治他的病。」真宗問他：「這兩味藥產自哪裡？朕這就派人去找。」道士說：「龍鬚不必去找，陛下身上就有。而這龍母的頭髮，則需要向遼國蕭太后要。」真宗說：「她是朕的仇人，怎麼可能會答應呢？要是有其他藥可以替代，朕願意出重金去買。」道士說：「別的藥不行，只能用這兩味藥。」八王上奏說：「楊延昭的部下個個身懷絕技，或許他們之中有人能辦到。」真宗讓鍾道士先下去休息，命令楊六郎的部下去遼國取蕭太后的頭髮來下藥。令婆與岳勝商議，說：「這東西可以拿到，只是找不到信得過的人去。」岳勝問：「老夫人有什麼計策？」楊令婆說：「一直聽說我的四兒子改名為木易，成了蕭太后的駙馬。要是有人把這件事告訴他，他一定有辦法拿到。」岳勝說：「這件事派孟良去辦最合適了。」令婆召來孟良，讓他去辦這件事。

第三十五回　穆桂英山寨招親

孟良欣然領命，當天夜裡去見鍾道士，問他需要多少頭髮。道士說：「你去這件事肯定能辦成。頭髮多少都可以。等拿到頭髮之後，你再去宮中的花園一趟，那裡有一匹白驥馬❶，你把那馬偷來交給楊宗保幫他破陣用。那花園裡還有九眼琉璃井，現在遼軍青龍陣上的九曲水就是出自這些井，你偷偷用沙石把其中一眼堵上，那青龍陣就沒用了。」孟良領命後偷偷出了宋軍大營，正好遇到焦贊趕來。孟良問他：「你來做什麼？」焦贊說：「哥哥一個人去，我心裡不放心，所以特意來跟你一起去。」孟良說：「這次去辦的事都是機密，怎麼能帶你去？」焦贊說：「哥哥怕我洩露機密嗎？我一定要跟你去走一趟。」孟良無奈，只好帶著他趕往幽州城。

❶【白驥馬】驥是好馬的意思，白驥馬就是白色的好馬。此外，驥還有賢能的意思，騎白驥馬的人多爲文才武將。

第二天，孟良對焦贊說：「你先留在店裡，我去拜訪一下駙馬，打探打探消息就回來。」於是孟良裝扮成遼國人，來到駙馬府見到了楊四郎，把楊六郎如何生病，需要什麼藥治病的事情都說了一遍。楊四郎說：「這裡奸細太多，你先出去，蕭太后頭髮的事讓我想想辦法，過幾天你再來拿。」孟良與他告辭，出了駙馬府。

楊四郎想了半夜，終於想出一個辦法。他忽然大叫肚子疼，瓊娥公主嚇壞了，趕緊找來御醫。但是不管御醫怎麼治，都沒有好轉的跡象。公主也不知道該怎麼辦，就問御醫：「駙馬肚子一直在痛，用什麼藥才能治好？」楊四郎說：「這是我小的時候留下的病根，當初都是用龍鬚燒灰然後沖水喝下。這病已經很多年不犯了，沒想到今天居然又犯。」公主著急地說：「龍鬚中原才有，這遼國哪裡去找？」楊四郎說：「可以用太后的龍髮來代替。」公主說：「這個倒不難。」於是立即派人到前方軍營中去見蕭太后，將這件事告訴她。蕭太后說：「既然駙馬得了病，我這幾根頭髮算什麼？」於是剪下了幾縷，讓來報信的人帶了回去。蕭太后的頭髮取來之後，楊四郎把其中一部分燒成灰服下，病立刻就好了，公主非常高興。第二天，他把剩下的頭髮藏好，正好碰到孟良來，就交給了孟良。孟良回到店中，對焦贊說：「你先把這東西帶回去，我還有事要辦，等辦完就回去。」焦贊帶著龍髮連夜離開幽州，趕往九龍谷。

孟良偷偷來到宮裡的花園，找到琉璃井，用沙石堵住井眼；然後來到馬廄邊，恰巧遇到遼兵守衛。孟良用遼國話對他說：「太后有旨，讓我來取這匹馬，明天用來表演。」守衛說：「把聖旨拿出來看看。」孟良早有準備，拿出假聖旨給那人看。守衛看了之後便把馬交給了孟良。等出了宮門，孟良騎上馬離開了幽州城。等遼兵知道自己被騙了，再來追趕時他已經跑出去五十里了。

孟良騎著偷來的白驥馬趕了一夜路，回到軍中見到鍾道士，告訴他兩件事都辦好了。道士說：「真不愧是楊家的部下。」第二天，道士又取了真宗的龍鬚，與龍髮一起燒成灰給楊六郎服下，楊六郎的病一下子就好了。

真宗得知道士治好了楊六郎的病，非常高興，宣道士到自己軍帳，對他說：「你願意做官，還是要金銀財寶？」道士回答說：「貧道過慣了自由自在的日子，不願意做官，也不願意要錢。貧道這次來，不僅是要給楊將軍治病，還要幫助陛下破陣，打敗遼軍。」真宗說：「愛卿要是真能幫我打敗遼軍，朕讓人把你的大名刻在石頭上，流傳千古。」道士說：「遼軍的布陣變化多端，難以攻打。這件事還需要讓楊宗保來辦，希望陛下批准。」真宗准奏，封鍾道士為輔國扶運正軍師，除御林軍[2]之外的將帥都要聽從他調遣，不必上奏。道士謝恩後退下，來見楊六郎。楊六郎向他行禮，感謝救命之恩。鍾道士說：「你的病已經好了，貧道現在要與你兒子一起破陣。」楊六郎把楊宗保喊來，讓他拜鍾道士為師。拜完師之後，道

[2]【御林軍】也被稱作「羽林軍」，是古時候專門保護皇帝的禁軍。

士說：「這次出兵有幾個人不能少。」楊宗保問：「這些人是誰？」鍾道士派呼延顯前往太行山通知馬氏，讓她率領部下前來；又派焦贊前往無佞府召集八娘、九妹和柴太郡前來；再派岳勝前往汾州口外的洪都莊調回老將王貴；派孟良前往五台山召集楊五郎。安排完畢，胡延顯等人領命後各自上路。

孟良前往五台山，去見楊五郎，告訴他宋軍正在與遼軍對陣，希望他能下山相助。楊五郎說：「上次前往澶州去營救我弟弟回來之後，我就下定決心要皈依佛門，不再打打殺殺。今天怎麼又來找我？」孟良說：「我這次來是為了國家大事，不是出於私利。念在楊家精忠報國的份上，請師父下山一趟，不要推脫。」楊五郎說：「遼國有兩個妖孽，一個已經被我當初在澶州降服，還有一個尚在，就是蕭天佐。穆柯寨後門有兩根降龍木，只有用左邊那根來做我的斧柄，我才能降服住蕭天佐，不然即便我去了也沒有用。你能幫我拿到這根神木嗎？」孟良說：「既然師父說非要不可，那小人只有去一趟穆柯寨。」楊五郎說：「你趕緊去把神木拿來，我這就收拾東西。」

孟良與楊五郎告辭，趕到了穆柯寨。穆柯寨寨主是定天王穆羽的女兒，小名穆金花，別名穆桂英，武藝高強，擅長弓箭。這天穆桂英正在跟手下打獵，被射中的一隻鳥正好落在趕來的孟良面前。孟良把這隻鳥藏了起來，沒走出幾步遠就有五六個嘍囉兵趕來，衝他喊道：「趕緊把鳥拿出來，饒你一命。」孟良聽後，停住腳步。嘍囉兵們一起撲過來，被孟良打得七零八落，四散奔逃。孟良繼續往前走，沒走出去多遠穆桂英就帶著人趕來了。

孟良聽到身後有動靜，知道有人來了，於是抽出刀準備打鬥。趕來的穆桂英朝他大罵：「哪裡來的奴才，敢在這裡撒野？」孟良二話不說，揮刀就上去與她打鬥，穆桂英舉槍迎戰。二人在山腳下一口氣打了四十多個回合，孟良知道自己不是她的對手，轉頭就跑。穆桂英沒有追趕，只派人守住各路口。孟良看自己逃不出去，就對嘍囉兵們說：「我把鳥還給你們，你們放我過去。」嘍囉兵對他說：「你來錯地方了，誰不知道路過穆柯寨要留下買路錢？你要是沒錢，一年也別想過去。」孟良有更要緊的事要辦，便把金盔摘下來當作買路錢。嘍囉兵報告穆桂英，穆桂英讓人放他過去。

孟良離開穆柯寨，

這天穆桂英正在跟手下打獵，被射中的一隻鳥正好落在趕來的孟良面前。

回到營中見楊六郎，把楊五郎要他去借神木作斧柄，而自己又被穆柯寨寨主打敗的事情說了一遍。楊六郎說：「這該怎麼辦？」這時楊宗保站了出來，說：「就讓兒子跟孟良再去走一趟。」楊六郎說：「恐怕你不是她的對手。」楊宗保說：「我自有辦法。」楊六郎也沒再阻攔。當天，楊宗保與孟良帶著兩千人馬，來到穆柯寨外挑戰。

穆桂英聽到外面有人叫戰，披掛上馬，帶領部下出了山寨。楊宗保說：「聽說你山後有兩根降龍木，希望能把左邊一根借給我，等破了遼軍的陣一定重謝。」穆桂英笑著說：「神木確實有，你要是能贏了我手裡這把刀，兩根你都拿去。」楊宗保大怒，說：「等我捉住你這賊人，自己去拿。」說完楊宗保挺槍殺向穆桂英，穆桂英舞刀迎戰，兩人打在一起。兩人打了三十多個回合，穆桂英故意露出破綻拍馬逃走。楊宗保在後面緊追不捨，剛轉過山頭，突然一支冷箭飛了過來射中了座下的馬。看到楊宗保的馬被射倒，穆桂英又殺了回來，將楊宗保活捉。孟良一看楊宗保被捉，趕緊上前營救，結果山寨上亂石滾下，不能靠近。孟良說：「大家先在這兒安營，等我想出對策再去救出小將軍。」於是眾人在寨外安營。

穆桂英把楊宗保帶到營帳中，讓人給他鬆綁。楊宗保厲聲說道：「不用上什麼刑，要殺便殺。」穆桂英見他長相英俊、說話慷慨，心想：「要是我與這樣的人結為夫婦，也算是不白來世上走一回。」於是穆桂英讓手下把自己的心意告訴楊宗保。楊宗保心想：「要是不答應她，不但拿不到降龍木，恐怕性命也難保。不如以大局為重答應了她。」於是楊宗保就說：「寨主不但不殺我，還要與我成親，這樣天大的恩情怎敢拒絕？」下人們把楊宗保的話傳給穆桂英，穆桂英非常高興，親自來見楊宗保，並安排下人設宴招待。

穆桂英與楊宗保兩人正在喝酒，忽然聽到寨子外面喊殺聲震天，下人們來報宋兵正在攻打山寨。楊宗保說：「承蒙寨主厚愛，希望能打開寨門讓我跟部下說幾句話，安撫一下他們。」穆桂英按照他的說法，派手下人打開寨門，把孟良帶進了營帳。孟良看到楊宗保正在跟穆桂英喝酒，知道他已經安全無事，就說：「原來小將軍在這裡快活，害得我們在外面擔驚受怕。」楊宗保把自己與穆桂英成親的事跟他說了一遍。孟良說：「現在軍情緊急，還是先回去交差要緊。」楊宗保起身與穆桂英告辭。穆桂英說：「本想留你在寨子裡，既然前方戰事緊急，只能讓你先去。」穆桂英一直把楊宗保送到山下，捨不得讓他離去。楊宗保說：「要是有什麼需要你幫助的地方，會來請你的。」

楊宗保帶著部下回到營中，見到楊六郎，說：「兒子不孝，出兵不利，被穆桂英捉到寨子裡去。她沒殺我，還與我結了親。孩兒特來請罪。」楊六郎大怒，說：「如今國難當前，我坐立不安，你卻為了兒女私情耽誤軍情。」下令讓人把他推出去斬了。兩邊的人正要上來捉楊宗保，令婆急忙趕來，說：「宗保縱然犯了軍法，但現在大敵當前正是用人之際，就暫且饒他一回。」楊六郎說：「這次就聽母親的，饒他一死，先關押起來，等事後再問罪。」孟良說：「將軍息怒，小將軍結婚也是迫不得已，都是為了降龍木，希望將軍能赦免他。」

楊六郎不同意，還是將楊宗保關押了起來。

第二天，孟良悄悄去見楊宗保，對他說：「剛才見到鍾道士，他說小將軍有二十天的血光之災❷，這是命中注定的，只能忍過去。」楊宗保說：「我的心事只有你知道。穆桂英是女中豪傑，軍中要是有這樣的人在一定實力大增。你再去找她，一是為了借降龍木，二是讓她來軍中助戰。」孟良答應了他，當天就去穆柯寨中見穆桂英，把楊宗保的話說給她聽，又把為何要借降龍木的緣由說了一遍。穆桂英說：「我正要派人去請你家小主人，我怎麼能離開這寨子呢？快點回去通報，讓你家小主人來這裡，不然我帶人殺過去。」孟良聽後大吃一驚，說：「既然寨主已經與小將軍結為夫妻，前去軍營中相聚不是更好？為什麼要說這樣傷和氣的話？」穆桂英大怒，說：「那天我太天真，讓你把他帶走了，今天你又想來說服我！要是再囉嗦，小心我的刀不認人。」孟良不敢再說什麼，只好退出，心想：「看來不用點狠毒的辦法，她是不肯下山的。」等到大約黃昏的時候，孟良悄悄來到寨子後面，放了一把火。當時正值九月，傍晚正是起風的時候，一時間穆柯寨火光沖天，滿山通紅。寨子裡的嘍囉兵大呼小叫，一起趕來救火。孟良拿著刀來到穆桂英的寨子裡，把嘍囉兵們殺死一半。還沒等穆桂英趕到，孟良已經砍了兩根降龍木在手，奔向五台山去了。

---

❸【血光之災】古時候迷信的想法，認爲人命中注定要承受的流血或者殺身之禍。

第三十六回　焦贊九龍谷探陣

孟良一把火燒了穆柯寨，連夜逃往五台山去了。等天快亮的時候，火才漸漸熄滅，山寨被燒得面目全非。穆桂英看著眼前的場景氣憤難平，準備帶著手下的嘍囉兵們殺向宋軍大營，報仇雪恨。部下有人對她說：「這肯定是孟良見寨主不肯下山，所以才放火燒了山寨。如今山寨被燒了，不如投靠宋軍，一來能和楊宗保相見，二來能為朝廷建功，都是一家人何必傷和氣呢？」穆桂英想了很久，同意了部下的說法，於是下令把寨子裡的糧草收拾好裝在車上，打出穆柯寨的旗號，率領部下向宋軍大營趕去。

有人來向報告楊六郎，說穆桂英帶著部下來了。楊六郎大怒，說：「我正恨這個賤人潑婦呢，勾引我兒子，耽誤了正事。今天竟然還敢來此？」於是楊六郎率領五千人馬，來到營前，大罵道：「你這賤人，趕緊退去，我就當什麼事都沒有，要是不收兵讓你死在這裡。」穆桂英也很生氣，說：「我好心來幫你們，反而如此侮辱我。」於是穆桂英舞刀躍馬朝楊六郎殺了過來，楊六郎舉槍交戰，兩人打在一起。兩人交手幾個回合不分勝負，穆桂英想生擒對手，於是裝輸逃走。楊六郎在後面緊追不捨，結果被穆桂英一箭射中左臂落下馬來，穆桂英勒馬回來將他捉住。這時岳勝、焦贊等人都不在軍中，所以沒人出來營救。穆桂英讓手下把楊六郎綁起來，押著回了山寨。

穆桂英帶著楊六郎回山寨，路上遇到一支僧兵，原來是楊五郎和孟良下山來了。穆桂英擺開陣勢，孟良拍馬上前，仔細一看發現楊六郎被活捉，便大聲喊道：「將軍怎麼被她捉住了？」楊六郎沒有回答。穆桂英問孟良：「這人是誰？」孟良說：「這是小將軍的父親。」穆桂英大吃一驚，趕緊下馬給楊六郎鬆綁向他施禮，說：「小女子有眼不識泰山，還望恕罪。」楊六郎說：「你先起來再說。」楊六郎原諒了穆桂英，兩支隊伍會合一起回到營中。楊六郎讓人把楊宗保放了。穆桂英拜見令婆，令婆喜出望外，說：「真是我的好孫媳。」令婆下令設宴給楊五郎接風。楊五郎見到母親是百感交集。令婆說：「你命中注定與佛結緣，不要太傷心，我知道只要我們還活著就一定會再相見的。」楊五郎聽後淚流不止。

酒至半酣，有人來報岳勝、呼延顯等人去各地調集的人馬都已經到了。楊六郎非常高興，親自到營外去迎接。王貴、馬氏、八娘、九妹等人一起來到營帳。楊六郎請王貴坐在上座，對他施禮，說：「讓叔父風塵僕僕趕來是侄兒不孝。」王貴說：「這次是為了國事，我怎麼能拒絕呢？」令婆也上前跟王貴敘舊。宴席繼續，大家開懷暢飲，盡興後才散去。

第二天，楊六郎上奏，說：「臣已經把各地的將領調集來了，聽從陛下吩咐，請陛下下旨出兵破陣。」真宗說：「既然愛卿已經籌備齊全，那就擇日出戰，滅一滅遼軍的囂張氣焰。」楊六郎領命後退下，與楊宗保商議出兵的事。楊宗保說：「師父說過，眼下不利於出兵破陣，需要再等些時間。孩兒明天先帶人出去試試敵人的實力，然後再回來商議對策。」楊六郎同意。

第二天天剛亮，楊宗保披盔戴甲來到陣前。遼軍中出戰的是馬韃令公韓延壽。韓延壽來到陣前，看到宋軍眾將都圍在一個少年身邊，那少年身下的坐騎正是蕭太后的白驤馬。韓延壽知道這是蕭太后的馬，大喝一聲：「乳臭未乾的小子，不要走！」聲音如同半天中炸開的雷。楊宗保聽後，從馬上滾落下來，一邊的人趕緊把他救起送回營中。宋軍立即收兵，遼軍也收兵回營去了。楊六郎知道後大吃一驚，趕緊前來察看。眾將把楊宗保扶到營帳中坐好，鍾道士給他吃了一粒藥丸，楊宗保立刻醒了過來。楊六郎問他為什麼會突然落馬，眾將說：「剛才遼將大喝一聲，小將軍便跌落馬下，不知道是為什麼？」楊六郎鬱悶不已，說：「還沒交戰就被嚇得從馬上掉下來，要是真打起來怎麼能指望你獲勝？」鍾道士說：「並非他不能作戰，因為他還沒成年，所以不能上陣。這件事必須奏明聖上，讓聖上委任宗保以重任，賜宗保成年，他才能出兵作戰，幫助我破陣。」楊六郎去見真宗，把道士的話又說了一遍。

真宗與群臣商議，八王上奏說：「陛下想要破敵，就要聽從道長的安排，希望陛下封楊宗保職位，讓他帶兵破陣打敗遼軍，天下就太平了。」真宗說：「應該封他什麼職位？」八王說：「陛下應該效仿漢高祖築壇拜韓信❶的故事，讓諸將聽從他的調遣，不可違背。」真宗准奏，下令讓人在正南方的空地上建起三層將臺，並立起青、黃、赤、白、黑五種顏色的旗子，一切器物都按照漢朝時的做法準備。

不出兩天，將臺就建好了。真宗齋戒沐浴，選了一個黃道吉日❷，率領群臣來到將臺。真宗宣楊宗保來到面前，親自為他掛上大元帥印章，封他為嚇（ㄏㄜˋ）天霸王、征遼破陣上將軍。楊宗保領旨謝恩。真宗對眾臣說：「楊宗保現在還年幼，寡人賜他一歲。」八王上奏說：「既然陛下賜楊宗保一歲，那麼微臣也賜他一歲，正好湊夠十六歲讓他成年，再出兵便會有百倍的威力。」真宗聽後非常高興，派人將楊宗保送回軍營。楊宗保再次拜謝後退下。真宗與群臣下了將臺也回營去了。

第二天，楊宗保請鍾道士到營帳中商議出兵之事。鍾道士說：「遼軍聲勢浩大，應該先派個人去打探一下，然後再商議出兵的事。」楊宗保問眾將：「誰敢去天門陣打探消息？」話音未落，焦贊站出來說：「小將願意前往。」楊宗保說：「你性子急躁，恐怕會誤了大事。」鍾道士說：「這一次派他去正好。」楊宗保便同意了。焦贊回到營中收拾裝備，與手下的參謀江海商議，說：「我這次去遼軍陣中探路，你有什麼計策？」江海說：「要是沒有蕭太后的聖旨，恐怕你進不了陣，既然要去就先假造一份蕭太后的聖旨。」焦贊說：「假造聖旨簡單，但是去哪裡找蕭太后的印呢？」江海說：「這件事不難，當初我父親曾經在蕭太后身邊做官，知道那印是什麼樣式，我照著刻一個肯定不會耽誤事。」

焦贊非常高興，帶著偽造的聖旨連夜來到九龍谷。他先來到鐵門金鎖陣察看，看見遼將馬榮威風凜凜地站在將臺上，將臺下的守軍密密麻麻。此時馬榮也發現了焦贊，就問他：「誰派你到這裡來的？」焦贊說：「蕭太后派我來察看，我有聖旨。」馬榮說：「把聖旨拿出來看一看。」焦贊便把偽造的聖旨給他，馬榮看過之後放焦贊通行。焦贊離開鐵門陣，來到青龍陣。大將鐵頭太歲厲聲問他：「這裡是什麼地方，你竟敢私自闖入？」焦贊說：「太后下旨命我前來察看，怎麼能說是私自闖入呢？」鐵頭太歲看了焦贊的聖旨放他通行。焦贊認真察看了一番青龍陣，發現裡面通道雜亂無章，變化無常，四下裡都有鑼鼓聲，讓人心裡不寒而慄。到了白虎陣，焦贊又遇到守將蘇何慶。蘇何慶問他：「誰讓你來這裡的？」焦贊說：「奉太后之命，特來巡視。」蘇何慶見到聖旨放他通行。焦贊來到太陰陣，發現一個婦人站在陣前，陣中陰風陣陣、黑霧騰騰，讓人頭昏眼花。黃瓊女手執骷髏攔住焦贊。焦贊大

❶【韓信】西漢開國功臣，與蕭何、張良並列爲「漢初三傑」，爲西漢立下赫赫戰功，但後來遭到漢高祖劉邦的猜忌，最後以謀反罪被處死。

❷【黃道吉日】指辦事情的好日子。古人用星象占卜，青龍、明堂、金匱、天德、玉堂、司命這六個星宿被稱作吉神，當出現這六個星宿時，做什麼事情都很順利，沒有忌諱，被稱爲黃道吉日。後來黃道吉日用來泛指一切好日子。

馬榮也發現了焦贊，就問他：「誰派你到這裡來的？」焦贊便把偽造的聖旨給他。馬榮看過之後，放焦贊通行。

聲喝道：「我奉太后之命前來巡視，你竟敢阻攔？」黃瓊女拿過聖旨看了一番放他通行。焦贊從旁邊的小路出了陣，那裡離遼軍大營只有幾里遠。這時韓延壽已經知道有人混入了天門陣，趕緊帶人來追捕，可惜焦贊早就逃走了。

焦贊連夜回到軍中見到楊宗保，把陣勢裡面的情況一一說明。他還說：「那太陰陣妖氣逼人，最難攻打。」楊宗保聽後，請鍾道士來商議。鍾道士說：「我夜觀星象得知，太陰陣肯定會有變數，應該先下令攻破這個陣，其餘陣再慢慢說。」楊宗保說：「太陰陣裡有個婦人站在陣前，這是什麼意思？」鍾道士說：「要想破太陰陣，一定要先擒住這個人。她扮作太陰星，一旦兩軍交戰她就開始哭，只要聽到她的哭聲，將士們就會立刻暈倒在地。」楊宗保問：「誰能攻破這個陣？」鍾道士說：「可以派馬氏帶兵前去，肯定能成功。」楊宗保於是讓馬氏帶兩萬精兵，從第九座天門攻進去，自己在後面派兵接應。馬氏帶著兵出發了。楊宗保又把八娘召到面前，下令說：「你帶一萬人馬，守在太陰陣一邊，等她們打起來了再出來助戰。」八娘也帶兵出發了。楊宗保安排好之後，與鍾道士一起登上將臺。

馬氏率領著部下從第九門殺了進去，喊聲震天。恰好遇到黃瓊女手執骷髏來迎戰，馬氏罵道：「你堂堂西夏國公主，西夏國王親生的女兒，率領將士千里迢迢助紂為虐，簡直不知羞恥。就算立下戰功，又有何顏面回去見你父王？」黃瓊女被罵了一頓，自知理虧，毫無怨言，轉頭就騎馬走了。馬氏看到將臺周圍刀槍密布也沒有追趕，與八娘一起回到了營中。

第三十七回　黃瓊女歸降

黃瓊女回到營帳中，心想：「我大老遠帶領部下趕來，卻受到如此侮辱。當年鄧令公北伐，我曾經被許配給楊業的兒子楊六郎，後來因為鄧令公去世，這段姻緣也就沒成。不如率領部下投降宋朝，去見舊時的夫君，幫助宋軍打敗遼軍以報仇雪恥。」第二天黃瓊女便秘密派人到馬氏那裡去送信。

馬氏收到黃瓊女的信後，不知道該如何答覆，就帶著書信去見令婆，把這件事說給她聽。令婆想了一會兒，說：「我差點忘記了，當初在河東，確實為他們定下了婚約，後來鄧令公去世，這件事也就沒再提。」馬氏說：「這女子昨天被我一番羞辱，今天就來投降，應該不會是假的，令婆可以與楊將軍商量一下。」令婆去見楊六郎，告訴他黃瓊女要來投降，以及當初婚約的事情。楊六郎說：「兒子小的時候也曾聽人提起過這件事，不過現在國家有難大敵當前，還是等打敗遼兵之後再說相見的事吧。」令婆說：「這樣說你就錯了，如今正是國家用人之際，她來投降要和你相認，你要是阻攔肯定會讓她懷疑。」楊六郎只好按照令

婆說的去做，給黃瓊女寫了一封回信，和她約定第二天黃昏起兵，裡應外合。

使者把信送到黃瓊女手中。黃瓊女看完信非常高興。第二天將近黃昏時分，她下令部下做好準備。忽然，外面傳來一陣喊殺聲，馬氏帶人衝進了太陰陣。黃瓊女知道是宋軍來了，帶領部下殺了出去，恰好遇到韓延壽手下的大將在巡邏。黃瓊女騎馬上前，一下子便把他斬落馬下，遼軍大亂。黃瓊女帶兵與馬氏會合殺出陣去，等韓延壽、蕭天佐知道消息帶兵來追趕，她們已經跑遠了。韓延壽和蕭天佐恨得咬

黃瓊女帶領部下殺了出去，恰好遇到韓延壽手下的大將在巡邏。黃瓊女騎馬上前，一下子便把他斬落馬下……

牙切齒，但又無計可施，只好帶兵回營。

馬氏帶著黃瓊女到營中來見令婆，說：「黃瓊女來投降。」令婆非常高興，讓黃瓊女與楊六郎相見。宋軍此番贏了遼軍，部下們都來祝賀。第二天，楊宗保見楊六郎，說：「鍾師父已經制定了詳細的破陣路線，三天後就是破陣的吉日，希望父親奏請聖上親自督戰，兒子指揮時才好調遣。」楊六郎說：「你去制定破陣的計策，我去奏明聖上。」楊宗保退出，來見鍾道士，問道：「先破哪個陣？」鍾道士說：「鐵門金鎖陣處在咽喉位置，先破了這個陣，然後再破青龍陣。」楊宗保說：「派誰去破陣？」鍾道士說：「青龍陣需要柴太郡去破，鐵門陣一定要穆桂英去破。」楊宗保說：「穆桂英可以出戰，但我母親柴太郡有孕在身，怎麼能率兵出戰呢？」鍾道士說：「就是靠她肚子裡的孕氣才能破陣，讓她去保證沒事。」楊宗保去見楊六郎，把鍾道士的調遣說了一遍。楊六郎說：「按理說軍令不可違，但是太郡有身孕，一旦有閃失麻煩就大了。」楊宗保說：「師父說不會有事，可以讓孟良一起出兵，保護她。」楊宗保召集部下秘密傳授破陣的計策。穆桂英、柴太郡領命，各自率領三萬精兵出發。

穆桂英帶領三萬人馬，命令其中一萬人攜帶火炮、火箭，等兩軍交鋒的時候炮箭齊發；命令另外二萬人從九龍谷正北方衝入，再繞出青龍陣去接應柴太郡。眾人領命後，按計劃行事。穆桂英一聲令下，宋軍分左右衝入鐵門金鎖陣。穆桂英剛好遇到遼將馬榮，兩人打在一起。打了十幾個回合不分勝負。此時，穆桂英的部下在陣中來回穿梭，遼軍還沒等出擊就被宋軍的火箭射死大半。別處的遼兵趕來救應，結果被宋兵圍住。遼軍陣腳大亂，士兵東衝西撞找不到出路。穆桂英奮勇前進，大喝一聲將馬榮砍死在馬下。宋軍看到遼將被殺，乘勢攻入陣中殺死遼兵無數。看到鐵門陣已經被攻破，穆桂英帶領部下來到青龍陣後面，接應柴太郡。

柴太郡率領三萬人馬來到青龍陣下，吩咐孟良說：「你帶一萬精兵先去奪取黃河九曲水，從龍腹處殺出。我帶兩萬人馬去攻打龍頭，繞到陣後與穆桂英會合。」孟良領命後帶兵出發了。柴太郡帶領部下攻打青龍陣左側，頓時喊殺聲震天。青龍陣的守將是鐵頭太歲，他帶著部下離開將臺，上前說道：「宋將還敢來破陣？真是自尋死路！」柴太郡二話不說衝殺過去，兩人打在一起，打了幾個回合未分勝負。這時，突然陣後一聲炮響，孟良帶領部下從龍腹處殺出，遼兵大亂。鐵頭太歲趕緊帶兵去就救援，柴太郡乘勢領兵前進繼續攻擊。而遼軍埋伏在龍鬚、龍爪處的精兵也都出來作戰。

柴太郡與孟良前後廝殺，不知不覺天色已晚，眼看天要黑了。柴太郡打鬥時間太長動了胎氣，在馬上大叫：「痛死我了！」手下的將士聽到她的喊聲都嚇壞了。剎那間，柴太郡就生下了一個孩子，她則暈倒在地上。鐵頭太歲看到這一幕，騎馬趕來想要活捉柴太郡。就在這危急關頭，忽然從一側殺出一隊人馬，風馳電掣一般。原來是穆桂英，她看到柴太郡這邊形勢危急，便趕過來營救。鐵頭太歲見勢不好，化作了一道金光想要逃跑，結果正好被柴太郡的血氣衝破。穆桂英扔出飛刀，鐵頭太歲當場斃命。遼兵大亂四處逃竄，被孟良帶人殺死了大半，只有很少一部分逃走。穆桂英上前救起柴太郡，把孩子包在自己懷裡。見到青龍陣已經被破，宋軍凱旋而歸。

穆桂英回來見楊六郎，詳細介紹了破陣和太郡生產的經過，並說太郡和孩子的身體都沒有大礙。楊六郎喜出望外，安排太郡回去歇息，自己把兒子抱給令婆看。楊令婆看了之後非常高興，說：「這孩子長得跟他哥哥宗保一個樣。」令婆為他取名為楊文廣。

看到遼軍接連打了兩場敗仗，韓延壽趕緊召集椿岩來商議。椿岩說：「宋軍再厲害也不可能破了我的迷魂陣，只要他們敢來一定讓他們有來無回。」韓延壽說：「將軍還是小心些為好，宋軍中有很多高人，千萬不要輕視。」椿岩說：「我自有辦法對付他們。」說完之後去找呂軍師商議對策。

有人向楊宗保報告遼軍防衛非常堅固，楊宗保對部下諸將說：「遼軍的天門陣已經被我們破了兩個，可以趁熱打鐵繼續攻打。」於是請鍾道士來商議，問他再出兵破敵人的哪個陣？鍾道士說：「下一個要破的是白虎陣，別的陣等有機會再說。」楊宗保問他：「破白虎陣要派誰去？」鍾道士說：「你父親可建此功。」楊宗保來見楊六郎，把鍾道士的話說給他聽。楊六郎說：「那明天我就親自出戰，激勵一下將士們。」楊宗保退出。

第二天，楊六郎披盔戴甲，率領兩萬人馬殺到遼軍陣前衝向白虎陣。遼軍看到喊聲震天的宋軍來進攻，準備迎戰。椿岩登上將臺，手裡拿著紅旗指揮部下作戰。遼將蘇何慶打開白虎陣的門率兵出來迎敵，恰好遇到楊六郎。兩人打在一起，三十多個回合不分勝負。何慶詐敗騎馬逃走，宋軍乘勢追殺。就在此時，忽然將臺上金鑼一響立起黃旗，白虎陣一下子變成了八卦陣，霸貞公主帶著精兵將宋兵圍住。楊六郎見陣中的道路錯綜複雜，不知該往哪走，結果被困在了陣中。楊六郎帶領部下左衝右突，遼軍用箭和石塊應對，宋軍衝不出去。

有人回報楊宗保，說楊將軍被困在陣中。楊宗保聽後非常害怕，立即召焦贊到跟前，對他說：「你趕緊帶五千人馬前去營救，從左側攻入，用石錘打破他的鑼讓老虎失去眼睛，我會再派人去接應你。」焦贊領命後帶兵出發了。楊宗保又召來黃瓊女，對她說：「你帶五千人馬從右門攻入，先把黃旗砍倒讓老虎失去耳朵，遼軍肯定陣腳大亂。」黃瓊女領命後帶兵出發了。楊宗保又把穆桂英叫到跟前，對她說：「你帶一萬人從中間殺進去救援。」穆桂英領命，帶兵出發了。吩咐完畢之後，楊宗保率領岳勝、孟良等人出兵在後面接應。

焦贊聽說楊六郎被圍困，非常氣憤，帶兵從一側攻入陣中，正好遇到遼將劉珂。劉珂原本正在鎮守虎眼，看到宋軍殺來，便下了將臺與焦贊作戰。結果兩人交手，只用了一個回合焦贊就把劉珂砍落馬下。焦贊殺退了其餘的遼兵，把二面金鑼打得粉碎，又帶兵殺入陣中。黃瓊女從右門殺入，一刀劈死張熙，砍倒了兩面黃旗。黃瓊女與焦贊會合，從白虎陣後面抄襲。蘇何慶看到宋軍殺來，趕緊上前迎戰，結果遇到了迎面趕來的穆桂英，兩人打在一起。

結果不出兩個回合蘇何慶便掉頭逃跑，穆桂英彎弓搭箭，一箭射中蘇何慶的脖子，蘇何慶當場斃命。霸貞公主看到丈夫有難趕來救援，沒有防備後面殺來的黃瓊女，被黃瓊女用鐵鞭打中後背，口吐鮮血，騎馬逃命去了。楊六郎聽到陣外喊殺聲震天，知道援兵已到，便率領部下從裡向外殺出，結果白虎陣很快就被攻破了。楊六郎殺出來之後，楊宗保接應他回到宋軍營中。

第二天，部下都來賀喜。楊六郎說：「遼軍布的陣果真詭異，打到一半突然發現沒了退路。這次要不是救兵趕到，可能我已經死在那裡了。」楊宗保說：「既然爹爹破了白虎陣，不如乘勢進攻玉皇殿，攻下玉皇殿別的陣就好破了。」楊六郎說：「遼軍的陣內暗藏玄機，等仔細查看之後再出兵攻打，以防萬一。」楊宗保說：「孩兒心裡有數。」然後楊宗保請令婆、八娘、九妹等人來到帳中，說：「這一次出兵有勞婆婆和兩位姑姑一起前往。」令婆說：「為國效力，不敢推辭。」楊宗保說：「遼軍陣裡面有人扮作梨山老母，婆婆可以去捉住這個人，剩下的事就好辦了。」楊令婆領命。楊宗保又把王貴叫到跟前，說：「叔公率領部下從正殿攻打，我在後面帶兵接應你。」王貴領命。楊宗保吩咐完畢，只等第二天兩軍交鋒。

第三十八回　宋軍大破天門陣

令婆率領部下衝進遼軍陣中殺向玉皇殿，椿岩立即下令搖動紅旗進攻。梨山老母是董夫人扮的，她拍馬上前與令婆打在一起。幾個回合之後，董夫人見自己不是令婆的對手，調轉馬頭逃走，八娘、九妹帶人從兩側殺出幫助令婆。就在這時，忽然陣裡鑼鼓齊鳴，遼兵從四面八方圍了上來，把令婆等人困在陣裡。王貴聽到消息，急忙帶兵殺來營救，恰巧碰上了遼將韓延壽。韓延壽彎弓搭箭射中王貴心窩，王貴應聲倒地，手下的人馬也被遼軍殺死一半。

有宋兵逃回大營，把王貴被射死的消息告訴了楊宗保，楊宗保聽後大吃一驚，悲痛地說：「領軍的大將折損，群龍無首該怎麼辦？」楊宗保立即派穆桂英帶五千人馬前去營救令婆。穆桂英領命後立即帶兵出發。楊宗保又下令，讓楊七姐率領五千人馬，包抄到殿前破了那裡的紅燈，這樣敵人就不知道宋軍的變動了。七姐領命出發。

穆桂英殺入北陣，只見陣裡殺氣連天，她騎馬快進正遇到董夫人與八娘在交戰，八娘漸漸落了下風，形勢越來越危急。穆桂英彎弓搭箭一箭射中董夫人的眼睛，董夫人落馬而死。

穆桂英乘勢殺散周圍的遼兵，救出了令婆、八娘、九妹眾人。大家一起協力殺出陣去。楊七姐破了敵人的紅燈，繞到殿前跟令婆等人會合一起回到營中。韓延壽看到宋兵大勝而去也不敢追擊，只能退兵。

宋軍把王貴的屍首帶回了營中，楊宗保等人見了無不傷感。當時王貴的妻子杜夫人也在營中，看到丈夫戰死大哭不止。楊六郎說：「嬸母不要傷心，我一定奏明聖上，表述叔父的忠心，上報他的功績。」杜夫人漸漸止住哭聲，謝過楊六郎。第二天，楊六郎來到真宗的營帳中，上奏說：「臣的叔父王貴，昨天在破陣的時候戰死。希望陛下下旨封賞，以激勵後代。」真宗准奏，宣杜夫人來到帳前，撫慰她說：「王令公是朕的愛臣，聽說他昨天戰死，朕非常傷心。聽說夫人有個三歲的兒子，朕封他為無職恩官，等他成年入朝任職。封你為貞節夫人，封王貴為忠義成國公，賜金銀緞匹十二車。」杜夫人叩謝後退下。第二天，杜夫人與令婆告辭，帶著真宗的恩賜回洪都莊去了。

楊宗保來見鍾道士，跟他商議下面的作戰計畫。鍾道士說：「在遼軍的所有陣中迷魂陣是最厲害的，下面就應該趁勢破了這個陣。」楊宗保說：「弟子在將臺上觀望，看到呂軍師擅長用兵，恐怕很難贏他。」鍾道士說：「我自有辦法對付他，不用擔心。」楊宗保聽後欣然離去，下令攻打迷魂陣。楊宗保對楊五郎說：「這次作戰要勞煩伯父出馬了。」楊五郎說：「為國效力是分內的事情。」

楊五郎率領五千僧兵殺進迷魂陣，正好遇到遼軍元帥蕭天佐。楊五郎與蕭天佐打在一起，十幾個回合不分勝負，蕭天佐假裝戰敗逃走，把楊五郎引到陣裡。這時單陽公主揮舞著大刀出來應戰，不出幾個回合公主騎馬逃走，楊五郎帶兵追趕。這時，陣中五百位扮作羅漢的遼兵一起殺出，僧兵奮勇作戰將五百羅漢兵全部殺盡。耶律吶看到宋兵勢不可當，趕緊搖動紅旗，太陰陣中衝出一群妖鬼，號哭著阻擋在前面。僧兵們聞聲頭昏腦脹，不能靠近。楊五郎看到這種情形，趕緊念動神咒，然後帶著部下殺出陣去回到宋營。楊宗保得知後說：「當初師父曾經對我說，這陣裡面有妖術，必須依法破除。」於是拿出天書來看，書上寫著：「需要四十九個孩童，手拿楊柳枝打散妖婦三魂七魄。」楊宗保按照書上寫的，下令讓人找來四十九個小孩，並給他們穿上鎧甲。楊宗保又對楊五郎說：「勞煩伯父把這些孩童帶進陣中去，讓他們站在紅旗臺下，然後除去孕婦的屍體，太陰陣就能破掉。」楊五郎再次帶兵出發。楊宗保對孟良說：「你帶兩萬兵馬，從後面抄襲太陰陣接應前軍。」孟良也帶兵出發。

楊五郎一馬當先，率領部下衝進迷魂陣。單陽公主不戰而退，把宋軍引入陣中。楊五郎衝著將臺殺去，耶律吶搖動紅旗，妖鬼又被放了出來。這時四十九個孩童手拿柳條迎著妖風上前，頓時妖氣全無。宋兵又將埋在臺下的孕婦屍體挖出來破壞掉。耶律吶看到大勢已去慌亂逃走，結果被楊五郎追上去一斧劈死。遼軍大敗，單陽公主措手不及在馬上被宋兵活捉。

蕭天佐被激怒，帶著部下來營救。楊五郎衝到陣前與蕭天佐打在一起，兩人打了二十多個回合不分勝負。楊五郎抽出降龍棒，打中了蕭天佐的肩膀，頓時蕭天佐現出原形，原來是一條黑龍，楊五郎舉起斧子將它斬為兩截。

孟良攻入太陰陣，正好遇到遼將蕭撻懶，兩人剛打了一個回合就把蕭撻懶一斧砍落馬下。孟良率兵殺退了遼軍，從陣後殺出與楊五郎會合。兩人一起破了迷魂陣、太陰陣，殺死遼兵不計其數。

楊五郎押著單陽公主去見楊宗保，告訴他蕭天佐已經被殺，敵人的迷魂陣、太陰陣也破了。楊宗保聽後非常高興，說：「這兩個陣破了，別的陣就不用怕了。」楊宗保下令把單陽公主押出去斬首。穆桂英站出來說：「看這女子長得容貌端莊，並且是蕭太后的女兒，不如留她在帳前聽候命令。」楊宗保覺得她說的有道理，就放了單陽公主。

楊宗保把呼延贊叫到跟前，對他說：「遼軍在玉皇殿布有重兵，你扮作趙玄壇攻打中路。」又對其他部下說：「孟良扮作關元帥，焦贊扮作殷元帥，岳勝扮作康元帥，張蓋扮作王元帥，劉超扮作馬元帥。你們五個人一起出兵，從左右兩側攻打破了敵人的天門陣。」呼延贊等人領命後退下，各自帶領五千人馬出發了。楊宗保安排完之後，與楊六郎一起登上將臺觀戰。

呼延贊帶兵殺向玉皇殿，恰好遇到金龍太子，兩人打在一起。十幾個回合過後，金龍太子假裝戰敗逃走把宋軍引入陣中。孟良、焦贊等人率兵乘勢殺入，到了將臺珍珠白涼傘下，只見那裡殺氣隱隱，不敢貿然前進。呼延贊又帶兵繞過北陣，正遇到土金秀。岳勝剛要進攻，土金秀揮動真武[1]旗，頓時天昏地黑，什麼也看不清。土金秀乘機將岳勝活捉。等到焦贊趕來救援時，四面的遼兵都圍了上來。呼延贊見形勢緊急，率領部下殺出陣去，回到宋營來見楊宗保，把陣裡的情形向他描述了一遍。宋軍清點將士，結果發現岳勝和孟良不見了，有人說是被遼軍捉去了，楊宗保非常鬱悶。就在這時，有人來報兩位將軍回來了。岳勝和孟良來到帳中，岳勝說：「遼軍陣中變幻莫測，要不是孟良扮成遼人來救我，恐怕性命不保。」楊宗保說：「玉皇殿裡有二十八宿，七七四十九盞天燈，變幻莫測都是它們在起作用。」於是楊宗保把孟良叫到跟前，對他說：「你明天再去攻陣，先到玉皇殿前砍倒珍珠白涼傘。」然後楊宗保對焦贊說：「到時候你去砍倒二面日月珍珠皂羅旗，我帶兵在後面接應你們。」孟良、焦贊領命後退下。

楊宗保去見楊六郎，對他說：「這次出兵需要聖上親自前往，才能鎮住玉皇大帝。父親

---

❶【真武】也稱玄武，俗稱眞武大帝、玄天上帝，是道教供奉的神。傳説古淨樂國太子生來就有神力，遊過東海，遇到神仙傳授他寶劍，後來到了武當山修煉，四十二年後成仙，威震北方。玄武與朱雀、青龍、白虎並稱四方之神。

大人破它的右白虎，八殿下破它的左青龍，兒子帶兵破它的正殿。」楊六郎去見真宗，把楊宗保的話複述了一遍。王欽上奏說：「陛下乃是天之驕子，何必親自出征。只需要派將領去就行了，要是不能破陣拿將領問罪。」王欽害怕宋軍取勝，所以故意出來阻攔。真宗同意王欽的看法，剛要拒絕，八王站出來上奏說：「陛下這次出征，正是為了破除遼軍布的陣，今天到了生死成敗的關鍵時刻，怎麼能猶豫退縮呢？怎麼能激勵眾將士？希望陛下親自出征，讓敵人聞風

金龍太子見大勢已去，一個人騎馬逃走，真宗彎弓搭箭一箭把他射死。

喪膽，請聖上為江山社稷著想。」真宗於是同意親自出征，下令準備出兵。

第二天，孟良與焦贊率領手下先殺入陣中，沒有人敢阻攔。兩人殺到玉皇殿邊，孟良砍到了珍珠白涼傘，焦贊砍倒了日月皂羅旗。這時，遼將土金牛、土金秀二人殺了過來，與孟良和焦贊打在一起。孟良被怒激，一斧劈死土金牛，焦贊也斬了土金秀。遼軍看到將軍被斬陣腳大亂，結果被宋軍全殲。楊六郎帶人攻入陣中，射落了四十九盞號燈。二十八員星官從陣中一齊殺出，結果被孟良、焦贊揮刀全部殺死。金龍太子見大勢已去，一個人騎馬逃走，真宗彎弓搭箭一箭把他射死。宋軍大舉進攻，楊宗保發射火箭，把通明殿燒毀，被燒死的遼兵不計其數。孟良等人帶兵趕來，各路大軍會合到一起，攻破了玉皇殿。

楊宗保乘勢下令派孟良攻打朱雀陣，派焦贊攻打玄武陣，派楊六郎、呼延贊攻打長蛇陣。軍令一下，孟良一馬當先率領部下殺入朱雀陣，恰好遇到遼將耶律休哥。耶律休哥挺槍躍馬殺向孟良，兩人打在一起，打了幾個回合不分勝負。就在這時，忽然陣後一聲炮響，劉超、張蓋率人從一側殺出。耶律休哥不佔上風，放棄將臺帶領部下逃走了。孟良帶人乘勢追擊，破了朱雀陣。

焦贊帶人進入玄武陣，耶律奚底上來阻攔。兩人打鬥十幾個回合，耶律奚底知道自己不是焦贊的對手轉身逃走，結果被焦贊快馬追上一刀砍死。遼兵大亂，焦贊乘勢殺散了敵軍，破了玄武陣。楊六郎帶人攻打長蛇陣，守陣的耶律沙看到宋軍來勢洶洶，不敢出來迎戰，最後繞到陣後想要逃走。這時候楊宗保趕到，截住了耶律沙的退路。兩人交戰才幾個回合，孟良、焦贊等人便殺過來助戰。耶律沙進退無門，拔劍自刎死在了馬上。這時宋軍士氣大振，爭相殺敵立功。楊宗保下令進攻遼軍大營。

韓延壽看到天門陣被宋軍破得七零八落，趕緊去問呂軍師該如何應對。呂軍師大怒，說：「我親自出戰，一定擊退宋軍！」於是他親自率領部下趕到陣中。椿岩施展妖法，頓時陣中天崩地裂、日月無光、飛沙走石，宋軍士兵被吹得睜不開眼。一時宋軍被困在陣中，遼兵從四面包圍上來。

正在危急的時刻，鍾道士跑到陣前把袖子一拂，大風立刻改變了風向吹向遼兵，天地復明。椿岩看到鍾道士，趕緊向呂軍師報告，說：「漢鍾離來了，師父快走！」說完之後自己就化作一道金光閃走了。呂洞賓剛要逃，被漢鍾離喊住。漢鍾離說：「就因為當初幾句戲言，你下凡害死了這麼多性命。好好回洞去，我們還是師徒；不然的話，罪不可赦。」呂洞賓無言以對，說：「弟子今天才知道凡事自有天定，不可違背，願意隨師父回去。」於是兩位神仙駕著紅雲離開，回蓬萊仙境去了。

第三十九回　王欽獻計圖中原

這時，蕭太后的正營中還有七姑仙、四門天王沒有破。楊宗保下令：八娘、九妹、黃瓊女、穆桂英率兵攻打七姑仙，楊五郎率兵攻打四門天王。眾將領命，帶兵出發。八娘、穆桂英殺掉番國獨姑公主等七人。楊五郎率領部下也殺死了耶律尚、耶律奇等四位遼將。

韓延壽知道大勢已去，慌忙跑進營中，對蕭太后說：「太后快走！到處都是宋兵。」蕭太后也非常慌張，問道：「呂軍師在哪兒？」韓延壽沮喪地說：「呂軍師早就逃走了，不知去向。」蕭太后無計可施，不知道該如何應對，最後乘一輛小車與韓延壽、耶律學古等人向山後逃去。楊六郎知道蕭太后逃走，帶著部下來追趕。焦贊追在最前面趕上了韓延壽，大叫一聲：「趕緊投降，饒你一死。」韓延壽回馬與他作戰，結果不出兩回合就被焦贊生擒了。孟良等人繼續追趕，遼兵丟盔棄甲紛紛逃竄，蕭太后從一條偏僻的小路逃走了。

這一戰，楊宗保大破七十二天門陣，殺死遼兵四十多萬人，橫屍遍野，血流成河。幾百年後，這裡的白骨還堆積如山，讓見了的人無不感歎當時戰爭的慘烈。

大獲全勝之後，楊宗保下令收兵回營。第二天，部下押著韓延壽來見楊宗保。楊宗保罵道：「你不是誇自己是天下第一英雄嗎？今天怎麼成了階下囚？」韓延壽低頭不語。楊宗保又說：「留著你這樣的奸賊又有何用？」於是將其推出去斬首。楊宗保下令記錄各將領破陣的功績，並派人在軍中打聽鍾道士的消息，大家都說不知去向。這時候楊宗保突然明白，鍾道士乃是仙界的漢鍾離下凡。楊宗保下令，各將領按順序排好營隊等待聖上降旨回朝。一時間宋軍威名遠揚，附近各國無不驚駭。

楊六郎把諸將的功績上報給真宗，真宗說：「等班師回朝再商議封賞的事。」楊六郎上奏說：「如今遼兵大敗，正是千載難逢的好機會，陛下應當乘勢進兵攻打幽州，讓蕭太后獻出輿圖❶之後再班師回朝，這樣天下就可以太平了。」真宗說：「現在遼軍已經退去，我軍將士作戰時間這麼久也都疲憊了，應該先回去養精蓄銳，等來日再攻打幽州。」

兩天之後，真宗下令班師回朝，並在九龍谷修建關隘，留王全節、李明及其部下鎮守；其餘征戰的將領一起隨聖駕回汴京。聖旨一下，軍中將士無不歡呼雀躍。第二天一早，大軍離開九龍谷。楊六郎擔任先鋒，楊宗保擔任後隊，真宗與眾臣在隊伍中間，宋軍浩浩蕩蕩向著汴京方向走去。

不到一天時間，大軍就到了離汴京不遠的地方，留在朝中的文武官員出城迎接。第二天上朝，真宗宣楊六郎上前，撫慰他說：「這次出征多虧了你們父子二人，朕應當論功行賞。」楊六郎說：「這都是諸將的功勞，臣父子怎麼能獨自享受皇恩呢？」真宗下令設宴犒賞出征的將士，楊家的女將們也都出席。當天君臣開懷暢飲盡興而歸。

第二天，楊六郎入朝謝恩。真宗賞賜他黃金甲二副，白馬二匹，錦緞十二車。楊六郎當場拒絕，態度非常堅決。真宗說：「這些不過是小小的獎賞罷了，希望你就別再推辭。」楊六郎只好接受了。回到無佞府，楊六郎參見令婆，將皇上的恩賜向她稟報。令婆說：「你離開三關這麼長時間，應該回去了，以防遼兵趁機攻打。」楊六郎答應了母親。當天，楊六郎在楊府中設宴犒賞部下將領。楊宗保、岳勝等二十位將領坐在左側；穆桂英、黃瓊女、單陽公主等二十員女將坐在右席，楊令婆、柴太郡、楊六郎坐在中間，大家依次入座。宴席上大家相互敬酒，有人出來舞劍助興，眾人開懷暢飲好不歡樂。

酒至半酣，楊五郎起身對母親說：「兒子不孝，與佛的緣分未了，再說弟弟已經建立大功，我留在軍中也沒什麼用處，今天就與母親、妹妹告辭回五台山去。」令婆說：「這都是命中注定的，是去是留你自己決定。」於是楊五郎與眾人告別，帶著手下的僧人回五台山去了。當天晚上眾人盡興後才結束宴席，各自回去休息。第二天一早，楊六郎上朝告知真宗自己要回去鎮守三關以防不測。真宗讓楊六郎回三關去，還封楊宗保為監軍，負責巡視京城。

---

❶【輿圖】地圖，也指疆域。一個國家向另外一個國家投降的時候會獻上輿圖，表示歸順。

宋軍得勝歸來，只有一個人心懷不滿，那就是王欽。他心想：「我入朝廷已經十八年了，還沒能幫助蕭太后建功立業。」想到這裡，他心生一計，於是入朝去見真宗，上奏說：「臣蒙陛下收留任用，到現在沒有立下一點功勞，實在慚愧。如今遼軍被我軍打敗，肯定心中畏懼，不如藉這個機會，陛下召他們歸降，免得日後再生禍端。」真宗說：「你對朝廷真是盡忠啊。」於是真宗下令派武軍尉周福和王欽一起，帶著聖旨去遼國讓他們歸降。兩個人帶著聖旨離開了汴京向幽州趕去。

在路上的時候，王欽問周福：「我們走哪條路去幽州？」周福說：「有兩條路可以走，一條路要過黃河，一條路經過三關。」王欽聽後心裡想：「要是從三關走，肯定會被楊六郎攔住，不如找個藉口從黃河走。」於是他對周福說：「壞了，我有一份要緊的文書落在家裡了，你先走一步，我回去取，隨後就到。」周福不知道這是王欽設的計，信以為真，自己帶著聖旨先走了。

王欽一個人騎馬來到晉陽府，守官薛文遇不知道他來幹什麼，出城迎接。回到府中，薛文遇問他說：「不知道樞密來這裡有什麼公務？」王欽說自己奉旨前往遼國招降，並讓他準備過黃河的船隻。薛文遇說：「這事簡單。」於是薛文玉調撥船隻，把王欽送到了黃河北岸。下了船之後，王欽向幽州趕去。

周福帶著手下來到了三關的地界，被楊六郎手下巡邏的士兵攔住，問他：「來者是什麼人？」周福說道：「欽差王樞密奉旨去遼國招降。你是什麼人，竟敢來攔截？」巡邏的士兵說：「日前八殿下曾經派人來報信，說王樞密準備私下勾結遼國，讓我們提防著他，沒想到今天果然就來了。」眾人一齊下手，把周福和他手下都綁了起來。巡邏兵上報楊六郎，說捉到了王欽。楊六郎非常興奮，說：「這個賊人當初因為我推薦做了大官，結果三番五次要圖謀作亂，沒想到今天會自投羅網，這次絕不饒他。」眾人把周福帶到帳前，兩邊劍戟如麻、槍刀密布，嚇得周福面色如灰說不出話來。

楊六郎一看見周福，生氣地說道：「這人不是王欽，你們為什麼虛報？」這時周福才敢開口說話：「將軍饒命，我是周福。」楊六郎問他為什麼會在這裡。周福說：「聖上派小人與王樞密一起去遼國招降，王樞密因為把文書落在家裡，所以讓我先走，沒想到會被將軍的手下捉住。」楊六郎笑著說：「這麼重要的事會把文書落在家裡，還是出了城之後才發現，肯定是他知道了消息想辦法逃走了。」楊六郎下令為周福鬆綁，並帶他來到帳中。楊六郎對他說：「你還記得當初在河東作戰時潘仁美的事嗎？」周福說：「小人還記得。」楊六郎說：「那我們是老相識了，你不要害怕。」楊六郎下令讓人準備飯菜，留周福在營中住了一宿。第二天，楊六郎又派人把周福送出了三關。

王欽悄悄來到幽州城，先去找大臣秘密通報，第二天早朝的時候才去見蕭太后。蕭太后一見到王欽勃然大怒，拍著桌子罵他：「好你個賊人，我生吃了你的肉才能解恨！我正愁怎麼捉到你呢，沒想到你自己尋死來了。」說完後蕭太后下令讓軍校把他推出法場碎屍萬段。軍校領旨將王欽捉住，剛要帶走，這時耶律休哥上奏說：「太后暫且息怒，今天他既然來了，肯定有什麼計畫，等他說完再斬不遲。」蕭太后的火還沒消。耶律學古也上奏說：「如今王欽已經是籠子裡的鳥，殺了他有什麼難的，請太后先聽他有什麼話要說。」蕭太后於是讓人把王欽放了，問他來幽州做什麼。

蕭太后聽了這番話，臉色才稍微好看了一些，問他：「你有什麼能謀取中原的計策？」

王欽被嚇得半天才說出話來，他說：「臣自從到了宋朝，一直想找機會報答太后，但是一直沒找到機會。現在宋朝皇帝想讓太后獻出輿圖投降宋朝，不然的話，就起兵來攻打。臣知道遼國剛剛打了敗仗不是宋軍的對手，所以要求親自來招降，順便獻上謀取中原的計策，來報答太后的恩德。」

蕭太后聽了這番話，臉色才稍微好看了一些，問他：「你有什麼能謀取中原的計策？」王欽說：「現在宋朝的大將都被派到邊關去鎮守，朝中只剩下十大文臣。太后可以回信，說王欽官位太低，不能接受輿圖，必須派大臣親自前來，在九龍飛虎谷獻上輿圖。等大臣們來了之後，再出兵困住他們，然後挾大臣以令宋君，要求與他平分天下。宋朝皇帝肯定會以大臣為重，答應這個要求。到那時再伺機進兵，定能成功。」蕭太后說：「誰去宋朝送信？」王欽說：「臣願意辛苦再跑一趟。」太后立即寫了回信，讓王欽帶著回汴京。王欽離開幽州城趕往汴京，結果路上正好遇到周福和他的手下。王欽把蕭太后回信的事跟周福說了一遍，周福非常高興，與王欽一起過了黃河回到汴京。

王欽入朝去見真宗，上奏說：「臣奉命到遼國去招降，蕭太后同意獻上輿圖。但是，因為此事事關重大，臣位卑言輕沒能與她達成協議。蕭太后希望陛下派出十大朝官，去九龍飛虎谷與他們交接。臣特意回來覆命。」真宗聽說遼國願意投降，非常高興，立即下令讓十位大臣準備出發。

第四十回　十朝臣受困九龍飛虎谷

寇準、柴玉、李御史、趙監軍等人領旨後退下，來到八王府中商議。寇準說：「這肯定是奸人的計謀，要是去了肯定會遭遇不測。」柴玉說：「但是聖上已經下旨，怎麼敢違抗呢？」八王說：「各位不要擔心，這次我們去九龍飛虎谷會經過三關寨，到時候見到楊延昭，讓他派軍保護我們，這樣就沒事了。」第二天，十大朝官來與真宗告辭。真宗說：「愛卿們這次前往是為了江山社稷，一定要謹慎行事。」八王等人領命後離開汴京，向三關進發，並且先派人去通知楊六郎。楊六郎知道消息後，派孟良、焦贊在半路上迎接他們。

不久，八王與眾人來到梁門關附近，被孟良和焦贊的人馬攔住去路。他們大叫道：「來者是不是八殿下？」八王上前說：「是誰在攔路？趕緊去通報你們將軍。」孟良下馬參拜，說：「將軍派小人來迎接殿下，已經在這裡恭候多時了。」八王與眾官在孟良的帶領下一起來到三關。剛入關，又有一隊人馬來到，原來是楊六郎親自來迎接。八王見了楊六郎非常高興，兩人一起來到帳中。十大朝官也跟隨入帳，大家依次坐下，楊六郎派手下設宴為眾大臣

接風。

酒至半酣，楊六郎起身問八王：「不知殿下與諸位大臣到這裡來有什麼事？」八王說：「我們來這裡是想跟將軍商量一個計策。最近聖上想要平定遼國，沒想到奸臣王欽帶著聖旨去見蕭太后，結果回來說蕭太后同意歸降，但是必須要十大朝臣到九龍飛虎谷去才肯獻上輿圖。聖上下令派我等人前往。料想這個計謀肯定是王欽設下的，等我們進了九龍飛虎谷，就像羊入虎口肯定有去無回。所以今天特意來向將軍借兵，破了遼國人的計謀。」楊六郎說：「前幾天我差點捉住這個賊人，沒想到他繞道去了黃河。既然現在他又設下這樣的計謀來謀害本朝大臣，我應該將他消滅拿回輿圖。」八王聽後非常高興，說：「有將軍調度，我們就放心了。」大臣們也都很高興，大家開懷暢飲，盡興後才散去。

第二天，楊六郎召過孟良、岳勝、焦贊、林鐵槍、宋鐵棒、姚鐵旗、董鐵鼓、丘珍、王琪、孟得、陳林、柴敢、郎千、郎萬、張蓋、劉超、李玉等二十多人，吩咐他們說：「這次出兵難免要大動干戈，你們一定要保護好朝臣。」岳勝說：「將軍安排得很周到，但要是遼軍中有人認出我們、懷疑我們，毀約不投降，那不是耽誤了大事？」楊六郎說：「我有一計，你們每個人挑一個箱子，打扮成大臣的下人，然後把兵器都藏在箱子裡，上面用衣服蓋住。你們再準備些兩截的竹筒，上面一截存水，下面一截藏棍棒。要是有遼兵查問，你們就說帶著水路上飲用。這樣做保證沒事。如果有什麼意外，你們就隨機應變。」岳勝等人領命後退下。

八王與楊六郎告辭，與眾臣一起離開三關前往九龍飛虎谷。當時正值初冬季節，寒風拂面，鴻雁聲悲。十大朝官騎在馬上，看到路兩邊白骨累累，斷戟殘戈無數。八王歎息道：「當初漢、周曾經在這裡交兵作戰，人民苦不堪言。」聽到這些話，眾臣無不感慨歎息。

宋朝大臣到來的消息傳到幽州，蕭太后任命耶律學古為行營總管，率領一萬精兵先去等候。耶律學古領命，帶兵趕赴九龍飛虎谷，在谷中央安營紮寨。第二天，耶律學古親自出去巡視，回來對部下謝留、張猛說：「這個山谷四面都是絕路，只有東邊有一塊平坦的地方，能容納五六百人，可以先在那裡擺下宴席，等宋朝大臣到來再商議對策。」謝留說：「這個計策好。」話剛說完，有人來報宋朝十大朝臣已經到了。耶律學古吩咐部下躲在遠處不要被發現，自己親自出去迎接。八王與耶律學古在馬上互相施禮。八王說：「你們主人自己說要獻上輿圖，將軍有沒有什麼意見？」耶律學古回答說：「這裡不是議和的地方，這件事明天在軍帳中商議如何？」八王答應了，並帶領眾大臣在正南方向安營。

耶律學古回到帳中，召集謝留、張猛來商議，說：「我明天要效仿當年楚霸王在鴻門宴❶請漢高祖的故事，酒席上舞劍，捉住宋朝大臣，你們二人要用心立功。」謝留說：「小人一定使出平生所學為國立功。」耶律學古又對太尉韓君弼說：「你帶領一萬人馬，在谷口埋伏，一有動靜就殺出來把宋臣包圍。」韓君弼領命後退下，帶兵出發。安排好之後，耶律學古一面讓人在谷口準備宴席，一面派人去宋營中送信。使者來到宋營，見到八王，說：「總管有命，請諸位大臣明天商議納降的事情，不准攜帶兵器。」八王看過來信，寫了封回信讓使者帶回去，答應了耶律學古的要求。寇準說：「這次出行要不是殿下有先見之明，帶著楊將軍的部下一起來，恐怕有來無回。」八王說：「明天先去赴約，看他有什麼說法。」眾人散去。

第二天，耶律學古在谷口等候，只見遠處塵土飛揚，宋臣各自騎馬前來。來到近前，耶律學古看到沒有宋軍跟著一起來，心中暗自高興。他請眾人來到谷中，大臣們依次入座。八王說：「蕭太后肯歸順宋朝，真是救百姓於水火之中，蒼生萬幸。」耶律學古笑著說：「我們太后早有歸降的意思，這件事我們慢慢說，現在先喝酒。」耶律學古下令讓人送上美酒佳肴，並命樂工彈奏曲子。

耶律學古問寇準：「你可曾記得咸平年間，遼國進貢錦皮暖帳，結果被你直接扣下沒有上奏，導致兩國交戰，你這樣做是在為國著想嗎？」寇準厲聲回答：「我們聖上天天忙著治

---

❶【鴻門宴】西元前二〇六年，劉邦和項羽在咸陽郊外的鴻門舉行的一次宴會，後來多用來比喻不懷好意的宴會。當時劉邦與項羽都是起義軍，項羽聽說劉邦要稱帝，便設下鴻門宴想要趁機殺死劉邦，可最終還是被劉邦逃脫了。

國，誰有心思扣你的錦帳？今天是來跟你們遼國議和的，你們獻上輿圖就是了，何必再講以前那些往事？」耶律學古說：「獻上輿圖的事情不著急，先讓我的部下給大家舞劍，助助酒興。」八王說：「你說不准帶兵器，這又不是鴻門宴，何必舞劍？」話還沒說完，謝留已經來到中間，手提長劍，在宴席前舞了起來。八王見勢頭不好，於是叫道：「下人在哪裡？」孟良早已被激怒，來到前面說：「只有你們遼國人會舞劍不成，我大宋就沒有壯士了嗎？我也來舞劍為大家助興。」說完之後，抽出長劍，與謝留兩人舞了起來。

耶律學古看到孟良氣勢很盛，心想：「這人一定是宋將，不能與他這樣打下去。」於是說：「舞劍沒什麼意思，不如射箭助興。」孟良說：「要走馬射還是穿楊射，隨便你選。」謝留說：「騎馬射箭太平常，沒什麼看頭。」孟良說：「那你說怎麼射？」謝留說：「先將一個活人綁在柱子上，朝他連射三箭，誰能躲得開誰就是贏家。」孟良聽後暗笑，心想：「這個賊人是想暗算我，等我先殺了他，挫一下遼軍的士氣。」於是答應，說：「誰先射？」謝留說：「我先射。」孟良很痛快地答應了，面無懼色。他讓人把自己綁在柱子上，喊道：「隨便你射三箭。」八王等人在一邊看著，心裡忐忑不安。謝留彎弓搭箭一箭射過去，結果被孟良用牙咬住。第二箭朝脖子上射去，被孟良用手撥開。謝留再朝孟良肚子上射一箭，不料孟良帶著護心鏡沒有射穿。十大朝官連聲為孟良喝采。

孟良說：「把你的弓箭借給我用一用。」謝留無可奈何，只好讓人把自己綁在柱子上。

謝留已經來到中間，手提長劍，
在宴席前舞了起來。

孟良拉開弓箭，一箭射去故意沒有射中。謝留心想：「這人只會舞劍，不會射箭。」於是說：「再讓你射兩箭。」孟良又射一箭，正好射中謝留的脖子，謝留當場斃命。

耶律學古看到謝留被射死，勃然大怒，說：「原本是來講和的，為什麼要出手傷人？」並喊手下人：「來人啊，把他們給我拿下！」只見宴席後面衝出來五六百人，岳勝、焦贊等人也都打開箱子、竹節，拿出藏在裡面的長槍短劍與遼兵打在一起。耶律學古看到宋人早有提防，於是自己先走了。結果遼軍被宋軍殺死了一半。

孟良急忙護送朝官出谷口，忽然幾聲炮響，韓君弼帶領伏兵殺出來把谷口堵住。岳勝怕被遼軍困在谷裡拼命突圍，但是山上箭石齊下不能靠近。前面過不去，後面是絕路，四下都是陡立的峭壁，宋軍一時無路可走。

第四十一回　楊四郎暗送糧草

八王與十大朝官被困在谷中，無計可施。寇準說：「當初來的時候大家就知道這次出行肯定不會順利，所以現在只能暫時忍耐，商量一下如何脫身。」八王說：「如今糧草已經耗盡，援兵還沒有來到，要是遼兵這時候乘虛而入，那就麻煩大了。」孟良說：「殿下不要擔心，等遼軍稍有鬆懈，小人就偷偷溜出山谷回三關搬救兵。」八王同意，大家按兵不動。

耶律學古圍困了宋臣，與張猛商議說：「我們只要堅守住就好了，無論他們如何勇猛也出不了山谷。」張猛說：「實在是妙計，只是怕消息傳出去宋軍會來救援。不如先奏明太后，讓太后派大軍來協助，保證萬無一失。」耶律學古於是立即派人回幽州，奏明太后。

蕭太后得知消息後，與群臣商議。耶律休哥上奏說：「我們把宋臣圍困在谷裡，這是好消息，太后應該乘機發兵接應，為下一步謀取中原做準備。」蕭太后說：「最近遼軍剛剛打了敗仗，良將已經不多了，如今連保駕的先鋒都沒有，怎麼出兵？」話剛說完，官員中站出來一人，說：「小將不才，願意保護太后車駕剿滅宋軍。」大家一看，原來是駙馬木易。木

易上前一步說：「臣承蒙太后厚恩正想報答，今天就讓臣來保駕吧。」蕭太后非常高興，說：「前些天有官員對我說：『要想幽州興盛，應該有人出來輔佐。』我想這人就是你。」於是蕭太后封木易為保駕先鋒，率領女真、西番、沙陀、黑水四國共十萬人馬出兵。

第二天，蕭太后的車駕離開幽州，大軍浩浩蕩蕩地向九龍飛虎谷進發，沒用多久就到了，耶律學古在半路上迎接。到了營帳中，耶律學古上奏說：「託太后洪福，宋朝十大朝臣已經被臣困在谷中，最近聽說他們糧草快要耗盡，用不了多久就能把他們捉住。臣擔心大宋

木易心生一計，寫了封信，綁在箭頭上，射到了山谷裡……

發兵來救援，所以特請陛下親自前來。」蕭太后聽後非常高興，說：「這次要是捉住了十大朝臣，足可以一洗當年戰敗的恥辱。」於是蕭太后將軍馬分為二個大營屯紮：耶律學古率領女真、西番士兵在正北方向屯兵，木易駙馬率領沙陀、黑水軍馬在西南方向屯兵，兩個大營相互接應。耶律學古和木易領命後退下，各自帶兵去安營紮寨。

木易帶領人馬在西南方向安營。當天夜裡，風平浪靜，滿天星斗熠熠生輝。木易在帳裡心想：「如今十大朝臣被困在山谷裡，遼軍兵強馬壯，宋軍救兵還沒到，而他們已經斷了糧草，恐怕很難脫險。」於是他心生一計，寫了封信綁在箭頭上射到了山谷裡，然後派人將幾十車糧草秘密運到山後。這支箭是一支響箭，孟良聽到箭聲拾到了這封信。孟良把信交給八王，八王打開一看，上面寫道：「楊延朗頓首❶拜八殿下、十大朝臣：現在遼軍勢盛，諸位不要隨便行動，不然只是徒勞無益。不久之後就會有救兵，當前需要忍耐。現在給你們準備了二十車糧草，放在九龍谷正南方山後，夠吃一個月的，你們自己去取。事關機密，不要洩露。」

看過信後，八王喜出望外，對寇準說：「這封信是楊將軍寫的，說在山後準備了糧草救濟。現在遼國讓他率兵前來，我們暫時安全。」寇準說：「既然如此，應該派人去打探一下。」孟良說：「小將願意前往。」八王同意了他的請求。於是孟良帶著十幾個人，連夜來

---

❶【頓首】磕頭，古時候常用在書信中，表示對對方的尊敬。

到山後打探，果然看到那裡有二十車糧草。孟良帶人將這些糧草運回谷裡。八王說：「糧食問題已經解決了，但要是救兵遲遲不來，恐怕還是難以脫險。」孟良說：「殿下放心，小人偷偷出谷去汴京求救兵。」八王說：「你去再好不過了，不過你也要小心。」孟良說：「小人自有辦法。」孟良與八王告辭，從山後走出山谷。大約走了一里路就遇到了巡邏的遼兵，孟良寡不敵眾被遼軍捉住，捆綁起來去見木易。木易見到孟良大吃一驚，怒斥他說：「我派你回幽州去見公主，有緊急事要通報，你怎麼被人捉住了？」孟良知道這是在保護自己，於是說：「天還沒亮，走錯路了。」木易說：「趕緊去送信。」巡邏的士兵趕緊給他鬆綁，把他放走了。

孟良走出遼軍大營，心想：「多虧了楊將軍，不然今天就沒命了。」孟良又想：「要是去三關報信，還要等到朝廷批准才能出兵，恐怕會耽誤事；不如直接去五台山，請楊禪師來救援才來得及。」於是向五台山趕去。

來到五台山，見到楊五郎。楊五郎問他：「你為什麼一副遼國人的打扮？」孟良說：「因為事出緊急，特意趕來向師父求救。蕭太后用詭計把十大朝官圍困在九龍飛虎谷裡，形勢十分危急。現在奉八王之命，準備去三關求救兵，但是怕時間太長耽誤大事。五台山離九龍飛虎谷近在咫尺，希望師父下山，解除國難。」楊五郎沉默了很長時間，對孟良說：「我跟你又不是冤家，你為什麼三番五次來打擾我？」孟良說：「小人不是為了自己的私利來求師父，再說看在楊將軍的份上，若是師父不去，十大朝臣難逃此劫，到那時師父恐怕也不會心安。」楊五郎說：「我本來不想去，但看在是八王派你來的份上，我就帶人跟你走一趟。」

五台山離關西很近，那裡窮凶極惡的人很多，凡是有人犯了法，就逃到寺裡面出家為僧，楊五郎將他們收留。於是，楊五郎手下的僧兵都所向無敵。當天，楊五郎集合了寺裡的一千多位僧人準備出兵救援。臨行前孟良說：「師父你先走一步，小人再去三關通知楊將軍，讓他一起發兵救援。」楊五郎答應了他。孟良立即告辭下了五台山，趕到三關。來到寨子裡見到楊六郎，孟良將朝官被圍困的事情說了一遍。楊六郎說：「我立即派兵去救援，你趕緊到汴京去奏明聖上。」孟良領命，連夜趕赴汴京奏明真宗。

真宗得知消息後非常吃驚，宣孟良上殿，問他：「朝臣被困多久了？」孟良說：「已經被困將近一個月了，幸虧得到楊延朗的救濟才得以保命。如今三關已經派出兵去援救，希望陛下再派人去接應。」真宗問文武百官說：「誰願帶兵前去救援？」話音未落，楊宗保站出來上奏說：「臣願意前往。」真宗非常高興，於是任命老將呼延贊為監軍，楊宗保為先鋒，率領五萬人馬出兵救援。楊宗保領命後退下，回到無佞府與令婆告辭。令婆說：「可以帶八娘、九妹一起去。」楊宗保說：「那就更好了。」人員齊備之後，孟良為前隊，楊宗保為中隊，呼延贊率大軍隨後，向九龍飛虎谷進發。

消息傳到遼軍營中，有人上報蕭太后說宋軍長驅直入趕來救援。蕭太后立即召集耶律學古等人商議對策。耶律學古上奏說：「太后不要擔心，我們有四國軍馬，怎麼可能害怕宋軍，等臣帶兵迎戰肯定能贏。」蕭太后說：「愛卿要用心調度，不要掉以輕心。」耶律學古領命後出了營帳，把女真國王胡傑、沙陀國大將陳深、西番國駙馬王黑虎、黑水國王王必達召集到一起，吩咐道：「明天與宋軍交戰，你們一定要盡心盡力，打了勝仗太后肯定會重賞諸位。」胡傑說：「總管放心好了，不殺完宋兵，我們不會停下的。」

話剛說完，有人來報宋兵已經到了。耶律學古立即帶領部下擺開陣勢迎敵。只見宋軍的旌旗下面有一位勇將，此人正是楊五郎。楊五郎高聲罵道：「殺不盡的蠻人趕快退去，饒你們一死。不然的話，讓你們死無葬身之地。」耶律學古大怒，對手下諸將說：「誰先出戰，挫一下宋軍的士氣？」女真國王胡傑出陣說：「等我去斬了這個匹夫。」說完便挺槍躍馬殺向楊五郎，楊五郎舞斧迎戰。兩軍吶喊聲不斷，兩人打了幾十個回合，胡傑漸漸落了下風，見勢不妙撥馬就逃，楊五郎乘勢帶領僧兵向遼軍殺去。就在這時，王黑虎舞著方天畫戟殺了出來，將僧兵的隊伍截成兩段並將其包圍。王必達提著斧子拍馬趕來，遼軍越來越多，喊殺聲不斷。楊五郎看到周圍全是遼兵，幾次想要突出重圍，結果都被攔了回來。

正在這危急之間，忽然西南方向塵土飛揚，鼓角齊鳴，一隊人馬殺了過來，原來是八娘、九妹、楊宗保率軍趕到了。八娘一馬當先遇到王必達，兩人打在一起。幾個回合之後，九妹率兵從一側來接應，王必達扔掉方天畫戟撥馬逃走，九妹追擊。王必達逃到谷口被一位大將攔住，原來是呼延贊。呼延贊厲聲說道：「快快投降，免你一死。」不出幾個回合，王必達就被呼延贊擒住。宋兵乘勢猛攻，孟良帶人殺入遼軍的北營，正好遇到沙陀國陳深趕到，兩人剛一交手，孟良大喝一聲：「賊人不要逃！」一斧便把他劈落馬下。

楊宗保看到前方宋軍連連取勝，於是催動後軍上前追擊。八娘奮勇當先與胡傑打在一起，她拋起紅絨套索把胡傑生擒活捉。楊五郎勒馬殺回，其部下的僧兵砍斷了王黑虎坐騎的馬腳，王黑虎被掀翻在地，宋兵一起上前把他捉住。

耶律學古看到遼軍陣腳大亂，趕緊到營帳中報告蕭太后，說：「太后快走！宋兵太英勇了，四國將帥都被他們捉去了。」蕭太后聽後嚇得心驚膽戰趕緊上馬，耶律學古與張猛拼死保護她，一起向幽州方向逃去。楊宗保帶兵在後面追擊。

蕭太后一行正在慌忙趕路，突然坡後殺出一隊人馬，原來是楊六郎帶救兵趕到。遼兵一見楊六郎，嚇得丟盔棄甲紛紛逃竄。蕭太后仰天長歎，說：「今天我注定要死在這裡，你們好自為之吧。」說完就要拔劍自刎。耶律學古說：「太后不要慌，幽州尚有幾十萬大軍，還可以跟宋軍一戰，如今距離幽州已經不遠，何必自尋絕路呢？」張猛說：「太后從小路逃走，我去擋住敵兵。」蕭太后放棄了自殺的念頭，和耶律學古一起往邠谷逃去。

第四十二回　裡應外合破幽州

楊六郎帶著人馬趕來，張猛上前攔截，結果不出幾個回合就被楊六郎一槍刺死，其他遼兵也都被宋軍消滅。楊宗保帶領部下趕到，兩軍會合到一起，商議繼續追擊。這時候楊四郎騎馬趕來，說：「弟弟趕緊帶人去谷裡救出朝臣。幽州屯有重兵不可以冒進，等我回去裡應外合，一定可以一舉拿下。」楊六郎覺得他說得有道理，就帶兵趕往山谷中去了。木易也帶兵向幽州趕去。

韓君弼得知遼軍戰敗正想逃走，結果迎面正遇到趕來的孟良。兩人打在一起，韓君弼被孟良一斧砍為兩段。被困在谷裡的岳勝、焦贊等人聽到外面喊殺聲不斷，知道救兵來了也乘勢殺出，保護十大朝臣出了山谷。

楊六郎調集人馬，下令將捉住的遼兵全部斬首。八王等人對楊六郎說：「要不是你來救援，恐怕朝臣不保，也有損聖上威嚴。」楊六郎說：「聖上因為殿下被困整日憂愁，特派將軍與小兒帶兵來救援。託聖上洪福，擊退了遼軍。」八王說：「將在外，君命有所不受。

蕭太后屢屢作亂騷擾我邊境，不如這一次乘勢攻打幽州讓她獻上輿圖。這可是個千載難逢的好機會。」楊六郎說：「就是殿下不說，我也要彙報這件事。四哥跟我說，幽州屯有重兵，他找機會起兵與我們裡應外合，一定能取勝。」八王說：「這件事你去辦，朝廷方面有什麼事我來應付。」楊六郎派岳勝、孟良、焦贊帶兵先出發，八娘、九妹、楊宗保率兵在後面接應，呼延贊保護朝臣，擔任監軍。安排好之後，岳勝等人率兵向幽州進發。

蕭太后逃回到幽州，又生氣又無計可施。耶律休哥上奏說：「勝敗乃兵家常事，太后不必憂慮。城中囤積的糧草夠吃十幾年，另外還有幾十萬將士。宋軍要是見好就收，我們也就暫時不追究了；要是他們敢來侵犯，我們就跟他們決一死戰。」蕭太后說：「四國的人馬都被消滅了，也沒有好的將領，誰能帶兵破敵？不如向大宋投降，黎民還能不受戰爭之苦。」張丞相說：「太后為什麼因為一場敗仗就失去了志氣呢？自晉朝以來，中原都怕我們大遼，雖然今天受了些挫折，但仍舊有實力稱霸一方。等宋兵再來，臣等背水一戰定能退敵。」這時有人來報，說駙馬木易回來了。

太后宣木易上殿，問他說：「我正擔心駙馬被宋軍捉住呢，你是怎麼回來的？」木易上奏說：「臣在西南屯兵困住了十大朝官，聽說遼軍戰敗就帶人出來救援。這時候援軍和谷中的宋軍一起殺出，臣知道太后的車駕已經離開，這才殺退了宋軍趕了回來，所以回來晚了。」蕭太后又問他：「宋軍聲勢如何？」木易說：「聽說他們要來攻打幽州，太后需要多加防備。」這時候有人來報，說：「宋軍已經趕到，把幽州城圍住了。」蕭太后聽後大驚失色。木易說：「太后不必擔心，臣等一定將宋軍殺退。」蕭太后說：「你們要多加小心，千萬不能大意。」木易領命後退下。

河東莊令公有一個女兒，因為是九月初九生的，所以被稱為重陽女。重陽女從小習武，武藝高強，當初曾經被許配給楊六郎，但是後來戰事頻繁，這樁婚事也就被耽誤了。聽說宋朝十大朝官被圍困在谷中，重陽女就帶兵來救援，順便想打探一下楊六郎的消息。有人回來報告，說楊六郎已經殺退了遼兵救出朝臣，正在圍攻幽州。重陽女聽後就帶領部下趕到宋軍營中，並派人通報楊六郎。楊六郎得知消息後突然記起還有這麼一件往事，於是派岳勝出營迎接。

重陽女來到帳中與楊六郎相見，兩人都喜出望外，互訴往事。楊六郎說：「現在戰事未停，等我回去見到令婆，再商量我們之間的事。」重陽女說：「我是來這裡建功的，正好幫你出戰。我暗地裡去投靠蕭太后，然後與你裡應外合怎麼樣？」楊六郎說：「這樣我們定能一舉獲勝。」重陽女帶領一萬部下殺到幽州城下，岳勝、孟良等人假裝與他們作戰。

重陽女朝著城上喊話。守城的人向蕭太后報告，說：「城下來了一位女將，從宋軍中殺出，說是來救應。」蕭太后聽後，趕緊跟文武官員一起登上城樓察看，只見來軍的大旗上寫著「河東重陽女」五個大字。蕭太后趕緊派耶律學古打開城門出兵接應，重陽女來到城中參見蕭太后，說：「臣乃是晉陽莊令公之女。劉主對當初宋君討伐一事懷恨在心，所以派小將前來相助，與遼國一起打天下。」蕭太后聽了這番話之後很高興，下令設宴款待重陽女。酒至半酣，重陽女起身說：「宋兵正在圍城，形勢緊急，臣率領部下先去作戰算作見面禮。」蕭太后准奏，重陽女謝恩後退出。

楊四郎心想：「這重陽女當初曾經許配給了我弟弟，豈有來幫助遼軍攻打自己人的道理？這裡面肯定有蹊蹺。」於是楊四郎上奏蕭太后說：「臣率領精兵去幫助重陽女作戰。」蕭太后准奏，木易領命後退出。楊四郎去找重陽女商議進兵的事。重陽女說：「宋兵雖然人多勢眾，但是打敗他們並不難。駙馬先帶兵出北門跟他們交戰，我帶兵在後面接應你。」楊四郎笑著說：「要是按照你說的去做，幽州城一下子就被攻破了。」重陽女聽後非常吃驚，問他：「駙馬為什麼這樣說？」楊四郎說：「不要瞞我了，我們是同路人。」於是楊四郎將自己的來歷以及與楊六郎當初制定的策略全跟她說了一遍。重陽女聽後大喜，說：「原來你早就跟將軍定好了裡應外合的計策，如今我們兩人聯手肯定能成功。」楊四郎說：「這件事太機密，千萬不能洩露出去。蕭太后手下善戰的人很多，必須先除去這些爪牙，然後才能起兵。」重陽女說：「你有什麼計策？」楊四郎說：「明天交戰，先派上萬戶、下萬戶、樂義、樂信上陣，你帶著部下先殺了這四個人，然後領著宋兵殺入城中，幽州城便唾手可得。」重陽女覺得這個計策很妙，回去準備第二天作戰。

第二天，木易派上萬戶、樂義先領兵出戰。上萬戶領命，率領部下殺出城外，正好遇到宋將岳勝。岳勝喊道：「你們已經被圍住了，還不早早投降？」上萬戶回罵道：「你們來到遼國，性命不保，還敢說大話？」說完舞刀躍馬殺向岳勝，岳勝舉刀迎戰，兩人打在一起。結果打了不到兩回合，下萬戶、樂義、樂信便率兵從側面來襲擊。遼軍人多，岳勝抵擋不住撥馬逃走，遼軍乘勢追擊。就在這時，重陽女大喝一聲：「遼兵不要走！」率領部下從後面殺出，手起刀落，樂信被她斬落馬下。樂義大吃一驚，被殺回的岳勝一下子斬為兩截。孟良、焦贊率兵趕來，上萬戶被孟良殺死，下萬戶被亂馬踩死。重陽女一馬當先，率領宋軍殺入幽州城，頓時城中一片大亂。

有人報信給蕭太后，說幽州城已經被宋軍攻破。蕭太后聽後，心想：「我身為一國之君，要是被捉住顏面何存，不如自盡免得被羞辱。」她走到後殿，上吊自殺了。楊四郎來到宮中，正遇上瓊娥公主準備出逃，還對他說：「駙馬快走！太后已經上吊自盡了，現在到處都是敵兵。」楊四郎對她說：「公主不要驚慌，我的真實身分是楊令公的四子，木易是我的假名。這些年你一直對我有恩，宋軍絕不會傷害你的。」公主聽後，跪在地上說：「現在臣妾的性命任憑你處置。」楊四郎說：「公主要是肯跟我一起回中原，我們就一起回去，要不願意也不強求。」公主說：「如今國破家亡，駙馬念在夫妻之情帶我回去，我怎麼會不同意呢？」楊四郎非常高興，讓她收拾了幾車金銀財寶，跟他一起走。剛要出殿，遇到耶律學古，楊四郎喊道：「逆賊不要走！」耶律學古沒有防備，被楊四郎一刀砍死。耶律休哥知道宋兵攻進了幽州城，便把頭髮削掉從後門逃了出去。

楊六郎帶兵殺進幽州城，把遼兵殺了個精光，到處是遼兵的屍體。看到天色漸晚，楊六郎下令停止屠殺。八王等人來到城中，先問蕭太后的下落。有人回報說蕭太后已經在後殿上吊自盡了。八王派人把蕭太后屍體解下來，放在一邊。楊宗保整頓人馬，在城中安營。

第二天，八王和楊六郎來到殿上，清點了宮裡的財物。有人把遼國的兩位太子押了上來，另外宋軍還抓獲張華等四十九位遼國大臣，三十六位遼國將領。楊六郎下令，將這些人關進囚車押解回汴京。楊四郎對八王說：「小人在這裡苟活了十八年，今天見到殿下，覺得無顏以對。」八王撫慰他說：「這次攻打幽州城，都是將軍的功勞，等回去見到聖上，肯定會有重賞，何來的無顏以對？」楊四郎施禮謝過。楊六郎說：「現在幽州已經平定，應該貼出榜文告知各地方，讓他們安心，然後班師回朝。」八王同意，於是下令讓寇準起草榜文，四處張貼。遼國下屬各地方聽說幽州已經被攻破，都紛紛投靠了宋朝。

第四十三回　王樞密罪有應得

八王在幽州城內大擺筵席犒勞將士，大家開懷暢飲。楊四郎對八王說：「小人有一事相求，不知道殿下是否允許？」八王說：「將軍但說無妨。」楊四郎說：「自從我來了遼國，蕭太后一直對我很器重。如今她已經死了，希望能將她的屍骨埋葬，也算是報答她對我的恩情，免得讓人笑我忘恩負義。」八王說：「將軍是重情義的人，這件事就按照你說的去做。」第二天，八王一面上報朝廷，一面下令將蕭太后的屍體埋葬。

楊六郎來見八王，與他商量班師回朝的事。八王下令宋軍分前後兩隊撤退。呼延贊等人準備起程，寇準與大家商議要留兵鎮守幽州。八王對他說：「留兵鎮守有兩個弊端，一是南方人和北方人相處不便，容易起摩擦；二是這裡離中原太遠，就是有人造反一時半會兒也不會知道。不如先回汴京再慢慢商量如何防禦。」寇準同意八王所說。當天，宋軍離開幽州，班師回汴京。

大軍來到汴京城外，八王早已派人回汴京傳捷報。真宗派文武官員出城迎接，楊六郎將

大軍駐紮在城外，八王等人被迎接入城。第二天早朝，八王率領大臣們見真宗，遞上平定遼國的將士功績。真宗看後龍顏大悅，寇準上奏說：「託陛下洪福，楊延昭父子兄弟一心為國，如今平定了大遼。這是流傳千秋的功績，希望陛下能重賞他們。」真宗說：「朕知道他們都立了大功，應該封賞，朕會盡快下聖旨。」

王欽看到遼國戰敗怕惹禍上身，於是假扮成雲遊的道人連夜逃出了汴京城。有人上奏真宗，真宗這才知道王欽的真實身分。真宗勃然大怒，急忙找來群臣商議對策。八王上奏說：「王欽罪惡滔天，不殺不解恨。他現在一定還沒走遠，陛下可以派輕騎兵去追捕。」真宗同意，立即派楊宗保帶兵去追。

楊宗保率兵來到北門，問守軍：「有沒有看到王樞密出城？」守軍說：「剛才有一個道士慌慌張張出城去了，難道是他？」楊宗保知道這道士肯定是王欽假扮的，於是帶兵出城去追趕。王欽趕到黃河邊，對艄公連聲喊道：「趕緊帶我去對岸，肯定多給你報酬。」艄公聽後，便把船撐到他跟前。王欽跳到船上，艄公划船向對岸駛去，眼看就要到東岸了，忽然颳起了一陣狂風，又把船吹回了河中。一連三次，船都不能靠岸。艄公說：「風太大了，靠不了岸，只能等風停了再說。」王欽愈發慌張，只好藏在船篷下面。

不一會兒，楊宗保帶著十幾人騎馬趕到河邊。楊宗保問船上的艄公：「你有沒有見到一位過河的道士？」艄公沒有回答，王欽藏在船篷下面低聲說：「告訴他過去很久了，我願拿出全部財產報答你。」艄公問他：「告訴我你到底是什麼人？不然的話，我不能幫你。」王欽見隱瞞不住，便說出了自己的身分。艄公聽後勃然大怒，說：「這些年你作惡多端，我正愁不知道去哪裡找你報仇呢，沒想到今天落在了我手裡。」艄公於是把船撐到岸邊，告訴了楊宗保。楊宗保派人捉住王欽，押著他回了汴京。

當時正在上朝，文武官員都在朝堂上，真宗下令，讓人把王欽帶上殿來。王欽低著頭不語，他知道自己難逃一死，只希望能早點執行。真宗問八王：「應該如何處罰他？」八王說：「陛下可以大擺筵席宴請各國的使臣，將其凌遲處死以此警示後人。」真宗准奏，行刑人把王欽綁在柱子上，慢慢割下他身上的肉。王欽受不了這種苦，只割了幾十刀就斷了氣。真宗下令把他的屍體扔到野外暴屍。

真宗對八王說：「王欽一開始就在欺騙朕，為什麼朕以前沒有發覺？」八王說：「越是奸臣表現得越忠誠，所以陛下才會被蒙蔽。如今剷除了王欽，朝中上下一片歡騰。」

就在這時，忽然有人上報，大將呼延贊夜裡中風去世了。真宗聽到消息，異常悲痛，說：「呼延贊自從為大宋效力每天都繁忙勞碌，沒有休息過一天，真是忠臣啊。」真宗下令將他安葬，並謚贈忠國公。

天禧元年二月，平定遼國的將士們還沒有得到封賞，真宗召八王入殿與他商議這件事。八王說：「帝王獎賞功臣，要考慮長久。如今天下一統，應該派謀臣良將去鎮守。」真宗又問

楊宗保帶著十幾人騎馬趕到河邊，派人捉住王欽，押著他回了汴京。

他：「當初從遼國押來的俘虜現在還沒有發落，蕭太后的兒子和大臣們該如何處理？」八王說：「當初從幽州班師回朝的時候，寇學士等人曾經提出在幽州留兵鎮守，臣覺得不妥就沒有擅作決定。如今遼國已經歸降大宋，陛下應該把這些人放回去，讓他們自己鎮守，只需要每年納貢就行了。如此一來，邊境自然會安定，當初唐虞之治❶也不過如此。」

真宗非常高興，說：「聽愛卿一番話，朕覺得自愧不如。」於是真宗下令，赦免蕭太后的兩個兒子以及被捉的遼國大臣讓他們回國。聖旨一下，遼國大臣們都很高興，向真宗下拜謝恩。真宗又賜給兩位遼國太子每人一件金織蟒衣，其他封賞也非常豐厚。太子拜謝後帶著大臣們回幽州去了。

第二天，真宗親自擬定聖旨，宣楊六郎進殿，向他宣讀：「愛卿父子破除南天陣立下大功，朕還未封賞，如今又平定遼國，應該一起封賞。」楊六郎拜謝後說：「破除天門陣和平定遼國都是依託陛下洪福，以及諸將士齊心協力，臣功勞很小，怎敢接受封賞？」真宗說：「愛卿不必過於謙虛，朕自有安排。」楊六郎拜謝後退下。當天，真宗就下旨重重封賞了諸位將士。

---

❶【唐虞之治】唐是指堯、虞是指舜，兩人都是傳說中的古代聖明的君主。唐虞之治是指人們想像中政治清明、人民安康的理想時代。

第四十四回　孟良錯手殺焦贊

楊六郎授封之後，第二天到殿前謝恩，上奏說：「臣的部下授封後都啟程上任去了，但是臣家有老母，希望陛下寬限些時日，不勝感激。」真宗說：「愛卿既然要留在家裡孝敬令婆，朕也不便催促。」楊六郎拜謝後退下。

楊六郎回到府中，岳勝、孟良、焦贊、柴敢等人都在等他。楊六郎召集岳勝等人上前，說：「如今聖上論功行賞，你們都得到了官職。趁著現在天下太平都趕緊去上任，光宗耀祖、揚名立萬。路上不要大意，免得耽誤了時間。」岳勝說：「我們的功績都是依靠將軍得來的，今天就要離開將軍，怎麼忍心？」楊六郎說：「這是聖上的恩典，何必說離別這樣的話？你們可以告訴自己的部下，願意跟隨的就帶他們走；不願意跟隨的就賞賜一些錢財，讓他們回家置業。希望各位赴任之後，盡職盡忠，施展才能，成就一番事業。趕緊走吧，不要再遲疑了。」岳勝等人聽後都來拜別，然後各自上任去了。這時只有孟良、焦贊、陳林、柴敢、郎千、郎萬六人留在楊六郎身邊，等楊六郎離開汴京後再啟程。孟良說：「如今各位都

赴任去了，三關寨守關的將士還不知情，將軍要派人去通知他們。」楊六郎同意，立即派陳林、柴敢、郎千、郎萬四人去三關寨調回那裡的守軍，並把那裡的財物一起運回府中。陳林等人領命後退下。

這天夜裡，楊六郎在院子裡散步，抬頭看天只見滿天星斗。此情此景讓他不禁想到了自己的部下，心中一片惆悵。等他回到屋子裡躺下，正要睡覺時，忽然一陣風吹過，隱隱約約一個人站在窗戶下面。楊六郎起身察看，原來是父親楊業。楊六郎大吃一驚，連忙起身，倒地下跪，問他：「大人去世這麼長時間了，怎麼今天突然來這裡？」楊業說：「你起來吧，不必施禮，我有事跟你說。玉皇大帝見我忠義，所以封我為威望之神，我死而無憾。只是，我的屍骨如今還沒有還鄉，你趕緊派人去取回來埋葬，不要讓我的魂魄在他鄉飄蕩。」楊六郎說：「十幾年前我就派孟良去幽州城把大人的屍骨取回來安葬了，爹爹為什麼這樣說？」楊業說：「你不知道蕭太后詭計多端，這件事四郎知道，你問他就是了。」說完之後，楊業化作一陣風走了。楊六郎呆了半天，不知道自己是不是在夢裡，一夜沒睡。

第二天天一亮，楊六郎就去見令婆，把昨晚的事說了一遍。令婆說：「這是你父親顯靈了，特意來通知你。」楊六郎說：「這件事可以問四哥，他知道其中的緣由。」令婆把楊四郎喊到跟前，問他：「昨天夜裡六郎見到你們父親，他說自己的屍骨還在遼國，這到底是怎麼回事？」楊四郎聽了之後很吃驚，說：「母親就是不問，我也剛要說這件事。當初我被遼兵捉去，幾天後見到有人拿著父親的首級來邀功。蕭太后與大臣們商議，怕父親屍骨被宋人偷走，於是用假的屍骨藏在紅羊洞，而把真的留在望鄉臺。當初孟良偷回來的是假的，望鄉臺上的才是真的。」令婆說：「現在遼國已經投降，派人去把真的屍骨取回來，又有什麼難的？」楊六郎說：「要是派人去取，說不定取回來的還是假的。當初父親讓遼國人心驚膽戰，如今他們肯定不會輕易把屍骨還回來。不如讓孟良再去偷一回，把真的拿回來。」楊四郎也同意這個做法。

楊六郎把孟良招到府中，對他說：「有一件重要的事情派你去完成，你要用心。」孟良說：「將軍有事，我一定盡心盡力。」楊六郎說：「令公的真屍骨現在被藏在幽州望鄉臺，你秘密前去取回，事成之後我給你記大功。」孟良說：「當初兵荒馬亂我都給取回來了，何況現在遼國已經歸降，這有什麼難的？」楊六郎說：「你說的有道理，但是遼國人看守得很嚴密，你得小心。」孟良說：「遼國人吃不消我的斧頭，將軍不要擔心。」說完便出發了。

焦贊聽到府裡面有人說話，像在商量什麼事，就問身邊的人：「將軍有什麼吩咐？」有人告訴他說：「將軍一早吩咐孟良前往幽州望鄉臺，取回令公的屍骨，現在正在商議葬禮呢。」焦贊聽後，來到府外，心想：「孟良屢次為將軍辦事，我跟隨將軍多年沒立下什麼功勞，不如我跟著去幽州先把令公屍骨取回來，這份功勞豈不就是我的了？」於是焦贊收拾好裝備向幽州趕去，楊府上下的人都不知道。

孟良日夜趕路，到了幽州城的時候已經是黃昏了。他打扮成遼國人來到望鄉臺，結果被幾位守兵攔住。守兵問他：「你是什麼人？竟敢來這裡？是不是大宋的奸細？」孟良說：「日前宋朝天子放遼國的太子和大臣回國，派我們在附近戍邊的士兵護送，現在任務已經完成，所以來這裡消遣一下，怎麼會是奸細呢？」守兵信了他的話，不再提防他。

天色漸晚，孟良悄悄登上望鄉臺，果然看到一個匣子，楊令公的遺骨就在其中。孟良心想：「當年偷回去的那個和這個果然不一樣，今天這個肯定是真的。」於是解開包袱把木匣包裹起來，繫在背上準備下臺。不曾想到，這時焦贊也來到望鄉臺，正在攀登。爬到一半時，焦贊摸到了孟良的腳踝，便厲聲問道：「誰在臺上？」孟良心一慌，也沒仔細辨別聲音，以為是遼兵來緝拿自己，左手抽出斧子使勁劈了下去，正好劈在焦贊的頭上，焦贊當場斃命。

等孟良下了臺來，看到周圍沒有遼兵，心想：「遼兵要是來緝拿我，怎麼可能只來一個人？這件事很可疑。」等他來到死者面前，借著月光察看，大吃一驚，說：「難道是焦贊跟來了？」翻過身子來一看，果然是焦贊。孟良仰天長哭，說：「我來為將軍辦事，沒想到害死了自己人。就算把令公屍骨帶回去也不能贖罪。」說完之後，孟良來到城外，此時已經是二更天。孟良在城外遇到一位搖鈴的巡兵，就上前問他：「你是哪裡的巡兵？」那人回答說：「我不是遼國人，是戍邊的老兵，流落到這裡不能回鄉，所以當了巡兵。」孟良說：

孟良回到望鄉臺下，背起焦贊的屍體來到城外，然後拔出佩刀，連叫了幾聲：「焦贊！焦贊！是我害了你，我這就來陪你！」

「太好了，真是將軍的福氣。」於是對他說：「我這裡有一個包袱，求你帶到汴京城無佞府去交給楊將軍，他肯定會重謝你。」巡兵說：「楊將軍我知道，我一定給你帶到。」又問：「敢問你是什麼人？」孟良說：「不要問我是誰，到了府裡他們便知道。」說完之後解下包袱交給巡兵，再三叮囑一定要送到。

孟良回到望鄉臺下，背起焦贊的屍體來到城外，然後拔出佩刀，連叫了幾聲：「焦贊！焦贊！是我害了你，我這就來陪你！」說完之後自刎而死。可憐一對鎮守三關的壯士竟然都死在了異鄉。

第二天一早，巡兵帶著包袱偷偷出了城南向汴京趕去。

第四十五回　楊六郎病死無佞府

楊六郎自從派孟良前往幽州之後，心裡面一直隱隱不安。這天夜裡三更，他忽然夢到孟良、焦贊滿身鮮血朝他走來。兩人來到跟前向他參拜，說：「承蒙將軍厚愛未能報答，今天特來告辭。」楊六郎很吃驚，趕忙把二人扶起來。這時楊六郎突然醒來，發現剛才是在夢中。

第二天天亮，忽然有人來報，說：「前些天焦贊追趕孟良也去了幽州城。」楊六郎聽後傷心地說：「完了，焦贊要死了！」一邊的人問他原因，楊六郎回答：「孟良臨走的時候曾經說，要是遇到遼兵來追格殺勿論。他不知道焦贊也跟著去了，肯定會把焦贊當成遼兵給殺掉。」大家對這個說法半信半疑。就在這時，巡兵來到府中，拜見楊六郎，說：「小人是幽州的巡兵，前天夜裡遇到一位壯士交給我一個包袱，再三叮囑要送到府中交給楊將軍。小人不敢耽誤趕來送上。」楊六郎讓人打開包袱，發現是裝著楊令公遺骨的木匣。楊六郎問他：「那人有沒有告訴你他叫什麼名字？」巡兵說：「小人問了，他沒有說，急匆匆走了。」楊

六郎讓下人拿來十兩白金賞給這位巡兵，又派人連夜趕赴幽州打探孟良和焦贊的下落。

沒過幾天，消息傳了回來：「孟良和焦贊兩人的屍體都暴露在幽州城外，如今已經被埋葬了。」楊六郎仰天長歎，說：「這些年兵荒馬亂，要不是這兩人奮勇殺敵，怎麼會有今天的太平？現在過上好日子了，他們卻雙雙喪命，真是讓人傷心。」第二天，楊六郎上朝見真宗，上奏說：「臣的部下孟良、焦贊因為失誤死在了幽州，希望陛下將授予他們的官職收回。」真宗聽後十分傷心，答應了楊六郎的請求。之後，真宗因為孟良、焦贊曾經救駕有功，派人為他們修建陵墓，並謚贈二人為忠誠侯。楊六郎謝恩後退下，回到府中。自從孟良、焦贊死後，楊六郎每天鬱鬱寡歡、悵然若失，不怎麼出門，也無心前去赴任。

八王從幽州回來的時候，在路上染上了風寒，一直在府中臥床養病。真宗不時派寇準等人去看望。八王對寇準說：「我與先生在一起相處了多年，沒想到現在就要分別了。」寇準說：「殿下不過是得了點小病，不用擔心。如今四海安寧，正需要殿下輔佐聖上治國，共用太平盛世，為什麼要說這樣不吉利的話呢？」八王說：「這一關是過不去了。」寇準辭別八王後入朝去見真宗，請求為八王祈福。真宗同意，命令寇準、柴玉負責這件事。寇準領命後去請清華真人在禁宮裡修建祭壇，為八王祈禱了兩天。清華真人對寇準說：「壇上的天燈長明不滅，八殿下一定沒事。」寇準非常高興。後來八王的病果然漸漸好了，滿朝文武都向他祝賀。

八王的病好了之後，入朝去向真宗謝恩。真宗親自出門迎接八王把他帶到殿上，對他說：「愛卿身體好了，真是大宋江山的幸事。」真宗心情大好，設宴款待文武官員。當天，君臣開懷暢飲。

將近傍晚，大臣們吃完酒席，擁護著八王出了大殿。到了東門的時候，忽然有人來報：「有一隻白額猛虎從城東衝進來，城裡的百姓擔驚受怕，現在老虎正衝著東門來了。」八王聽後到車外察看，果真發現前面人群慌亂，一隻猛虎咆哮著向這邊衝來。八王彎弓搭箭射中了猛虎的脖子。猛虎沒有倒下，而是帶著箭逃走了。士兵們趕緊去追，結果追到金水河邊不見老虎的蹤影。八王知道後愣了半天，回到府中舊病復發，從此一病不起。

楊六郎覺得自己得了重病，就派人通知令婆。令婆與楊四郎、楊宗保、柴太郡等人都來到跟前。楊六郎對令婆說：「兒子的病恐怕不會好了。」令婆說：「等我派人去找醫生來給你調理，或許就沒事了。」楊六郎說：「昨天我做了一個夢，夢裡來到皇宮東門，正遇到八殿下和大臣們退朝。八殿下用箭射中了我的脖子，我頓時覺得一陣疼痛。我想這可能是我生命到了盡頭的預兆。母親你要保重身體，不要因為兒子走了而傷心。」楊六郎又把楊宗保叫到跟前，說：「你伯父楊延德懂得天象，他曾對我說『國家殺氣未除』。你要盡職盡忠，不能給楊家丟臉。」楊宗保答應了他。楊六郎囑咐完眾人後，對楊四郎說：「四哥要好好照顧母親。」說完便死去了，終年四十八歲。

楊六郎覺得自己得了重病，
就派人通知令婆。令婆與楊
四郎、楊宗保、柴太郡等人
都來到跟前。

令婆等人大聲痛哭；汴京城的軍民聽說楊六郎死了，也都忍不住傷心落淚；朝中文武百官悲痛不已；真宗感歎說：「老天不想讓天下太平，所以才會接連讓國家棟梁離世。」話沒說完，忽然有人來報八殿下聽說楊將軍去世，悲憤交加，病情加重，夜裡五更也去世了。這個消息讓真宗更加悲傷，為此兩天沒有上朝。

寇準、柴玉等人商議，要上奏真宗要求為八殿下和楊六郎封諡號。柴玉說：「八殿下與楊將軍都是輔佐聖上的重臣，如今相繼離世，應當奏明聖上為他們兩人封諡號。」第二天上早朝的時候，大臣們一起上奏這件事。真宗也正有此意，於是追封八王為魏王，諡號懿；追封楊延昭為成國公，並且下令厚葬兩位。寇準等人退下，下人們按照真宗的命令去辦理。

第四十六回　楊宗保兵征西夏

西夏國國王李穆聽說宋軍攻破幽州城，與群臣商議說：「遼國現在歸降了中原，朕打算趁著我國現在兵強馬壯，出兵攻打大宋，愛卿們覺得如何？」左丞相柯自仙上奏說：「如今宋朝一統天下，謀臣武將雲集，實力非常強大。自從晉朝、漢朝以來，遼國就沒有怕過中原，如今都被大宋滅掉了。我國全國的人馬還不如宋朝的一個郡，要是出兵惹怒了宋朝君主，宋軍殺了過來，豈不是惹火燒身，自找麻煩？希望陛下認真考慮一下。」

柯自仙話沒說完，一位武將就站出來說：「不趁現在攻打中原，還等什麼？」此人是羌族人殷奇，使二柄大杆刀，有萬夫不當之勇，還會呼風喚雨的法術，在西夏沒有人不怕他，人稱「殷太歲」。殷奇手下有一員大將，名為東天神，也懂法術，會七七四十九種變身術，被稱作「黑煞魔君」。殷奇竭力鼓動穆王起兵伐宋，穆王說：「愛卿主張起兵伐宋，不知道有什麼計策？」殷奇說：「臣最近聽說中原的大將不是被調遣到各地，就是去世，楊六郎等人都死了；邊關的守備更是薄弱，看到狼煙烽火就嚇得四處逃竄。臣憑藉生平所學，先拿下

各郡再攻打汴京，定能攻克中原。」穆王聽了這番話非常高興，於是封殷奇為征南都總管，柬天神為正先鋒，汪文、汪虎為副先鋒，江蛟為軍陣使，帶領十萬大軍起兵伐宋。殷奇領命，帶兵向雄州進發。一路上只見旌旗蔽野，殺氣騰騰。

殷奇帶兵行走了幾天來到雄州，在雄州城正南方十里的地方安營。鎮守雄州的宋將是丘謙，他聽說西夏國大軍到來就和部下鄧文商議，說：「肯定是西夏國聽說楊將軍去世，知道朝中沒有良將，所以想乘虛而入，圖謀中原。現在雄州守軍少，糧草也不多，恐怕難以招架，這該怎麼辦？」鄧文說：「不要擔心，現在城裡面有四千士兵，留下一半守城，我跟騎尉趙茂率領兩千出城去迎敵。」丘謙說：「賊兵來勢洶洶，你們不要大意。」鄧文說：「不用擔心。」於是鄧文和趙茂帶兵出城迎敵去了。

殷奇看到宋兵出城應戰，也下令擺開陣勢。殷奇來到陣前，騎在馬上高聲喊道：「宋將趕緊投降，必定重用，要是執迷不悟，十萬大軍將踏平雄州。」鄧文一馬當先來到陣前，指著殷奇罵道：「逆賊不知好歹，大遼這樣強大都被我大宋滅掉，你西夏如今自身難保，還想圖謀中原？」殷奇大怒，問部下：「誰先出戰把這個匹夫捉來？」只見左側一位將領衝出陣去，正是柬天神。柬天神手拿鐵斧騎馬殺向鄧文，鄧文舉槍迎戰。頓時兩軍吶喊聲不斷。兩人打了三十多個回合，鄧文漸漸招架不住。趙茂拍馬舞刀前來助戰，柬天神以一敵二毫無懼色。殷奇在馬上彎弓搭箭一箭射中趙茂，趙茂當場斃命。鄧文見趙茂死了，撥馬逃回城裡。

殷奇乘勢指揮西夏軍殺了過來，把雄州城團團圍住。宋兵損失慘重，鄧文下令緊閉城門，回去把整個經過告訴丘謙。丘謙害怕地說：「敵眾我寡，現在又被圍城，只能傳信去汴京請求支援。」鄧文說：「事不宜遲。」於是立即寫信，派人夜裡出城，火速趕往汴京，到樞密院報信。

真宗得知這個消息之後，大吃一驚，說：「西夏國乘虛入侵，實在是一大隱患。」真宗趕緊召集文武官員來商議對策。柴玉上奏說：「臣保舉一個人，肯定可以退敵。」真宗問他：「愛卿保舉誰？」柴玉說：「正是三代將門豪傑、金刀楊令公之孫、官授京城內外都巡撫的楊宗保。」真宗非常高興，說：「愛卿保舉的這個人肯定稱職。」於是真宗立即下令，封楊宗保為征西招討使，呼延顯、呼延達為副使，大將周福、劉閔為先鋒，帶兵五萬前去退敵。

楊宗保領旨後退下，回到無佞府與令婆告辭。令婆說：「你要記得你父親的遺言，為國盡忠。」楊宗保說：「孫兒一定記得，軍情緊急這就出發。」令婆吩咐他：「多加小心，不要給我們楊家丟臉。」楊宗保答應後出了楊府，來到教場集合起人馬。第二天，他便離開汴京向雄州進發。

宋軍人馬浩浩蕩蕩來到焦河口，在離雄州只有十五里的地方安營紮寨。楊宗保派人到城中去送信。

殷奇聽說宋軍到了，吩咐部下的將領說：「宋朝援軍到了，大旗上寫著『楊宗保』三個字。我很早就聽說過這個人，他是楊六郎的長子能文能武。當初宋軍能破除南天陣，全靠他指揮調度。如今他率兵到來，你們不要掉以輕心。要是能贏了他，拿下中原就容易了。」副先鋒汪文、汪虎說：「不用勞煩元帥出陣，我們二人出戰，定能殺退宋兵。」殷奇派給他們兩萬精兵。

第二天，汪文率兵在平坦的曠野上擺開陣勢，只見宋軍浩浩蕩蕩壓了過來。楊宗保在馬上厲聲問道：「邊境早已劃定，你們為何來侵犯？」汪虎說：「雄州本是西夏的地盤，被你們奪走了，現在不得不要回來。」楊宗保大怒，對部下說：「誰先出馬？」呼延顯要求出戰，楊宗保准許。呼延顯挺槍躍馬殺向汪虎，汪虎揮

呼延顯挺槍躍馬，殺向汪虎，汪虎揮舞大刀迎戰。

舞大刀迎戰。兩人鏖戰了三十個回合，汪文舉著槍殺出來助戰，呼延達也拿著斧頭從一邊殺出。汪虎招架不住撥馬逃走，呼延顯被激怒緊追不捨。楊宗保乘勢帶領宋軍大舉進攻，汪文見事不好轉身逃跑，宋軍殺得西夏兵丟盔棄甲四散逃去。丘謙在城上看到西夏軍戰敗，趕緊開東城門出兵接應。西夏軍大敗，楊宗保也不派兵追趕，帶領宋軍入城去了。

汪文、汪虎帶著殘兵回來見殷奇，說宋兵來勢洶湧、堅不可摧。殷奇大怒，說：「這些宋軍都打不贏，還想攻打中原？」於是他想親自帶兵出戰。東天神說：「元帥不要著急，看小人如何擊退宋軍。」殷奇說：「你先帶兵出戰，我在後面接應。」東天神領命。

第二天天剛亮，東天神就在城下叫戰。忽然東門一聲炮響，呼延顯、周福帶兵衝了出來，厲聲罵道：「逆賊還不趕緊撤軍，否則只有死路一條。」東天神大怒，騎著馬舉著方天畫戟朝周福殺了過來。周福揮舞大刀迎戰。兩人打了幾個回合，東天神佯裝逃走把宋軍引到陣中，然後開始念咒。頓時狂風大作、飛沙走石，半空中出現無數黑煞魔君。周福大吃一驚，趕緊調轉馬頭往城裡逃去。這時東天神殺了回來，一戟把周福刺死在馬下。這一戰宋軍大敗，損失了很多兵馬。呼延顯慌忙逃回城中，命人趕緊拉起吊橋。東天神帶人殺到城池邊上才收兵。

呼延顯回到軍中，報告楊宗保說周福被東天神用妖術害死。楊宗保心想：「這裡居然有這樣的奇人？」楊宗保問手下：「誰敢出兵再戰？」話剛說完，劉閔說：「小將願意出戰。」楊宗保派給他一萬精兵。

第四十七回　東天神大戰宋將

第二天，劉閔率兵出城對陣東天神。東天神大叫道：「敗軍之將，今天又來尋死？」劉閔大怒，說：「妖孽趕緊退兵，給你一條活路，要是執迷不悟，定讓你片甲不留。」說完劉閔便舞刀縱馬衝殺過去，東天神舉著方天畫戟迎戰。兩人剛一交手，東天神轉頭逃走，劉閔在後面乘勢追擊。結果剛追出去不遠，東天神就開始施展妖法。頓時天昏地暗、狂風大作，空中殺出無數魔君。劉閔驚慌失措，被東天神一戟刺死在陣中。宋兵頓時大亂，自相踐踏，死者不計其數。東天神又勝一陣，率兵來把城池圍住。

楊宗保得知劉閔戰死悲憤不已，立即下令整頓兵馬要與敵人決一死戰。第二天，楊宗保親自帶領呼延顯、呼延達出城作戰。東天神率領西夏兵排開陣勢，左邊是汪文，右邊是汪虎。楊宗保騎在白驥馬上，遠遠望見東天神臉色發黑，眼若銅鈴，頭髮鬍子全是紅色，長相猙獰，非常可怕。楊宗保大罵道：「逆賊趕緊退兵，饒你們不死；不然，讓你們粉身碎骨！」東天神問身邊的人：「這人是誰，如此囂張？」汪虎說：「這就是宋軍主帥楊宗保。」東天神

東天神開始念咒，頃刻間天昏地暗、飛沙走石，半空中殺出一群黑煞魔君，手持利刃殺來。楊宗保大驚，連忙後退……

對手下說：「誰先出戰，挫挫敵人的銳氣？」汪文來到陣前，舉槍躍馬殺向宋軍。

楊宗保被激怒，揮舞著長槍出陣迎敵。頓時兩邊金鼓齊鳴，喊殺聲震天。兩人打了幾個回合，楊宗保一槍將汪文刺死在馬下。汪虎看到哥哥被害，怒氣沖天殺出陣來，嘴裡喊著：「骨肉之仇，不可不報！」楊宗保說：「讓我連你也一起殺了。」兩人一個使刀，一個使槍打在一起。幾個回合之後，楊宗保佯裝逃走，汪虎在後面追趕。眼看汪虎就要追上來了，楊宗保彎弓搭箭回頭射去，汪虎應聲倒地。呼延顯看到主帥接連殺死敵人兩位將領，率領宋軍一擁而上。兩軍混戰到一起，殺得天昏地暗、地動山搖。

正在兩軍混戰的時候，東天神開始念咒，頃刻間天昏地暗、飛沙走石，半空中殺出一群黑煞魔君，手持利刃殺來。楊宗保大驚連忙後退，宋軍大敗。呼延顯奮力抵抗，保護楊宗保回到城中。這時候東天神已經率領部下殺了回來，呼延達進退無路被西夏兵捉去。

東天神押著呼延達去見殷奇，殷奇命人把呼延達關進囚車。殷奇又下令讓西夏兵分別攻打雄州城的各個城門。東天神說：「宋軍雖然被打敗逃回城中，但是我軍也損失了汪文、汪虎兩員大將。要是連一座雄州城都攻不下，怎麼可能謀取中原呢？還是先派人回國要求增派兵馬，到時候指揮大軍一起南下，肯定能攻下中原。」殷奇於是立即派人回去上奏李穆王，要求再派人馬。穆王問回來的人：「前方戰事如何？」這人回答說：「雖然西夏兵人數佔優，但死傷也不少。現在宋軍在雄州城內堅守，時間長了必定糧草短缺，國王要是能再派兵去支援，肯定能破敵。」

穆王與群臣商議，右丞相胡天張上奏說：「臣有一計，可以使宋兵首尾不能相顧自然會退兵。」穆王問他：「愛卿有什麼計策？」胡天張說：「可以派人去森羅國承諾和親向他們借兵，他們一定很願意。再派人去黑水國，說服他們說要是攻下中原，一定割讓重鎮給他們，他們也一定會答應借兵。然後派人率領這兩國的兵馬從祁州出兵，再派三太子出兵，兩軍前後夾擊肯定戰無不勝。」穆王聽從他的建議，立即派使者前往森羅國，獻上禮品說明和親借兵攻打中原的事。

森羅國國王孟天能與太子孟辛商議，說：「西夏國來借兵，應該如何答覆？」孟辛說：「西夏國跟我們是鄰居，唇齒相依，既然他們來和親，應該答應他們。」孟天能說：「往年借兵給遼國，結果被殺得所剩無幾，只怕宋軍不好對付，會引火上身。」孟辛說：「如今宋朝已經大不如前，謀臣良將所剩無幾，這次借兵給西夏國肯定能成功。」孟天表示同意，便派孟辛為元帥，帶四萬人馬出兵。孟天能的長女百花公主武藝精湛，上奏要求一起出征，孟天能同意了她的請求。孟辛率兵離開森羅國向祁州進兵。同時，黑水國也答應了西夏的請求，派大將白聖將率領三萬人馬向祁州進發。

使臣回到西夏國，上奏穆王：「兩國都答應借兵，人馬已經前往祁州會合。」穆王聽後大喜，說：「這次肯定能成功。」又問胡天張：「再派誰帶兵去接應？」胡天張說：「三太子文武雙全，可以帶兵出征。」穆王准奏，派三太子帶四萬人馬出兵。太子領命，率兵前往雄州。

殷奇派人去打聽援兵的消息，有人回報：「三太子已經率兵來到，在正西方安營，請元帥前去商議對策。」殷奇收到消息後，立即前去。拜見完畢後，三太子問他戰事如何。殷奇說：「兩軍交戰，各有勝負，現在太子率兵來支援一定能打敗宋軍。」三太子說：「森羅國和黑水國也都出兵支援，他們從祁山過來。等會合之後，便可以與宋軍展開決戰，定能獲勝。」話沒說完，有人來回報說森羅國、黑水國的人馬已經到了，在西關下寨。三太子立即派人送去羊肉和美酒犒賞他們，並派人帶著禮物去見兩國的主帥，讓他們先出兵襲擊雄州城。孟辛收下禮物，讓人捎信給太子，說：「明天我先出兵破了宋軍，再拿下雄州城。」

消息傳到雄州城內，楊宗保得知森羅國、黑水國出兵幫助西夏，便問部下：「明天誰先出戰？」呼延顯說：「小將願意出戰。」楊宗保說：「敵人實力強大，讓張達跟你一起去。」張達領命。楊宗保派兩萬人馬供兩人調遣，呼延顯退下。楊宗保又跟張達商議，說：「森羅國大軍來勢洶洶，明天你打算怎麼應戰？」張達說：「現在還不知道他們的虛實，等明天上陣後，兵分三路應對。」楊宗保同意這個方法。

第二天一早，宋軍兵分三路，呼延顯、葉武、張達各自率領一路，一起殺出城去。森羅國大軍漫山遍野殺來，主帥孟辛手拿鐵錘、腰上佩著雙刀高坐在馬上。呼延顯高聲喊道：

「西夏國造反，已經是死路一條，你為什麼還敢出兵幫他？」孟辛大怒，說：「當年我弟弟金龍太子就是死在宋朝人手中，今天我就為他報仇。」話音剛落，葉武提刀縱馬殺了過去，孟辛揮舞鐵錘迎戰，頓時兩軍吶喊聲不斷。兩人打了五十幾個回合不分勝負。就在這時，忽然右側一聲鼓響，黑水國的白聖將率領部下殺了出來，將宋軍截為兩段。葉武還在跟孟辛打鬥，兩人不分高下。這時百花公主手持雙刀上來夾擊，葉武落了下風，只好帶領部下往回逃。看到這種形勢，張達奮勇上前接應葉武，結果被百花公主的流星錘打中胸膛當場斃命。一時間宋軍大亂，敵軍趁機萬箭齊發，宋軍死者不知其數。呼延顯趕緊率領部下逃回城中。孟辛等人乘勢追擊，一直追到城下才收兵。

殷奇聽說森羅國與黑水國大勝宋軍，並斬了兩位宋將，非常高興。他跟三太子商議：「這次宋軍大敗，主帥肯定會被激怒，再帶兵來交戰。很早就聽說這楊宗保是將門之子，武藝精通，所以只跟他鬥武恐怕難以取勝，還得要用計謀才能將他拿下。」三太子問他：「你有什麼計策？」殷奇說：「昨天我去察看地勢，發現這裡十五里之外有一座大山，名叫金山。山下有個叫金山籠的地方，兩邊都是高山，只有一條小路可以出入。可以先派重兵埋伏在那裡，再派人把宋軍引來，斷了他們的退路。這樣，不出幾十天就能把他們餓死，到時雄州就唾手可得。」三太子說：「這個計策雖然妙，只怕宋軍不肯上當。」殷奇說：「我們可以先把營地挪到金山下面，這樣他們就不會懷疑了。」三太子同意，派人去布置。

呼延顯回到城中，去見楊宗保。楊宗保得知宋軍大敗，大將張達、葉武被敵人殺死，勃然大怒，說：「不滅了這些蠻賊，有什麼臉回去見天子？」於是楊宗保下令全軍出戰，要與西夏大軍一決生死。鄧文說：「剛才有人來報西夏大軍退兵到金山腳下，恐怕其中有什麼計謀。將軍應該堅守城池從長計議，這樣或許有機會取勝，不要一時氣憤激怒了敵軍，得不償失。」楊宗保說：「這些蠻賊就知道鬥勇，哪懂什麼計謀？你們看我如何收拾他們。」聽楊宗保這樣說，鄧文也就不敢再說什麼。第二天一早，楊宗保吩咐呼延顯去打頭陣；劉青、鄧文在後面接應，以防孟辛帶人從後面偷襲；丘謙守城。安排完畢後，楊宗保親自率領大軍出城。

宋軍大舉進攻殺向金山，東天神已經列好陣勢在那裡等他們。呼延顯大罵：「逆賊趕緊退兵，饒你不死；不然的話，殺了你們為宋軍報仇。」東天神大怒，說：「口出狂言，這就讓你去陪他們！」說完之後，東天神舉著方天畫戟騎馬殺了過來，呼延顯挺槍迎戰。兩人剛交手兩個回合，劉青帶人從一邊殺了出來，東天神假裝不敵掉頭逃走，呼延顯等人在後面乘勢追擊。殷奇看到宋軍來到，舞著大刀出來迎戰。這個時候楊宗保也帶領部下趕到與殷奇打在一起，交手不過幾回合殷奇便朝著金山的那條小路逃去了。

第四十八回　楊宗保兵困金山籠

宋兵看到敵人逃走，個個都想要立功，便如潮水一般湧向金山籠。鄧文在後面看到這一幕，趕緊上前對楊宗保說：「這一次他沒有施展妖術，沒打就逃走了肯定有埋伏。再說我們已經出城太遠，再不收兵恐怕會遭暗算。」楊宗保說：「兵貴神速，正好趁這個機會大舉進攻才能打敗敵人。就算有伏兵，又有什麼好怕的？」士兵們聽了楊宗保的話更加英勇。等宋兵殺到金山腳下，發現到處是西夏兵丟棄的衣甲，於是毫不懷疑地直接殺進了金山籠中。

當時天色漸晚，突然一聲炮響，埋伏在谷口的伏兵們殺了出來，堵住了金山籠的出口。楊宗保得知退路被截斷，大吃一驚，說：「不聽鄧文的勸告，果然中計了。」楊宗保立即下令眾將士殺出去。呼延顯、鄧文衝在最前面，結果山上石塊和箭一起紛紛落下，宋軍死傷無數，始終無法衝出去。

楊宗保和手下被圍困在了谷裡，心中惶恐不安。鄧文說：「敵人堅守在谷口，就是長著翅膀也飛不出去；只有忍耐，等待時機。」楊宗保說：「我們對這裡的地形不熟悉，不但我們出不去，恐怕雄州的人馬也難保了。」鄧文說：「丘都監知道我們被圍困後，肯定會堅守，應該沒什麼問題。只是我們沒有糧草，恐怕不能堅持太久。」楊宗保說：「朝廷對我如此信任，我卻被困在了這裡，還得依靠諸位想想辦法。」呼延顯說：「聽說應州有很多兵馬，可以秘密派人去應州求救。」鄧文說：「去應州求救兵不保險，不如直接派人回汴京請求支援。等援兵一到，自然能打退敵人。」楊宗保說：「敵人看守嚴密，不知道誰能出去送信？」話剛說完，一個人站出來說：「小人願意前往。」大家一看，原來是劉青，這人膽子很大，在軍中大家都叫他「劉大膽」。楊宗保說：「你打算怎麼混出去？」劉青說：「元帥肯定聽說過古代孟嘗君[1]門下有雞鳴狗盜[2]的門客，小人學他們變形出去。」楊宗保很高興，立即寫好求救信讓他帶著回汴京。

此時天已經快黑了，劉青悄悄來到谷口，發現敵人將谷口團團圍住。他靈機一動，變成了一條黑狗向外面跑去。西夏兵還以為是自己軍營裡養的狗也就沒在意，劉青就這樣混

---

[1]【孟嘗君】姓田名文，戰國時齊國的貴族，與魏國的信陵君、趙國的平原君、楚國的春申君並稱爲「戰國四公子」。

[2]【雞鳴狗盜】孟嘗君有一次被秦昭王關押起來，他的一個門客靠學雄雞啼叫，裝狗進行盜竊而使孟嘗君脫險。後來這個成語多用來形容微不足道的本領和偷偷摸摸的行爲，帶有貶義。

出了山谷。當時天已經黑了，正是西夏兵吃飯的時間。劉青偷偷來到堆積糧草的地方，看到糧草堆積如山。他心生一計，拿出火石把糧草點著了。當時正值夜裡起風，不一會兒火光漫天、濃煙滾滾。西夏兵一看糧草著火了，趕緊上報主帥，一時間兵營裡大亂。劉青趁此機會偷了一匹快馬，連夜趕赴汴京。

殷奇下令趕緊救火，等火被撲滅糧草已被燒掉了一半。這時候，殷奇才知道有宋兵偷偷出了山谷，想要去追已經來不及了，殷奇只好下令夜裡巡邏多加提防。

楊宗保和手下被圍困在了谷裡，心中惶恐不安。

劉青沒幾天就趕到了汴京，他先到樞密院去報信。第二天上朝，有大臣把這個消息上奏給真宗，說：「楊宗保被敵軍圍困，派人來求救兵。」真宗非常吃驚，於是宣劉青上殿，詳細問他前線的情況。劉青說：「以前兩軍交戰互有勝負，最近接連損失了幾位大將，楊將軍被激怒帶兵出戰，結果被敵人引進了金山籠，伏兵出來堵住出口，宋軍被困在谷中。谷裡糧草殆盡，雄州的形勢也很緊急。希望陛下盡快派兵救援，免得耽誤大事。」真宗聽後對他說：「你先退下，等朕與大臣們商議對策。」劉青謝恩後退下。

真宗問大臣們：「誰可以帶兵去救援？」柴玉上奏說：「邊關上的將帥都在守關，很難調遣。陛下趕緊張貼榜文，招募有勇有謀的人，封為元帥、先鋒帶兵去救援。」真宗准奏，立即派人去各個城門張貼榜文招募賢士。

劉青來到無佞府，把楊宗保被困山谷的事通知了令婆。令婆聽後大吃一驚，問他：「這件事你奏明聖上了嗎？」劉青說：「已經奏明聖上了。」令婆又問：「那聖上說什麼時候派兵去救援？」劉青說：「柴駙馬說朝廷裡面沒有什麼良將，沒人能擔此重任，建議張貼榜文招募賢士，再派兵去救援。」令婆聽後說：「救兵如救火。我孫子被困在谷裡，形勢危急，度日如年。等招募到合適的人，恐怕早就沒命了。」說完之後大哭不止。

穆桂英、八娘、九妹等人聽說前方傳來了消息，都來到堂上向令婆詢問。令婆收住眼淚，把楊宗保被圍困的事情說了一遍。穆桂英說：「這樣的朝廷大事怎麼不去奏明聖上，要求派兵救援？」令婆說：「現在朝廷裡沒有良將，要臨時招募。我怕耽誤了事情，所以才在這裡懊惱。」穆桂英說：「令婆不要擔心，我願意帶兵去救援。」令婆說：「你一個人怎麼去？」八娘、九妹說：「我們倆願意一起前往。」令婆沒有說話。

這時，楊府十二個女人一起要求出征，她們分別是：周夫人（楊淵平的妻子，最有智慧和膽識）、黃瓊女（楊六郎的妻子，擅長使雙刀）、單陽公主（蕭太后的女兒）、楊七姐（楊六郎的女兒，還沒有嫁人）、杜夫人（楊延嗣的妻子，她本是天上麓星下凡，小時候受過九華真人的指點，懂法術，武藝精湛，有三口飛刀，百發百中，楊府內外沒有人不敬重她）、馬賽英（楊延德的妻子，兵器是九股練索）、耿金花（小名耿娘子，楊延定的妻子，喜歡用大刀）、董月娥（楊延輝的妻子，眼光精銳，有百步穿楊的本領）、鄒蘭秀（楊延定的次妻，擅長使槍）、孟四娘（晉陽孟令公的養女，楊淵平的次妻，軍中稱她為孟四娘）、重陽女（楊六郎的妻子，擅長雙刀）、楊秋菊（楊宗保的妹妹，武藝高強，箭法精湛）。周夫人說：「既然侄兒有難，我們不能坐視不管。憑藉我們這些人的武藝，肯定能救他出來。這樣不僅能免去令婆的煩惱，也算是為國家出力。」令婆非常高興，說：「我看你們齊心協力，一定能把宗保救出來。」

第二天一早，令婆入朝去見真宗，上奏說：「臣家的女將們聽說楊宗保被圍困，都要求帶兵去救援為國建功，希望陛下恩准。」真宗問群臣的意見，柴玉上奏說：「臣擔心沒人來應招，正打算上奏這件事。陛下可以派她們出征，肯定能大獲全勝。」真宗對令婆說：「要是真的能為朕分憂，救回楊宗保，一定重賞。」真宗下旨，封楊淵平之妻周氏為上將軍，帶領五萬精兵，前去救援。

聖旨下來的時候，周夫人等人早已經準備完畢。她們向令婆告辭。令婆說：「軍情緊急，你們趕緊出發。蠻人作戰頑強，知道救兵趕來肯定會乘勢攻擊。你們要各自小心，不要辜負了聖上的信任。現在楊宗保已經被困了很久，可以先派人去傳信讓他安心。」周夫人一一答應。

當天喝完餞行酒，一聲炮響，十二員女將一起走出楊府，各自手執兵器騎在馬上，英姿颯爽。周夫人等人率領大軍離開汴京，劉青在前面帶路。當時正值二月，風和日麗，宋軍浩浩蕩蕩向雄州進發。

幾天之後，宋軍來到離雄州不遠的地方。劉青說：「離城不遠的就是森羅國和黑水國的軍營，夫人先在這裡駐紮，再慢慢商議對策。」周夫人下令將宋軍分為三個營地：派重陽女、九妹、楊七姐、黃瓊女、單陽公主五人率領二萬人馬在左側屯兵；派楊八娘、杜夫人、馬賽英、耿金花四人率領兩萬人馬在右側屯兵；自己與穆桂英、董月娥、鄒蘭秀、孟四娘率領一萬人馬在中間屯兵；並且交代大家，如果兩軍交戰要相互救應。重陽女等人領命，各自帶兵去安營。

消息傳到三太子的寨中，三太子說：「要是救兵晚來十天，被困的宋軍就會投降，雄州也就能拿下了。」三太子立即召殷奇來商議對策。殷奇說：「探子回報說來的援軍主將都是女的，這說明大宋國內已經找不出良將來了。現在她們分三個營寨屯紮，要是攻打其中一個，另外兩個就會出兵救應，所以需要前後一起夾擊。可以派孟辛和白聖將先出戰，我軍伺機出擊，一定能把她們打敗。」三太子同意，立即給孟辛、白聖將報信，告訴他們明天如何出兵。孟辛、白聖將收到信後各自整頓軍馬，準備明天作戰。

第二天一早，孟辛帶兵在平坦的曠野上擺開陣勢，向宋軍叫戰。宋軍左營中的九妹、楊七姐出陣迎敵。九妹騎在馬上指著孟辛罵道：「蠻賊趕緊退去，饒你不死。不然的話，一個活口也不留。」孟辛大怒，揮舞著鐵錘殺了過來，九妹騎馬上前舞刀迎戰。兩人打了幾個回合，孟辛佯裝逃走，九妹帶兵追殺。這時百花公主從一側殺出，與九妹打鬥了幾個回合。百花公主佯裝逃走引九妹來追。看到九妹離自己很近的時候，百花公主取出流星錘轉身便打，正好擊中了九妹的坐騎。馬被錘擊中疼痛難忍，把九妹掀翻在地，百花公主趕到近前揮刀便砍。就在這時，楊七姐一箭射中了百花公主的左手臂，百花公主跌落馬下被宋兵活捉。孟辛殺過來救百花公主，劉青趁機帶兵從後面襲擊森羅國的大軍。森羅國大軍陣腳大亂，孟辛見事不好，一個人騎著馬逃到了白聖將的營中。楊九妹收兵回營。士兵們押著百花公主到中營去見周夫人。周夫人說：「先把她關進囚車，等候發落。」

就在這時，忽然有人來報，說黑水國大軍來叫戰。周夫人問部下：「誰出陣迎敵？」重陽女說：「小將願意前去。」周夫人說：「我再給你找個幫手，確保萬無一失。」穆桂英站出來說：「我去幫她。」周夫人很高興，交給二人一萬人馬。重陽女領命，與穆桂英帶兵出營，來到陣前。

第四十九回　楊門女將出征

重陽女來到陣前，正好遇到白聖將。白聖將提槍縱馬向宋軍陣營殺了過來，重陽女舉起雙刀上前迎戰。兩人打在一起，兩軍吶喊聲四起。幾個回合之後，白聖將自知不是對手想要逃走。這時候，孟辛揮舞著大錘衝了出來，嘴裡喊道：「我要為妹妹報仇！」穆桂英看到孟辛衝了出來，彎弓搭箭一箭射中了孟辛的心窩，孟辛當場斃命。宋兵乘勢大舉進攻，重陽女騎馬追上白聖將將他一刀砍落馬下。黑水國的士兵一半被宋軍殺死，一半丟盔棄甲逃回本國去了。重陽女又勝一仗，周夫人非常高興。

消息傳到西夏國軍營中，三太子大吃一驚，說：「沒想到楊家的女將裡有這樣的英雄，接連殺退兩個國家的兵馬。」三太子又對部下說：「明天你們誰去出戰？」東天神說：「殿下不要驚慌，小人帶兵出戰，一定殺了那宋軍的大將。」三太子給他兩萬精兵準備應戰。第二天東天神來到陣前，大叫道：「宋將裡面有本事的出來，沒本事的趕緊退下。」話音未落，宋軍中殺出一位威風凜凜的女將，手持一把大刀，原來是耿金花。耿金花罵道：「蠻賊

趕緊退去，不要髒了我的刀。」說完便殺向東天神。東天神舉起方天畫戟迎戰。兩人打了幾個回合，東天神佯裝逃走，耿金花乘勢追擊。東天神開始施展妖法，瞬間狂風大作、天昏地暗，半空中殺出無數魔君。耿金花驚慌失措趕緊往回逃，西夏兵趁勢追擊，宋兵大敗，死者無數。東天神收兵回營。

耿金花回到營中來見周夫人，把東天神會妖術的事情告訴了她。周夫人說：「西方有妖黨，他們都懂妖術。明天誰敢出兵迎戰？」杜夫人上前說：「明天我去捉住這個妖黨。」穆桂英也上前請戰。周夫人很高興，說：「你們兩人要是能破了這個妖黨的妖術，就立下大功了。」

杜夫人與穆桂英兩人帶兵殺出軍營，正遇到東天神在陣前耀武揚威。杜夫人率先出戰，大罵道：「妖人不要走！」東天神笑著說：「手下敗將，還敢來送死？」說完揮舞方天畫戟上來迎戰，兩軍吶喊聲不斷。兩人打了幾個回合，東天神佯裝逃走引杜夫人來追，然後施展起妖術來。頓時天昏地暗、狂風大作，空中殺出四十九個手持刀劍的黑煞魔君。宋兵看到這一幕，嚇得驚慌失措。杜夫人大怒，說：「你這些妖術也就嚇嚇別人，竟然敢在我面前賣弄。」於是她開始念九華真人傳授的秘訣。不一會兒，雷聲滾滾、閃電不斷，天上落下無數火球將魔君全部燒死。宋軍士氣高漲，如潮水一般湧向敵人。東天神見勢不好正想要逃走，穆桂英拋出飛刀把他砍死。宋軍大舉壓上，東天神部下全部被殺死。穆桂英想要乘勢攻擊敵人的大本營，杜夫人說：「先收兵回營，回去後與主帥商議進兵之事。」穆桂英收兵回營。

有敗兵逃回軍營，報告三太子說東天神被宋將殺死了。三太子聽說東天神被殺，驚歎道：「這樣善戰的人都死在了楊家女將的手下！」三太子又問殷奇：「現在該怎麼辦？」殷奇說：「太子不要擔心，我們還有五萬大軍沒有動用，明天臣跟隨殿下一起出戰，與宋軍決一死戰。」三太子下令，明天全軍出動。

有人打探到消息回宋營報告：「西夏大軍明天全軍出動，要與我軍大戰。」周夫人聽後，召集女將們來商議對策，說：「勝敗就在明天這一戰。可以先派劉青到金山籠報信，明天內外一起作戰夾擊敵軍。」劉青領命去了金

東天神見勢不好，正想要逃走，穆桂英拋出飛刀，把他砍死。

山籠。周夫人對黃瓊女說：「明天你帶一萬人馬與西夏軍作戰，把他們引到雄州城下，到時候我會派兵來接應你。」黃瓊女領命。周夫人又對董月娥說：「明天你帶五千人馬，與鄒蘭秀一起在城池兩邊埋伏，等炮聲一響就殺出來。」董月娥與鄒蘭秀領命。周夫人又吩咐馬賽英：「明天你帶五千輕騎兵帶著火具，等兩軍交戰放火燒了敵人的營寨。」馬賽英領命。最後，周夫人派杜夫人率軍在後面接應。

第二天，兩軍對陣。黃瓊女來到陣前叫戰，殷奇從西夏軍陣營中殺出，大叫道：「宋將趕緊退去還能保住一條命，不然的話，讓你片甲不留。」黃瓊女大怒，說：「手下敗將還敢口出狂言？」說完她便揮舞大刀上前迎戰，兩人一個用刀，一個用斧打在一起。不出幾個回合，黃瓊女假裝逃走，殷奇指揮部下追擊。等西夏兵追到城池邊上的時候，一聲炮響，董月娥、鄒蘭秀率領埋伏在路邊的伏兵殺了出來，頓時萬箭齊發，西夏兵陣腳大亂。

殷奇看到宋軍有埋伏，於是趕緊撤軍。這個時候，穆桂英帶人衝了出來，殺進西夏兵的陣營中。西夏兵的陣勢被衝得七零八落，三太子等人自顧不暇。馬賽英帶領騎兵來到西夏軍的營寨放起火來。當時正值東風呼嘯，一時間濃煙滾滾、火勢沖天。有人回報三太子，說：「後方營寨被宋軍燒了。」三太子嚇得魂飛魄散。殷奇見勢不妙，一邊念咒語，一邊從懷中拿出聚獸牌，並朝著天上敲擊。忽然一聲雷響，大地一震，四下裡冒出黑霧，一群豺狼虎豹從黑霧中衝了出來，宋兵被嚇得四處逃竄。

杜夫人看到殷奇在施妖術便念起了真言❶，一時間團團火焰從天而降，將那些豺狼虎豹燒得焦頭爛額。宋軍士氣大振乘勢掩殺，西夏兵紛紛丟盔棄甲四散而逃。殷奇奮力殺了出去，正要逃走被楊秋菊一箭射中左眼落馬而死。

楊宗保在金山籠裡面看到外面濃煙滾滾，知道兩軍打了起來，便率領部下向外衝殺。呼延顯一馬當先正遇上汪蛟，只打了一個回合就把汪蛟刺落馬下。這時候，穆桂英和黃瓊女也帶兵趕到了金山腳下與楊宗保會合，殺得西夏軍屍橫遍野、血流成河，宋軍從他們手裡奪來的牛馬輜重不計其數。

宋軍大獲全勝，只有被捉走的呼延達被西夏兵殺害。周夫人收兵回營。這時候雄州城的城門已經打開，周夫人派士兵在城下屯兵，自己與楊宗保到府上相見。楊宗保拜謝周夫人，說：「要不是嬸娘帶人來救援，恐怕侄兒已經不在人世了。這一場大勝足以報仇雪恨。」周夫人說：「聖上聽說侄兒被圍困，找不到人帶兵來救援，令婆為此擔心，我們只好出兵，沒想到這麼容易就打退了敵軍。」楊宗保說：「這裡離西夏國的連州城只有幾天的路程，不如一鼓作氣攻下西夏國，活捉國王李穆。這樣千載難逢的機會不可錯失。」周夫人說：「將在外，君命有所不受。只要對國家有利就沒什麼問題，我也正有此意。」於是周夫人下令起兵

❶【眞言】出自梵語，佛家用語，其中一個意思是咒語、神咒。

攻打連州城。眾人領命，各自回去整頓裝備。第二天一早，宋軍向西夏國進發。

三太子僥倖逃脫，從一條偏僻小路逃回了連州。三太子來見李穆王，上奏說：「殷奇元帥和森羅國、黑水國的兵馬全被楊門女將消滅了，宋軍正在向連州趕來。」李穆王聽後嚇得神飛魄散，懊悔不已地說：「都是當初不聽柯丞相的話，才有了今天這樣的下場。」話沒說完，有人來報，說宋兵已經將連州城圍住，水洩不通。李穆王下令，讓眾將士死守城池，又趕忙召集文武官員來商議對策。柯自仙上奏說：「宋軍聲勢浩大，我軍中的大將都被他們殺死了，誰還敢帶兵作戰？」李穆王沒說話。忽然珠簾後面出來一個人，說：「小女願意帶兵出戰。」大家一看，原來是李穆王的長女金花公主。李穆王說：「恐怕你不是宋軍的對手。」金花公主說：「女兒自幼習武，現在還沒開戰，怎麼能先滅自己的志氣？等女兒與他們交戰，看我怎麼破敵。」李穆王答應了她，並派給她兩萬人馬。金花公主領命，第二天帶兵從西門出城作戰。

第五十回　楊家將得勝回朝

金花公主來到城外正好遇到楊九妹，兩人擺開陣勢。金花公主說：「宋軍竟然敢深入我國境地，真是不知死活，趕緊退去，饒你們一命。」九妹回罵道：「該死的蠻賊，還不快快投降！」說完九妹提刀殺了過去。金花公主舉槍迎戰，兩人打在一起。幾個回合之後，九妹刀法漸漸亂了，她知道自己打不過對方，於是勒馬往回跑，金花公主緊追不捨。城樓上的人看到金花公主勝了也都大聲吶喊。楊七姐看到金花公主在追趕九妹，彎弓搭箭一箭射中了金花公主，金花公主當場斃命。宋軍乘勢掩殺，西夏兵一半被殺死，一半逃回了城裡。李穆王知道女兒戰死，又傷心又害怕，寢食難安。

兩天之後，宋兵加緊攻城。武將張榮上奏李穆王說：「主公不要擔心，我們城中還有四萬兵馬，糧草夠吃一年；宋兵雖然強大，但是糧草軍餉的供應得不到保障。臣願意帶兵出戰，要是能贏，就是陛下的洪福；要是不能贏，那我們就死守。」李穆王答應了他的請求，派他出戰。張榮是羌族人，一身力氣，使一柄大杆刀，人稱「鐵臂將」。

第二天一早，張榮帶兵出城作戰。宋軍陣營中單陽公主一馬當先衝到陣前，大叫道：「蠻賊還不趕緊獻出城池，竟敢來作戰？」張榮二話不說，揮舞著大刀就殺了過來。兩人交戰沒有幾個回合，張榮假裝不敵對方騎馬便逃。單陽公主在後面緊追，張榮看到兩人距離近了，轉身一刀劈下。單陽公主眼疾手快，側身躲過了這一刀，但是連人帶馬摔倒在地上。杜夫人見事不好連忙扔出飛刀，擊中張榮的左肋，張榮死在馬下。宋軍乘勢發起進攻，西夏兵傷亡無數。

眾人在城上看到馬榮戰死，回去報告李穆王。李穆王悲憤交加又無計可施，想要自盡。左丞相柯自仙上奏說：「宋朝皇帝寬仁大度，歸降的人都佩服他，反抗的都沒有好下場。如今宋兵在城下屯兵，勝負已經沒有懸念了，陛下為什麼不向宋軍投降？只需每年進貢而已。這才是一國君主應有的作為啊。」李穆王考慮了很久，說：「宋朝強盛，那就歸降吧。」李穆王立即下令，讓人在城上豎起白旗。第二天又派人把投降的文書送到宋軍營中。

周夫人正坐在營帳中，與眾人商議西夏國納降的事，此時有人來報西夏國國王派人送投降書來了。楊宗保派人把使臣帶到營帳裡來。使臣進來後說明了國王歸降的意思。楊宗保聽後猶豫不決。鄧文說：「西夏國是荒蠻之地沒什麼用處，這裡的人野蠻不化、不聽命令。元帥應該答應他們的請求，正好彰顯聖上對邊遠地區的仁德。」周夫人同意了鄧文的說法，於是批覆了投降書，讓使臣帶回去給李穆王。

宋軍離開連州，西夏國國王和大臣們送出十里路才回去。凱旋歸來的宋軍分前後兩隊，一時間軍威大振，四海之內無不欽佩。

李穆王看到宋軍接受了自己歸降，非常高興。第二天，他親自打開城門，率領文武百官迎接宋軍進城。楊宗保最先進城，看到西夏國國王和大臣們跪在路邊。楊宗保上前把李穆王攙扶起來，兩人一起進入宮中。李穆王跪在臺階下請罪，楊宗保說：「大宋天子仁愛，既然你已經歸降，只要不再作亂仍封你為西夏國國王。」李穆王連連稱謝。當天，宮中大擺筵宴。周夫人率領十二員女將與都尉都來參加。眾將按照次序入座，宮中樂聲不斷，大家開懷暢飲，夜深後才散去。楊宗保在城裡安營，周夫人等人在城外安營。

又過了幾天，邊境上恢復了安寧，楊宗保決定班師回朝，並通知各營寨準備起程。臨行前，李穆王送給楊宗保二條真犀帶和無數珍奇異寶。楊宗保自己只拿了真犀帶，其他的東西收下來準備進獻給真宗。當初在戰場上捉來的將帥也都歸還給西夏國，只有百花公主被帶回了中原。當天，宋軍離開連州，西夏國國王和大臣們送出十里路才回去。凱旋歸來的宋軍分前後兩隊，一時間軍威大振，四海之內無不欽佩。

行軍幾天之後，大軍已經離汴京不遠了。真宗早就收到了捷報，並派柴玉等文臣們到城外迎接。楊宗保看到柴玉，趕緊下馬問候。之後，兩人一起上馬進入汴京城。

第二天，楊宗保入朝去見真宗。真宗撫慰他說：「愛卿為朕遠征，凱旋歸來，實在是不容易。」楊宗保回奏：「臣託陛下洪福平定了西夏國，取得了他們十四個屬州，二百個縣，一萬八千戶人家，每年租賦四百石（ㄉㄢˋ）❶，奇珍異寶三十車。」真宗龍顏大悅，將所有西夏進獻的財物和俘虜都交給無佞府處置。真宗還說：「楊家的女將也都有功於朝廷，朕應當論功行賞。」於是真宗下旨，加封楊宗保為上柱國大將軍，呼延顯等封為興禁節度使，周夫人封為忠國副將軍，八娘、九妹等封為翊運副將軍。封賞完畢，真宗派人在大廳裡設宴犒賞出征的將士們，楊宗保等人拜謝。當天，君臣依次入座，開懷暢飲。

第二天，楊宗保回到無佞府，與周夫人等人一起參見令婆。令婆非常高興，把百花公主許配給了楊文廣為妻。楊文廣當時已經十五歲了。令婆又吩咐下人擺下宴席，女將們紛紛解下衣甲按次序入座。大家開懷暢飲，半夜才散去。

在令婆的教導下，楊文廣後來出征南方大獲全勝，也被封賞。從此之後，四海安定、天下太平。

❶【石】古時候常用的容量單位，十升爲一斗，十斗爲一石。

巧讀楊家將 /（明）熊大木原著；高欣改寫. -- 一版.-- 臺北市：大地, 2020.06
面：　公分. --（巧讀經典：10）

ISBN 978-986-402-339-4（平裝）

857.44　　109006772

巧讀楊家將

巧讀經典 010

作　　者	（明）熊大木原著、高欣改寫
發 行 人	吳錫清
主　　編	陳玟玟
出 版 者	大地出版社
社　　址	114台北市內湖區瑞光路358巷38弄36號4樓之2
劃撥帳號	50031946（戶名：大地出版社有限公司）
電　　話	02-26277749
傳　　眞	02-26270895
E - mail	support@vastplain.com.tw
網　　址	www.vastplain.com.tw
美術設計	成樺廣告印刷有限公司
印 刷 者	博客斯彩藝有限公司
一版一刷	2020年06月

大地

定　　價：280元